AF398382

Konstanze Harlan veröffentlicht seit Mai 2018 liebevoll-chaotische Frauenromane. Die Musiktheaterregisseurin lebt mit ihrer Familie in Hamburg. Die meisten ihrer Ideen entstehen beim Laufen um die Alster.

FAKE DATES AND Rockstar Kisses

EINE CHRISTMAS-ROMANCE VOLLER ÜBERRASCHUNGEN

KONSTANZE HARLAN

Erstausgabe Oktober 2024

Copyright © 2024 dp Verlag, ein Imprint der
dp DIGITAL PUBLISHERS GmbH
Made in Stuttgart with ♥
Alle Rechte vorbehalten

Fake Dates and Rockstar Kisses

ISBN 978-3-98998-133-1
E-Book-ISBN 978-3-98998-091-4

Covergestaltung: Jasmin Kreilmann
Umschlaggestaltung: ArtC.ore Design
Unter Verwendung von Abbildungen von
depositphotos.com: © alexhalay © Kwangmoo,
© teukuns@gmail.com
shutterstock.com: © Sandika Naufal © LightField Studios
Lektorat: Daniela Guse
Satz: dp DIGITAL PUBLISHERS GmbH
Druck und Bindung: Books on Demand GmbH, Norderstedt

Das Werk darf – auch teilweise – nur mit
Genehmigung des Verlages wiedergegeben werden.

Sämtliche Personen und Ereignisse dieses Werks sind frei
erfunden. Etwaige Ähnlichkeiten mit real existierenden Personen,
ob lebend oder tot, wären rein zufällig.

Kapitel 1

Heiligabend

Dicke Schneeflocken segelten auf die Windschutzscheibe des Buicks, den Kates Vater ihr zum Beginn ihres Studiums geschenkt hatte, erleichtert darüber, dass sie sich nun doch nicht für Paris, sondern für Yale entschieden hatte.

„Damit du immer nach Hause kannst, wenn dir danach ist."

Das war typisch für ihren Vater und den Helden ihrer Kindheit. Alles würde er tun für seine „Prinzessin", wie er sie nannte, für das Nesthäkchen der Familie.

Wie gut, dass er nicht ahnte, dass Kate Watson triftige Gründe hatte, ihre kleine Heimatstadt in den Hügeln von Vermont zu meiden und eigentlich in nächster Zeit nicht geplant hatte, zurückzukommen. Geheimnisse wahrten sich nämlich schlecht in dem 900-Seelen-Nest Dawsonhills, wo jeder jeden kannte.

Verdammt, was war das Dunkle da mitten auf der Straße? Wenn sie es nicht besser wüsste, würde sie es glatt für ein Rentier halten. Instinktiv stieg sie in die Eisen und erinnerte sich im selben Moment daran, wie ihr Vater ihr eingebläut hatte, dass das bei Eis und Schnee ein tödlicher Fehler sein konnte. Augenblicklich brach der Wagen nach links aus und kam ins Trudeln. Kate versuchte verzweifelt, gegenzulenken. Doch vergebens. Der Boden unter der Schneedecke war spiegelglatt.

„Scheiße!"

In Gedanken sah sie die Bäume auf sich zurasen, spürte die heftige Kollision, ihr eigenes Ende. Ungebremst schoss der Wagen auf die malerisch mit Schnee bedeckten, mächtigen Kiefern am Wegesrand zu. Sie hatte keine Chance. Ein dicker Stamm befand sich direkt in ihrer Richtung.

Sie schrie, schloss die Augen, betete.

Es gab einen starken Ruck, dann nichts mehr. Kate röchelte. Der Druck auf ihren Rippen ließ sie nach Luft schnappen. Sie öffnete vorsichtig die Lider und stellte fest, dass sie bäuchlings über dem Airbag hing. Wie ein Pfeil hatte die Motorhaube sich in den meterhohen Schnee gebohrt, höchsten einen halben Meter von dem dicken Stamm entfernt, auf den sie zugerast war.

Behutsam bewegte sie Beine, Arme, Kopf. Kein Blut, alles intakt. Vor Erleichterung schossen ihr die Tränen in die Augen. Sie realisierte, was ihr gar nicht so bewusst gewesen war: Sie lebte trotz der Gewissensbisse, die sie seit Monaten quälten, verdammt gern.

Langsam, ganz langsam, beruhigte sich ihr pochender Herzschlag wieder.

Allerdings war die Lage, in der sie sich nun befand, alles andere als komfortabel. Sie steckte fest. Die beiden vorderen Türen waren beim besten Willen nicht zu öffnen. Schneemassen keilten sie ein. Sie musste über die Rückbank aussteigen. Mühsam zog sie sich an den Kopfstützen der Vordersitze nach oben und versuchte, sich durch die schmale Öffnung nach hinten zu zwängen.

Doch als sie mit einem Bein hinten und einem vorn war, geriet der Boden unter ihr ins Wanken. Mit Entsetzen bemerkte sie, wie sich das Heck des Autos zurückneigte und tief in den Schnee sackte. Sie hielt den Atem an, erwartete innerlich, dass noch etwas geschah.

Schließlich wagte sie sich vorsichtig nach hinten, doch es kam zu keiner weiteren Bewegung. Ihr Auto schien seine endgültige Parkposition erreicht zu haben. Sie atmete tief durch und scannte ihre Lage. Ernst, aber nicht verzweifelt.

Nun waren auch die hinteren Türen blockiert. Sie konnte versuchen, durch ein Fenster herauszuklettern. Allerdings war ihr auf der Straße seit mindestens einer Stunde kein weiteres Auto begegnet. Wenn sie draußen wartete, würde sie vor allem eines tun: bitterlich frieren. Sie entschied, es zuerst mit der Pannenhilfe zu probieren.

„Hier ist gerade die Hölle los. Man möchte meinen, die Leute hätte noch nie in ihrem Leben Schnee gesehen. Wenn Sie nicht in einer lebensbedrohlichen Lage stecken, werden Sie sich gedulden müssen", erwiderte die Frau am anderen Ende der Leitung, nachdem Kate ihre Situation dargestellt hatte. „Ich hoffe, Sie waren so vernünftig, eine warme Decke mitzunehmen. Im Notfall rufen Sie nochmal an."

Sie überlegte, ob sie ihre Eltern bitten sollte, sie abzuholen. Aber ihre Mutter war mitten in hektischen Weihnachtsvorbereitungen und seit einigen Wochen ohnehin nicht allzu gut auf ihre Tochter zu sprechen. Es würde der Atmosphäre beim Weihnachtsfest nicht helfen, wenn Kate nun alles durcheinanderbrachte. Die Weihnachtsparty im Hause Watson war eine ernste Angelegenheit, deren Vorbereitungen bereits nach den Sommerferien begannen. Sally Watson war eine Perfektionistin, der ihr Ruf als Gastgeberin heilig war.

Die Thermoskanne mit Tee war noch gut gefüllt und heiß. Kate hatte eine dicke Daunenjacke dabei und eine Decke auf der Rückbank. Momentan war es warm genug. Kritisch würde es erst werden, wenn zum Abend die Temperaturen sanken. Bis dahin aber sollte sich der Abschleppwagen zu ihr durchgekämpft haben.

Sie entschied, sich in Geduld zu üben, machte es sich bequem und zog ihre Unisachen heraus, die sie glücklicherweise auf dem Beifahrersitz verstaut hatte. Ebenso gut konnte sie die Zeit nutzen, um mit ihrem Essay voranzukommen. Während ihres Heimatbesuches würden die Sachen oft genug liegen bleiben.

Auch deshalb war sie fest entschlossen gewesen, den Überredungskünsten ihrer Mutter zu trotzen und dieses Jahr auf Weihnachten im Kreis der Familie zu verzichten. Abgesehen davon, dass es eine gewisse Person gab, der sie auf gar keinen Fall begegnen wollte, war ihr Studium gerade in einer heißen Phase.

Über die Feiertage sollten die Studenten aus Professor Kalsofskys Literaturklasse eine Abhandlung über das romantische Werk von Lord Byron verfassen. Das beste Essay hatte die Chance, in der führenden amerikanischen Literaturzeitschrift abgedruckt zu werden. Das war Ehre und Zukunftschance gleichermaßen. Die Strebsamen unter ihren Kommilitonen hatten ihre Familien bereits informiert, dass sie über Weihnachten nur bedingt ansprechbar sein würden. Auch Kate wollte sich diese Chance auf gar keinen Fall entgehen lassen. Vor allem, nachdem ihre Bewerbung in Yale erst nach einem zweiten, nervenaufreibenden Versuch erfolgreich gewesen war und sie somit bereits zu den Älteren in ihrem Semester zählte.

Daher hatte sie ebenfalls geplant, die Feiertage im Studentenwohnheim zu verbringen, auch wenn es ihr schwerfallen würde, auf die schönste Zeit des Jahres in ihrer Heimatstadt zu verzichten. Um Weihnachten herum spielte die beschauliche Kleinstadt Dawsonhills Jahr für Jahr verrückt. Die Bewohner überboten sich mit Dekorationen, Plätzchenwettbewerben und Veranstaltungen.

Außerdem war der Lichtergottesdienst um Mitternacht die wohl stimmungsvollste Art, den ersten Weihnachtstag einzuläuten. Dennoch war es für alle das Beste, wenn sie in diesem Jahr dem ganzen Trubel fernbliebe. Das hatte sie sich immerhin eingeredet. Doch dann hatte ihre Mutter volle Geschütze aufgefahren.

„Granny geht es nicht gut. Vielleicht wird es ihr letztes Weihnachtsfest sein. Willst du das wirklich verpassen?"

Das war das Einzige, was Kate in diesem Jahr umstimmen konnte. Ob es nun stimmte oder nicht, das letzte Fest mit ihrer geliebten Granny wollte sie auf keinen Fall versäumen. Das würde sie sich niemals verzeihen.

Doch wenn sie daran dachte, wem sie spätestens beim Weihnachtsgottesdienst über den Weg laufen würde, krampfte sich ihr Magen zusammen.

Drake. Gutaussehend, weltgewandt und unglaublich klug. Sie war so dankbar gewesen, als er ihr angeboten hatte, ihr mit den Bewerbungsunterlagen zu helfen. Immerhin hatte er einen der besten Abschlüsse seines Jahrgangs in Yale hingelegt. Leider hatte sie nicht bemerkt, dass seine Absichten ihr gegenüber bei Weitem das Freundschaftliche überschritten. Völlig ahnungslos war sie gewesen, als er sie in der kleinen Hütte oben in den Bergen plötzlich geküsst hatte. Niemand durfte jemals davon erfahren.

Sie war heilfroh über den räumlichen Abstand, den ihr Studienbeginn mit sich gebracht hatte. Denn er war ein Mann, der bekam, was er wollte. Und sie nahm an, dass das dummerweise immer noch sie war. Egal wie sehr sie ihm auswich.

Sie wünschte, sie hätte die Geistesgegenwart besessen, sich rechtzeitig einen neuen Freund zuzulegen, den sie als potenziellen Mr. Right an Weihnachten hätte mitbringen können. Damit hätte sie gleich mehrere Fliegen mit einer Klappe geschlagen. Niemand käme auf die Idee, dass das Verhältnis zwischen ihr und Drake anders sein könnte als freundschaftlich. Er würde einsehen, dass er sie nicht mehr umstimmen könnte, und ihre Mutter würde sich außerdem den Versuch sparen, sie wieder mit ihrem Jugendfreund Flynt zusammenzubringen.

Das Adrenalin, das sich nach dem Unfall in ihrem Körper gebildet und sie unempfindlich gegenüber der Kälte gemacht hatte, schien aufzuhören zu wirken.

Plötzlich merkte sie, wie sehr sie fror. Draußen waren die Temperaturen deutlich unter dem Gefrierpunkt. Ihre Atemluft hatte dafür gesorgt, dass die Fensterscheiben beinahe komplett beschlagen waren. Sie trank einen Becher Tee, hüllte sich in ihre warme Jacke, setzte Mütze und Schal auf und wickelte die Decke um ihre Beine. Dann verbot sie sich jeden weiteren Gedanken an Drake und widmete sich Lord Byron. Arbeit war schon immer eine ihrer Strategien gewesen, um mit unwillkommenen Gefühlen umzugehen.

Je mehr sie sich auf die Sprache des Dichters konzentrierte, desto weniger spürte sie die Kälte. Zu ihrer Freude flossen ihr die Worte nur so aus den Fingern. Eine Wartezeit, in der man ablenkungsfrei an etwas arbeiten konnte, war irgendwie auch ein Geschenk.

Sie wusste nicht, wie lange sie schon mit dem Notizbuch auf den Knien dasaß, als es an der Scheibe klopfte.

„Hallo? Ist jemand hier drin?"

Der Schreck ließ sie derart zusammenzucken, dass sich die Hälfte ihrer Aufzeichnungen im Fußraum ausbreitete und sie nur mit Mühe ihren Laptop daran hindern konnte, den Notizen zu folgen. Tief versunken in ihrer Arbeit hatte sie weder die Geräusche eines Autos noch Schritte wahrgenommen.

„Hallo?", fragte es erneut, gefolgt von einem energischen Klopfen gegen das Fenster. Dann verdunkelte sich das Auto, weil sich jemand vorbeugte und versuchte, in den Innenraum zu spähen.

In Ermangelung eines Lappens wischte sie die beschlagene Scheibe mit ihrem Schal frei und blickte direkt in ein Paar hellblauer Augen unter einer grauen Wollmütze.

„Alles in Ordnung mit Ihnen?“

Kate nickte und öffnete das Fenster.

„Sind Sie verletzt?“ Der Fremde blickte sie prüfend an. Mit dem Piercing in der Braue und der Tätowierung, die sich bis zu seinem rechten Ohr hochzog, sah er aus, als würde er zu einer Rockergang gehören.

„Nein, ich habe mich bloß etwas erschreckt.“ Sie beugte sich vor und klaubte ihre Notizen hastig wieder zusammen.

„Ist das hier Ihre übliche Arbeitsumgebung?“

Sie lachte zaghaft. „Nicht unbedingt. Ich bin einem Tier ausgewichen und nun stecke ich hier fest und warte auf die Pannenhilfe. Die haben allerdings gesagt, dass es dauern wird.“

Er runzelte die Stirn und sie entdeckte eine gezackte Narbe über seiner linken Augenbraue, die ihm ein verwegenes Aussehen verlieh.

„Bei dem Wetter? Sie könnten erfrieren.“

„Sie sagten, dass ich im Notfall nochmal anrufen soll“, erwiderte sie mit dem merkwürdigen Gefühl, die Leute von der Pannenhilfe verteidigen zu müssen.

Der Rocker betrachtete den Wagen und zog unschlüssig seine Mütze zurück.

„Hat ordentlich geschneit. Wollen Sie hier warten, oder soll ich Sie mit in die nächste Stadt nehmen? Da hätten Sie es wärmer.“

Zögernd musterte Kate den Fremden. Er sah nicht eben vertrauenserweckend aus, doch inzwischen fror sie ganz erbärmlich. Außerdem war unklar, wann die Pannenhilfe endlich aufschlagen würde, wenn sie es denn überhaupt hier hinausschaffte.

Kate nickte. „Vielen Dank. Das wäre toll.“

„Wieso bloß habe ich das Gefühl, gerade eine Prüfung bestanden zu haben." Ein Grinsen erhellte sein Gesicht, das ihn überraschend attraktiv aussehen ließ.

Dann hielt er ihr die Hand hin und half ihr, durch die Scheibe hinauszuklettern. Kaum hatte sie es endlich geschafft, versank sie bis zu den Knien in einer Schneewehe. Er lachte schallend.

Verwundert bemerkte sie, dass er hoch über ihr aufragte. Sie selbst war keine Riesin, aber er wirkte, als wäre er mindestens zwei Meter zwanzig. Er streckte ihr beide Hände hin und zog sie zu sich hinüber. Obwohl er keine Handschuhe trug, waren seine Finger warm und fühlten sich erstaunlich kräftig an. Als sie neben ihm zum Stehen kam, hatte sich der Größenunterschied auf ein normales Maß relativiert, auch wenn er immer noch mindestens einsneunzig zu sein schien.

„Ich habe nicht gemerkt, dass es hier einen Graben gab." Sie lachte verlegen.

„Der hat Sie wahrscheinlich vor größerem Schaden gerettet."

Er deutete auf die Kiefer. Ihr schauderte bei dem Gedanken an den Moment, als sie auf den mächtigen Baum zugerast war. Sie war sich sicher gewesen, nun ihr eigenes, schmerzhaftes Ende zu erleben. Durch den vielen Schnee hatte sie das ausgetrocknete Flussbett gar nicht sehen können, dass ihr Auto letztlich gestoppt hatte.

"Ich bin Kate." Sie streckte ihm die Hand hin. "Kate Watson."

"Jordan. LeClerc."

Ihr entging nicht das leichte Zögern vorher und sie fragte sich, ob er ihr seinen wahren Namen genannt hatte. Doch was für einen Grund konnte er schon haben, sie anzulügen.

Mittlerweile hatte der Schneefall sich gelegt. Ein einzelner zarter Sonnenstrahl streckte die Nase durch die Wolke, brachte die weiße Pracht zum Glitzern und verwandelte die Hügel von Vermont in eine verwunschene Schneelandschaft.

Behaglich lehnte Kate sich in ihrem Sitz zurück und dachte daran, mit wie wenig man im Leben schon zufrieden sein konnte. Sich aufzuwärmen, wenn man durchgefroren war, gehörte definitiv dazu. Nun fehlte nur noch ein warmer Kakao, wie es ihn im Haus des Nachbarsjungen immer gegeben hatte. Flynt und sie waren als Kinder unzertrennlich gewesen. Sie hatten sich sogar geschworen, zu heiraten, wenn sie groß waren.

Flynt. Sie seufzte.

Nun war er wieder da, der Knoten in ihrem Magen. Ein paar selige Minuten hatte sie nicht an ihren Jugendfreund, an seine Eltern und ihre eigenen Schuldgefühle gedacht. Wenn man bedachte, dass sie damals bei ihnen ein und ausgegangen war, dass die Benjamins so etwas wie ihre zweite Familie gewesen waren, wog das, was geschehen war, doppelt schwer.

„Schau nicht so kritisch. Ich bin kein Frauenmörder, der in den Hügeln hier Ausschau nach Verkehrsopfern hält, um ihnen in einer einsamen Berghütte den Garaus zu machen.“

Jordan entblößte zwei Reihen strahlend weißer Zähne.

Kate zwang sich, ebenfalls zu lächeln. „Es hat nichts mit dir zu tun. Es ist … mein Leben ist grad ziemlich kompliziert."

„Verstehe." Er beugte sich vor, um sich auf seinem Navi die Strecke anzeigen zu lassen, die er fahren wollte. „Als Nächstes kommt Fayston. Soll ich dich da herauslassen?"

„Moment mal, fährst du etwa nach Dawsonhills?", fragte sie überrascht, als der Bildschirm vor ihr einen Augenblick lang das Ziel einblendete.

Er warf ihr einen Seitenblick zu und runzelte die Stirn. Ihr Retter schien nicht unbedingt amüsiert über ihr Neugierde. „Kann schon sein."

„So ein Zufall! Da muss ich auch hin." Wenn sie jetzt tatsächlich eine Mitfahrgelegenheit gefunden hatte, würde ihrer Mutter die Verspätung kaum auffallen.

Ein unergründlicher Gesichtsausdruck huschte über Jordans Gesicht. „Ich weiß eigentlich gar nicht, ob ich da wirklich hinwill", erwiderte er ausweichend, als könnte er Kate nicht schnell genug wieder loswerden.

„Ach komm schon. Ich bin still und störe dich nicht in deinen brütenden Gedanken." Kate setzte ein charmantes Lächeln auf. „Du kannst mich doch nicht erst retten und dann wie eine räudige Katze an der nächsten Straßenecke absetzen."

Er schnaubte. „Ich wollte dich nicht an einer Straßenecke, sondern an einem gemütlichen, warmen Diner absetzen, das ist schon ein Unterschied!"

„Allerdings kann man ja nicht wissen, ob die an einem Tag wie heute aufhaben, bis der Abschleppwagen kommt. Es ist Heiligabend. Und dann ist unklar, ob ich weiterfahren könnte oder ob mein Auto kaputt ist. Stell dir vor, ich strande vor dem Diner und muss die Nacht in der Kälte verbringen! Ich könnte jämmerlich erfrieren. Kannst du das mit deinem Gewissen verantworten?"

„Wenn ich nicht angehalten hätte, wäre das auch dein Problem!"

„Aber du hast angehalten. Also bist du ein netter Mensch, der eine Frau in Nöten nicht an der Straßenecke absetzt."

„Ich glaube nicht, dass du so sehr in Nöten bist. Irgendjemand könnte dich sicherlich in dem Diner aufgabeln, bevor es schließt, oder?"

Kate seufzte. „Du hast ja recht. Aber hast du schon einmal eine Standpauke von meiner Mutter bekommen? Sie ist Pünktlichkeitsfanatikerin und wird ziemlich sauer sein, wenn ich zu ihrer Weihnachtsparty zu spät komme. Komm schon, gib dir einen Ruck!"

Er hob abwehrend die Arme. „Ja, ja, in Ordnung. Aber tu mir einen Gefallen und quatsch mir keine Kante an den Kopf, während wir fahren."

Wie gut, dass sie Jordan überredet hatte, ihr Gepäck aus dem Kofferraum mitzunehmen, dachte Kate, als sie nun ein wenig entspannter die Fahrt genoss. Immerhin wäre sie jetzt halbwegs pünktlich zu Hause.

Er drehte das Radio lauter, in dem Weihnachtsklassiker rauf und runter liefen. Als „Merry Christmas" von einer dieser unzähligen Boybands gespielt wurde, brummte er und stellte das Radio wieder aus. Kate konnte ihn verstehen. Sie wunderte sich auch, wieso Jahr für Jahr immer dieselben Songs gespielt wurden.

Allmählich färbte der Horizont sich rosa-violett und verwandelte die Landschaft in eine übertrieben kitschige Postkartenidylle. Sie betrachtete ihn von der Seite und fragte sich, was er wohl allein in Dawsonhills wollte. Ihre Heimatstadt war ziemlich klein. Wenn er ebenfalls dort aufgewachsen wäre, müsste sie ihn kennen. Sie war sich aber sicher, ihn noch nie gesehen zu haben. Auch wenn ihr sein Gesicht mit den hellen Augen und dem energischen Kinn beim näheren Betrachten irgendwie bekannt vorkam.

„Was willst du denn in Dawsonhills?", erkundigte sie sich schließlich, als das Schweigen zwischen ihnen ihrer Ansicht nach lange genug gedauert hatte.

Er warf ihr einen wütenden Blick zu.

„Schon gut, schon gut, ich habe verstanden. Keine Fragen stellen, nicht reden." Demonstrativ zog Kate ihr Buch aus der Tasche.

„Ich habe gehört, dass es ein nettes Fleckchen Erde sein soll", brummte er, offenbar in dem Versuch, weniger unhöflich zu sein.

„Wo wirst du denn wohnen?"

„Gar nicht neugierig, oder was?"

„Entschuldige, dass ich frage!" Im Grunde genommen war Kate dieser Typ mit dem protzigen SUV, der auch einem Zuhälter oder Drogenboss hätte gehören können, herzlich egal. Hauptsache, sie kam heute noch zuhause an.

„Ich brauchte Abstand von allem und habe einen Ort gesucht, an dem ich mich fernab von meinem Alltag über die Weihnachtstage ausruhen kann", sagte er schließlich etwas freundlicher.

Kate nickte. Städter kamen häufiger mal in die Hügel von Vermont, um Ruhe und Frieden von der täglichen Hektik zu finden. Deshalb waren die wenigen Pensionen in ihrem Ort über die Weihnachtstage immer voll ausgebucht. Dafür durften die Einheimischen dann die merkwürdigen Attitüden der New Yorker bestaunen, die hier im Winterwunderland die Zeit zwischen den Jahren verbrachten.

„Ich nehme an, du wirst bei Mrs. Gibbs einkehren?"

Er warf einen Blick zu ihr hinüber. „Mrs. Gibbs?", fragte er verwundert und überholte einen alten Pickup, der mit Schrittgeschwindigkeit vor ihnen entlangfuhr.

Vermutlich auf Sommerreifen, dachte Kate.

„Sie hat die beste Pension in der Stadt. Oder hast du eine der Hütten in den Hügeln oben gemietet?"

Er lachte auf. „Nein. Ich wollte mich erst einmal umsehen und dann entscheiden, ob ich bleiben oder meinen Roadtrip fortsetzen möchte."

Kate sah ihn mit großen Augen an. „Das ist nicht dein Ernst!" Sie kicherte.

„Wieso?"

„Die paar Unterkünfte in der Stadt sind über die Weihnachtstage auf Jahre hinaus ausgebucht. Ich glaube nicht, dass du spontan auch nur einen Stall mit einer Krippe finden wirst!"

Er pfiff leise durch die Zähne. „Ich hätte nicht gedacht, dass die Gegend hier derart beliebt ist."

„Dann weißt du wohl noch nicht, wie das perfekte Weihnachten hier in Vermont aussieht. Du kannst es auch Winter Wonderland nennen. Überall gibt es Pferdeschlitten. In den Straßen wetteifern die Häuser darum, wer die aufwändigste und schönste Dekoration aufgefahren hat. Weihnachtsmärkte und Basare locken mit ihren Leckereien. Wer einmal das Fest hier verbracht hat, der möchte nie wieder irgendwo anders feiern."

„Du klingst wie eine lebendige Werbebroschüre." Er lachte. „Folglich gibt es also nichts, was dich davon abhalten könnte, dein Weihnachtsfest hier zu verbringen. Außer einem kleinen Schneeunfall natürlich."

Da hatte er recht. Unter normalen Umständen hätte sie nichts davon abhalten können.

„Du wirst lachen", entgegnete sie, „genau in diesem Jahr hatte ich tatsächlich andere Pläne. Es hätte mein erstes Weihnachten in Yale sein sollen. Und ich war sehr traurig, dass mir auf diese Art und Weise die Weihnachtsstimmung entgehen würde."

Interessiert blickte er sie an. „Was hat deine Meinung geändert?"

„Das ist eine lange Geschichte", antwortete Kate ausweichend. „Wo kommst du denn eigentlich her?", erkundigte sie sich, um das Gespräch in eine andere Richtung zu lenken.

Er winkte ab und seine Miene verschloss sich. „Süße", sagte er mit einer Herablassung, die Kates Adrenalinspiegel auf ein gefährliches Maß ansteigen ließ, „ich bin gar nicht so heiß auf Small Talk. Wenn du darüber nicht reden möchtest, ist das kein Problem."

Bewusst konzentriert richtete er den Blick auf die Straße und stellte das Radio wieder an. Ihre Unterhaltung sah er offenbar als beendet an. Kate schüttelte innerlich den Kopf, wandte sich ihren Notizen zu und beschloss, ihn jetzt ebenso zu ignorieren wie er sie. Im Grunde genommen war es egal, ob er freundlich oder nicht war, wenn er wusste, wie man das Auto sicher durch den Schnee steuerte.

Plötzlich gab ihr Handy einen aufdringlichen Ton von sich, mit dem es freudig ankündigte, dass eine Nachricht eingetroffen war. Kate schaute auf das Display und erbleichte.

Habe zufällig gehört, dass du Weihnachten doch kommst. Freue mich darauf, dich zu sehen. Wir müssen dringend reden. Allein. Ich bin mir sicher, dass wir einen Weg finden werden. D.

Verdammt, wie hatte Drake erfahren, dass sie nach Dawsonhills kam? Mühsam bekämpfte sie die Panik, die in ihr aufstieg. Sie hatte ihm bereits vor zwei Wochen geschrieben, dass sie in Yale bliebe und dass es ihr nichts ausmachte, die Feiertage dort zu verbringen.

Das konnten nur ihre Eltern gewesen sein. Dabei hatte sie inständig gehofft, dass sie die Benjamins in diesem Jahr nicht zu ihrer Party eingeladen hatten. Sie stellte sich vor, wie sie ihm vor den Augen aller begegnete und spürte, wie ihr beim Gedanken daran der Schweiß ausbrach. Drake konnte unberechenbar sein.

Kapitel 2

Kreidebleich sah sie aus, als hätte sie eine katastrophale Nachricht erhalten. Ihre ohnehin schon helle, fast weiße Haut hatte einen fahlen Schimmer angenommen. Aber Jordan würde den Teufel tun und sich erkundigen, was los war. Nein. Diese Frau ging ihn rein gar nichts an.

Wenn die Straße nicht so verdammt einsam gewesen wäre, wenn er hätte sicher sein können, dass in absehbarer Zeit andere Autos vorbeikämen, hätte er nicht einmal angehalten. Nichts drängte ihn, den Samariter zu spielen. Er wusste längst, dass er kein guter Mensch war. Er war jemand, der alle, die ihm zu nahekamen, von sich wegstieß, konnte weder ein verlässlicher Partner noch ein wahrer Freund sein. Das würden seine Jungs früh genug entdecken und sich von ihm abwenden. Für ihn lohnte es sich karmamäßig längst nicht mehr, den Gutmenschen zu mimen. Einen Tod auf dem Gewissen haben, wollte er aber auch nicht. Das war der einzige Grund, aus dem er angehalten hatte.

Mittlerweile fand er, dass das ein schwerer Fehler gewesen war. Er wollte in Ruhe seine Nachforschungen anstellen und ärgerte sich, dass er sich hatte breitschlagen lassen, sie sogar noch weiter mitzunehmen. Andererseits, wie hoch war die Wahrscheinlichkeit, dass er einer Frau Pannenhilfe gab, die ausgerechnet aus Dawsonhills kam?

Er konnte sich genau erinnern, wie er diesen Namen das erste Mal gelesen hatte. „Dawsonhills, Vermont." Er hatte ihn wieder und wieder gesagt, in der Hoffnung, dass es irgendeine Erinnerung in ihm auslösen würde.

Barry Brunswick, sein Manager, der so etwas wie ein Vaterersatz für ihn war, war letzten Endes der Grund gewesen, dass Jordan diese Reise unternahm. Denn er hatte ihm geraten, sich mit seiner Vergangenheit auseinanderzusetzen, als Jordan das erste Mal mit Schlafproblemen und Auftrittspanik zu kämpfen begann.

„Glaub mir, Junge, das Business ist beinhart. Wenn du auch nur das Fitzelchen eines persönlichen Problems hast, musst du das lösen. Habe schon so viele vor die Hunde gehen sehen. Bezahl einen Detektiv, damit er für dich herausfindet, wer deine Eltern sind und warum sie dich nicht haben wollten. Anschließend am besten noch einen Psychologen. Nur so kannst du deinen Frieden finden, wirklich."

Erst fluchte Jordan ihn einen Pseudopsychologen. Dann aber besann er sich und engagierte tatsächlich einen sündhaft teuren Detektiv.

Vor zwei Tagen hatte der doch noch Erfolg gehabt und eine Kopie der Geburtsurkunde ergattert, die aus unerfindlichen Gründen nie auffindbar gewesen war. Da stand es endlich schwarz auf weiß. Neugeborenes unbekannter Herkunft, gefunden in Dawsonhills, und nun war er eben hier. Im beschaulichen Vermont und nicht auf Barrys Weihnachtsparty. Jordan hatte keine Familie, die er über die Feiertage hätte treffen können. Die einzigen beiden Pflegegeschwister, mit denen er noch Kontakt hatte, wohnten mittlerweile in Vancouver.

Ein wenig neidvoll betrachtete er das Mädchen, das auf seinem Beifahrersitz saß, die Nase bockig in ihre Uniunterlagen gesteckt. Sie besaß eine Familie, für die sie eine Fahrt von einigen Stunden auf sich nahm. Wenn er ehrlich war, erfüllte ihn das mit Neid. Früher hatte er sich nach so etwas gesehnt. Nach Nestwärme, Geschenken und Zimtgeruch in der Luft.

Kate schien zu bemerken, dass er über sie nachdachte, und warf ihm einen prüfenden Blick zu. Sie war nicht die Art von Mädchen, von der er sich normalerweise angezogen fühlte. Sie wirkte für ihn viel zu ernsthaft, beinahe ein bisschen verklemmt. Dennoch war sie auf eine eigene Art hübsch mit den kastanienbraunen, kurzen Locken, den großen, grünen Augen und der leicht nach oben geneigten Stupsnase. Allerdings genau der Typ braves Mädchen, von dem er konsequent die Finger ließ, weil sie ihm immer nur Ärger brachten.

Trotzdem fragte er sich, was in ihr vorging. Ohne mit der Wimper zu zucken, hatte sie im Schnee ausgeharrt, um auf einen Abschleppwagen zu warten. Aber eine Kurznachricht auf ihrem Handy brachte sie aus der Fassung.

„Erzähl doch mal: Wovon braucht jemand wie du denn Abstand?"

Er verdrehte die Augen und schwieg.

„Jetzt tu doch nicht so geheimnisvoll." Kate blinzelte ihn von der Seite an. Frauen waren manchmal aber auch zu neugierig.

„Ganz ehrlich, Süße, ich habe in letzter Zeit viel gearbeitet und dringend das Bedürfnis, mit mir und meinen Gedanken allein zu sein. Ich freue mich einfach auf ein wenig Ruhe."

Sie sah ihn an. Prüfend. Der Blick aus den grünen Augen schien direkt in sein Herz zu dringen. „Was wirst du denn machen, falls du keine Unterkunft in der Stadt findet? Fährst du dann direkt wieder zurück nach ... wo kommst du eigentlich her?"

„Du kannst es nicht lassen, oder?" Er setzte ein selbstgefälliges Grinsen auf. „Fast könnte man denken, du wärest daran interessiert, meinen Adoniskörper in dein Bett zu bekommen!"

Damit hatte er sie. Sie lief puterrot an, wusste offenkundig nicht, wo sie hinsehen sollte, und öffnete den Mund zweimal, ohne dass ein Laut ihn verließ.

Er lachte schallend.

„Aus New York. Sorry, Süße, den konnte ich mir nicht verkneifen!"

Ihr Atem klang wie ein Luftballon, aus dem man die Luft herausließ. „Toll", entgegnete sie sarkastisch und legte den Kopf schief. „Da wir das geklärt haben, habe ich das perfekte Angebot für dein selbstbewusstes Ego!" Herausfordernd funkelte sie ihn an.

Er hob eine Augenbraue.

„Weihnachten in Dawsonhills. Freie Kost und Logis. Ein grandioser Truthahn mit allem Drum und Dran. Und die passende flüssige Verpflegung."

„Wo ist der Haken?"

Sie knetete ihre Hände, dann blickte sie ihn an und schien all ihren Mut zusammenzunehmen. Sie war echt niedlich, wenn sie ihn so mit leicht nach unten geneigtem Kopf ansah. Er ertappte sich dabei, dass er eine der schimmernden Locken zwischen seine Finger nehmen wollte, um zu prüfen, ob sie sich genauso seidig anfühlten, wie sie aussahen.

„Ich stelle dich meiner Familie als meinen Freund vor.“

Vor Schreck übersah er den Lieferwagen, der ihnen in einer engen Kurve entgegenkam, so dass er eine scharfe Bremsung hinlegen musste.

„Bist du irre?“, fragte er fassungslos. Da würde sich ein Rentier besser als Weihnachtsdate eignen. „Wieso zum Teufel sollte ich das tun?“ Das hatte man davon, wenn man sich völlig unüberlegt zum Retter einer Jungfrau in Nöten aufschwang.

Kate blickte gekränkt zur Seite. „Ich dachte, da du scheinbar keine Pläne für Weihnachten hast…“ Schmollend schob sie die Unterlippe vor.

Großartig. Sogar seine Zufallsbekanntschaft hielt ihn für einen in sozialer Hinsicht unterentwickelten Loser, einen Mann ohne Freunde und ohne Familie. Was hatte Ally doch zu ihm gesagt, als sie ihn verlassen hatte? Jordan LeClerc interessiere ohnehin nichts außer Jordan LeClerc?

„Ich habe Pläne. Die gehen dich bloß nichts an. Außerdem wüsste ich nicht, dass wir uns bereits so nahegekommen wären“, knurrte er.

Dieses Mädchen konnte ihn wirklich aufregen. Er bemerkte, dass seine Hände derart stark das Lenkrad umklammerten, dass die Fingerknöchel weiß hervorstachen.

„Entschuldige", erwiderte Kate, wirkte aber alles andere als zerknirscht. Dann senkte sie den Kopf, sah ihn mit ihren dichten Wimpern von der Seite an und seufzte. „Ist ja schon wahnsinnig nett, dass du mich fährst, da kann ich dich ja nicht auch noch um so etwas bitten."

Beinahe hätte er ihr das abgekauft. Doch er sah, wie ihre Augäpfel für eine Millisekunde nach oben wanderten. Eine unbewusste Geste, die er oft beobachtet hatte. Wenn diese Bewegung kam, wusste er, dass er als Nächstes angelogen werden würde.

Kate legte ihm schmeichelnd die Hand auf den Arm. „Es ist bloß so, dass Granny unbedingt meinen Freund kennenlernen wollte, und nun wissen wir nicht, ob sie das nächste Weihnachtsfest noch miterleben wird." Sie presste theatralisch die Lippen zusammen. „Aber meine aktuelle Beziehung ist leider … nun ja, kompliziert. Ich konnte ihn nicht überreden, mitzukommen."

Dann klimperte sie ihn mit großen treuen Augen von der Seite an, als wäre sie ein Corgi, der um die Tischabfälle bettelt. Doch Kate hatte Pech. Jordan konnte es nicht ausstehen, wenn Leute Spielchen mit ihm spielten.

„Das ist nicht mein Ding und vor allem nicht die Art, wie ich Weihnachten verbringen möchte. Tut mir leid, Kate."

Sie nickte stumm, dann lehnte sie den Kopf an die Fensterscheibe. Verloren schaute sie über die weißschimmernden Berge, als erwarte sie in Dawsonhills ein schlimmes Schicksal. Aber von dem dramatischen Blick würde er sich nicht beeindrucken lassen.

Still fuhren sie weiter. Leise untermalt vom unvermeidlichen „White Christmas". Jeder hing seinen eigenen Gedanken nach. Möglicherweise überlegte Kate immer noch, wie sie Jordan zu ihrem merkwürdigen Spiel überreden konnte.

Er dagegen fragte sich, ob vor vierundzwanzig Jahren der Schnee ebenfalls beinahe einen halben Meter hoch auf den Bäumen gelegen hatte. Man konnte kaum glauben, dass die schmalen Äste in der Lage waren, eine derartige Schneemasse auszuhalten.

Auf einmal erschrak er und bremste instinktiv ab. Die Straße vor ihm schien mitten durch eine Scheune zu führen. Verwundert betrachtete er das seltsame Bauwerk und erkannte, dass es sich um eine überdachte Brücke handelte. Allerdings bezweifelte er, dass sie in der Lage war, das Gewicht seines Autos zu tragen. Er fluchte über die Nutzlosigkeit des Navis. So etwas mussten die Macher des Programms doch auch berücksichtigen.

„Keine Sorge", kam es leise von rechts. „Da bin ich bestimmt hundertmal drübergefahren. Sie ist viel stabiler, als sie aussieht. Man muss lediglich aufpassen, dass einem niemand entgegenkommt."

Kurz erwog er, trotzdem umzukehren. Dann entschied er, sich seinem Schicksal zu überlassen. Wenn sie meinte, über eine morsche Brücke fahren zu müssen, wäre jedenfalls nicht er schuld an ihrem Tod.

Im Schritttempo fuhr er weiter. Er erwartete schon, die betagten Holzbalken krachen zu hören, sah sich mitsamt seinem Auto in die eisigen Fluten unter ihnen stürzen, doch sie kamen unbeschadet hinüber. Was mochte die Erbauer der Brücke wohl dazu bewogen haben, ein ganzes Fachwerkhaus darüber zu setzen?

„Man sagt, dass auf diese Art Pferde weniger gescheut haben, wenn sie über das tosende Wasser laufen sollten“, erklärte Kate, als ob sie seine Gedanken gelesen hätte.

„Ach so“, kommentierte er lahm, dann verfielen beiden wieder in Schweigen.

Im Radio erklangen die ersten Takte von ihrem unseligen Coversong „Merry Christmas“, dem peinlichsten Lied, das er je aufgenommen hatte. Wenn er sich selbst im kitschigen Weihnachtssweater auf dem Video sah, bekam er regelmäßig Brechanfälle. Eilig schaltete er weiter und war erleichtert, dass Kate so sehr in Gedanken versunken war, dass sie das gar nicht zu registrieren schien.

Der Abendhimmel hatte die letzte Helligkeit geschluckt und die schneebedeckten Straßen wurden nur noch durch die Scheinwerfer seines Wagens erhellt. Beinahe waren sie am Ziel, da glaubte er plötzlich, Spuren im Schnee zu sehen. Spuren einer frischgebackenen Mutter, die sich mühsam den Hügel hinunterschleppte, um mit letzter Kraft ein wimmerndes menschliches Bündel auf irgendeiner Treppe abzulegen. War sie danach sofort verschwunden? Oder hatte sie gewagt, zu klingeln, um sicherzugehen, dass das

Baby nicht an der Kälte starb? Hatte sie aus einem Versteck heraus beobachtet, wie jemand die Tür öffnete und das Neugeborene mit ins Warme nahm?

Wie sehr wünschte er sich, zu erfahren, was geschehen war. Wieso hatte seine Mutter ihn nicht haben wollen oder können? Wieso hatte sie es nicht einmal geschafft, ihn zur Adoption freizugeben? Er stellte sich vor, wie sie das Kind in der Kälte ganz allein zur Welt hatte bringen müssen. Ob sie überhaupt noch lebte?

Je näher er dem Ort kam, an dem seine Mutter gewesen sein musste, desto mehr spürte er so etwas wie eine Verbindung in die Vergangenheit. Dies erfüllte ihn mit Freude und Furcht gleichermaßen. Bislang wusste er nicht, ob er es aushalten würde, all das zu sehen, die verschütteten Gefühle hervorzuholen, die Angst, die Sehnsucht und natürlich die Wut. Er fürchtete die Tiefen seiner Seele und die alles zerstörende Traurigkeit. Noch immer hatte er keine Ahnung, ob er es überhaupt wagen konnte, sich all dem auszusetzen.

Sie erreichten die Kuppel des Hügels. Als sie der Straße nach links folgten, erstreckte sich unten im Tal ein wahres Weihnachtswunderland. Die Hauptstraße der kleinen Stadt erstrahlte in Millionen von Lichtern.

„Wow!", sagte er überwältigt. „Das sieht ja aus, als würde der Weihnachtsmann persönlich hier wohnen."

„Nicht wahr?" Kate lächelte zaghaft. „Dawsonhills ist ein ganz besonderer Ort."

Am Straßenrand wiesen hellerleuchtete, lebensgroße Figuren den Besucher ins Zentrum der Stadt. Ein Weihnachtsmann mit Kutsche, Engel, ein Schneemännerquartett, überdimensional große Geschenke, ein Nussknacker. Die warm eingehüllten Passanten trugen farbenfrohe Pakete und glitzernde Tüten. Ein Straßenverkäufer bot heiße Maronen an. In einem in tausend Lichtern funkelndem Pavillon spielte eine kleine Blaskapelle Weihnachtslieder.

Doch am meisten erstrahlte die Kirche. Der Baum vor ihr war gigantisch, mit prunkvollen roten Schleifen dekoriert und in Lichterketten gehüllt.

„Das ist die St. Bartholomeus Church. Unsere berühmte Kirche."

„Wieso berühmt?" Sie sah aus wie eine hübsche, alte Kirche, von der es sicher hunderte im ganzen Land gab.

„Hast du noch nie vom Weihnachtswunder in Dawsonhills gehört?"

„Nein", entgegnete er gedehnt.

„Wirklich nicht? Was vor einem Vierteljahrhundert hier geschehen ist, war so bewegend, dass es sogar in Europa in den Zeitungen gestanden hat." Mit glänzenden Augen und sichtlichem Stolz sah sie ihn an.

„Nein." Er zuckte die Achsel. Es interessierte ihn auch nicht.

„Hier müssen wir rauf." Kate deutete auf ein Schild auf dem „Redwood House" zu lesen war.

Schweigend bog Jordan die Auffahrt hinauf. Seit sie den Ort erreicht hatten, stand er auf eine merkwürdige Art unter Strom, als erwartete er jederzeit, dass irgendwo eine Frau mittleren Alters hervorspringen und ihn ihren verloren geglaubten Sohn nennen würde. Oder dass die Stadt in irgendeiner Weise eine Erinnerung in ihm hervorrufen würde, die einen Hinweis auf seine Herkunft barg.

Beides war natürlich totaler Nonsens. Als er den Ort das letzte Mal gesehen hatte, war er wenige Tage alt gewesen. Im Grunde genommen konnte er nicht einmal mit Sicherheit sagen, dass er wirklich in Dawsonhills zur Welt gekommen war. Außerdem hatte die Frau, die ihn bei Eis und Kälte ausgesetzt hatte, wohl zumindest billigend seinen Tod in Kauf genommen. Insofern würde sie sich wohl kaum über sein Erscheinen freuen. Eigentlich wusste er gar nicht, was er hier tat und warum er diese Reise überhaupt unternahm. Außer vielleicht, um Antworten zu finden. Darüber wieso die Dinge waren, wie sie waren. Warum er selbst war, wie er war.

Glücklicherweise besaß sein Wagen Allradantrieb, denn die schmale Straße war nicht geräumt und die festgefahrene Schneedecke an einigen Stellen bereits vereist. Kaum hatten sie die kurze Steigung passiert, erstreckte sich vor ihnen ein hell erleuchtetes Herrenhaus. Die Fenster in allen drei Stockwerken waren mit riesigen roten Schleifen dekoriert. Um die Säulen der Veranda waren Lichterketten gewunden. Das Zentrum der kreisrunden Einfahrt zierte eine sicher vier Meter hohe, geschmückte Tanne, während die parkenden Autos darauf schließen ließen, dass es sich heute um keine kleine Party handeln würde.

„Wow, das ist dein Zuhause? Nicht schlecht." Kate hatte zwar auf ihn den Eindruck einer wohl behüteten jungen Dame gemacht, dieses Haus wirkte aber, als wären ihre Eltern schwerreich.

Kate lächelte verlegen. „Redwood House ist schon lange im Familienbesitz. Möchtest du es dir mal von innen ansehen? Mein Angebot gilt und wenn dir der Truthahn nicht gefällt, finden wir etwas anderes zu essen."

Für einen Moment zögerte er. Sie besaß eine gewisse eigensinnige Niedlichkeit und es hätte ihn durchaus interessiert, zu erfahren, wie sie wohl ihre Dankbarkeit ausdrückte. Doch er schüttelte erneut den Kopf.

„Tut mir leid, so was ist wirklich nicht mein Ding."

Er öffnete den Kofferraum und stellte ihr Gepäck auf den festgefahrenen Schnee. Schließlich standen sie voreinander. Kate streckte ihm die Hand hin.

„Tja, dann herzlichen Dank fürs Mitnehmen", sagte sie. „Vielleicht laufen wir uns ja beim Weihnachtsgottesdienst über den Weg."

„Ja, vielleicht. Aber ich denke, dass ich weiterfahre. Ich habe bereits gesehen, was ich sehen wollte."

Kapitel 3

Kaum war sie die Eingangstreppe hinaufgestiegen, wendete er und brauste durch das Tor. Fast konnte man meinen, dass er auf der Flucht war. Leises Bedauern stieg in ihr auf. Sie hatte das unbestimmte Gefühl, etwas falsch gemacht zu haben. Erst schien es, als würde er ihren Vorschlag in Erwägung ziehen. Dann lehnte er plötzlich ab.

Vermutlich hielt er sie für total gestört. Das konnte sie ihm kaum verübeln. Wer war schon so verzweifelt, einen Wildfremden überreden zu wollen, an Weihnachten den Freund zu spielen.

Sie holte einmal tief Luft und klingelte. Eilige Schritte klapperten hinter der Tür. Schwungvoll riss ihre Schwester Val die imposanten Flügel auf.

„Kate! Wie schön dich zu sehen", juchzte sie mit ihrer rauchigen Stimme und zog sie an sich. Kates Nase wurde für einen Moment an ihren Busen gedrückt, denn ihre älteste Schwester war einen guten Kopf größer als sie. Mit ihren silbernen Plateaustiefeln waren es locker anderthalb.

„Das kann ich mir vorstellen", entgegnete Kate grinsend und betrachte staunend Vals ungewohntes Outfit.

Sie trug ein Paillettenkleid, das in allen Farben des Regenbogens schimmerte und einer Dragqueen alle Ehre gemacht hätte. „Auf die Art verteilt sich Moms Unmut immerhin auf zwei ihrer Töchter."

„Ach, Kitty-Kat, das tue ich doch bloß für dich!" Val lachte dröhnend, legte Kate einen Arm um die Schulter und zog sie mit hinein.

„Du siehst auf jeden Fall unglaublich aus!", erwiderte Kate anerkennend. Wenn man bedachte, dass man ihre Schwester in der Regel in fließenden, grauen Gewändern antraf, die ihre Körperform im Wesentlichen verhüllten, war das hier eine erstaunliche Wandlung und sie fragte sich, wer oder was diese hervorgebracht hatte. Sonst fand sich die Farbe in Vals Leben ausschließlich auf ihren abstrakten Gemälden wieder.

„Mein Agent meinte, wenn ich mehr Erfolg als Künstlerin wolle, müsste ich so langsam beginnen, wie eine auszusehen. Et voilà: mein erster Versuch!"

„Dein Agent scheint ein ziemlich kluger Kerl zu sein", erwiderte Kate, während sie sich aus ihrem Mantel schälte, und überlegte, was es wohl mit Vals vielsagendem Lächeln auf sich hatte.

„Die anderen sind in der großen Halle. Möchtest du dich erst umziehen oder bist du schon bereit für die Höhle der Löwen?"

Kate inspizierte ihre weiße Schluppenbluse, entschied, dass sie unter der Zeit im Auto nicht allzu sehr gelitten hatte, und zuckte mit den Schultern. „Geht so, denke ich, auch wenn es nicht so spektakulär ist wie dein Kleid."

„Wie war die Fahrt?", erkundigte sich Val, während sie Kate mit zur Halle hinüberzog, in der bereits ein großer Teil ihrer Familie versammelt war.

Ihre Brüder Mick und George, ihre Schwester Jessie, und natürlich Kates Nichten und Neffen. Alle hielten Punschgläser in den Händen und unterhielten sich angeregt, während die Kinder eine überdimensionale, glitzernde Schneeflocke zu einem Ball umfunktioniert hatten, dem sie in wildem Zickzack durch den Raum folgten.

„Mom hat schon befürchtet, dass du den Schnee vorschieben würdest, um dich nicht auf den Weg hierher zu machen, ist das zu glauben? Als könntest du nicht mit glatten Straßen umgehen. Dabei sind wir Watson-Mädchen doch quasi bereits als Babys auf Schnee gefahren!"

Bevor Kate etwas darauf erwidern konnte, eilte ihre Mutter auf sie zu. Sally Watson war eine lebhafte, kleine, brünette Frau, die in der Regel das Herz auf dem richtigen Fleck hatte. Das einzige Problem mit ihr war die Tatsache, dass ihr die Meinung und der Stand der Familie in der Gemeinde so wichtig waren, dass sie gelegentlich die Prioritäten aus den Augen verlor. So auch bei Kate.

Anstatt ihrer jüngsten Tochter zu helfen, ihren eigenen Weg zu finden, hatte sie sie beinahe in die Beziehung mit Flynt, dem Sohn ihrer Busenfreundin Greta, gedrängt. Vor lauter Sorge um die öffentliche Meinung hatte sie nicht gemerkt, was sich tatsächlich unter der Oberfläche abspielte. Kate hatte sich oft überlegt, sich ihrer Mutter anzuvertrauen, doch es aus Angst vor deren Reaktion nicht gewagt.

„Wo warst du denn so lange? Wir haben schon befürchtet, dass du einen Unfall gehabt hast!" Vorwurfsvoll starrten die dunklen Augen ihrer Mutter sie an. Auch auf ihren Wangen hatte sich eine leichte Hitze gebildet, die von der Aufregung als Gastgeberin oder dem etwas zu hochlodernden Kaminfeuer stammen konnte.

„Tut mir leid, ich ...", stammelte Kate, wurde jedoch von ihrem Vater unterbrochen, der sie herzhaft an sich zog.

„Kate, Kleines, endlich bist du wieder da! Gib es ruhig zu, du konntest es nicht erwarten, nach Hause zu kommen."

An seinem leicht schleppenden Tonfall konnte sie erkennen, dass er bereits seit einer Weile dem Weihnachtspunsch zugesprochen hatte. Walter Watson war ein ausgesprochener Genießer, der keine Gelegenheit ausließ, sich gutem Essen und exquisiten Getränken zu widmen, was man seiner Figur auch deutlich ansah. Ohnehin nur mittelgroß hatte er sich einen kugelrunden Bauch angefressen, der ihm das Aussehen eines alternden Teddybären gab.

„Hi, Dad, du hast recht, es ist schön, wieder hier zu sein", sagte Kate lächelnd, als sie sich aus seiner Umarmung befreit hatte. „Aber du glaubst nicht, was passiert ist ..."

„Kitty-Kat!", rief da ihr Bruder Mick, der mehr und mehr zu einer XL-Version ihres Vaters wurde. Sogar sein Haaransatz begann, dem seines Erzeugers zu gleichen. „Frohe Weihnachten!"

Mit breitem Lächeln reichte er ihr ein Glas warmen Punschs und prostete ihr zu. Mittlerweile hatten sich auch die anderen um sie herum versammelt. Kate gab es auf, von ihrem Unfall zu erzählen, denn sie hatte keine Lust, dass dieser Vorfall in der gesamten Sippschaft diskutiert wurde. So war ihre Familie eben. Groß, laut und herzlich.

Im Gegensatz zu Kate waren ihre Geschwister hier in der Gegend geblieben, George und Mick hatten inzwischen eine eigene Familie und hier in der Nähe jeweils ein Haus. Mick leitete einen großen Supermarkt in Hartford, George handelte mit Oldtimern, Jessie war Erzieherin im örtlichen Kindergarten. Val versuchte sich mit mittlerem Erfolg als freie Künstlerin.

„Wow, die Halle sieht fantastisch aus. So prachtvoll hast du an Weihnachten noch nie dekoriert, Mom!" Ihre Mutter hatte sich in Sachen Dekoration mal wieder selbst übertroffen. In diesem Jahr war die Eingangshalle zu einer gigantischen Schneelandschaft geworden.

„Das liegt an Elijah und Anton", gab diese zu. „Die beiden waren so begeistert mit dabei, dass es noch mehr Spaß gemacht hat als sonst."

Kate sah zu den Zwillingen ihres Bruders Mick hinüber, die eine der tortengroßen Schneeflocken mittlerweile in wunderbarem Einvernehmen mit ihrer vierjährigen Nichte Norma in ihre Einzelteile zerlegt hatten, und lächelte.

„Hast du Hunger, Liebes? Auf dem Herd köchelt Marias Bohnensuppe vor sich hin, falls du vor der Party noch etwas essen möchtest."

Die Party. Ja genau, an die hatte sie auch gerade gedacht. Wer wohl alles dabei sein würde? Wieder verkrampfte sich Kates Magen.

„Nein danke, ich bin nicht hungrig“, sagte sie, weil sie sich nicht vorstellen konnte, dem Knoten in ihrem Bauch Nahrung hinzuzufügen, obwohl sie seit einem halben Donut heute Morgen nichts mehr gegessen hatte. „Und außerdem ...“

„Flynt wird auch da sein“, unterbrach ihre Mutter strahlend und sah Kate erwartungsvoll an.

Kate rutschte das Herz in die Hose. Sie hasste nichts mehr, als ihre Mutter zu enttäuschen, die immer geglaubt hatte, ihren zukünftigen Schwiegersohn bereits zu kennen, aber die Sache mit Flynt war endgültig Geschichte.

Flynt, der zu Schulzeiten ihr allerbester Freund gewesen war, bei dessen Familie sie damals ein und ausgegangen war. Flynt, der erste Junge, den sie je geküsst hatte. Alle hatten sie für das perfekte Paar gehalten. Leider hatten sie sich darin geirrt. Gerade Flynt, der immer noch an ihr zu hängen schien, durfte nicht erfahren, was tatsächlich passiert war und wieso es für sie beide niemals einen Weg zurückgab. Das war sie ihm schuldig.

Kates Stimme war rau, als sie antwortete: „Ist ja toll.“

Ihre Mutter schien ihr Unbehagen nicht zu bemerken. „Greta hat mir verraten, dass er keine Freundin hat. Noch gibt es also eine realistische Chance für euch beide. Ich würde mich ja so freuen. Wir haben immer davon geträumt, wie es wäre, wenn wir einmal ein gemeinsames Enkelkind hätten.“

Greta Benjamin war Flynts Mutter. Vermutlich hatten Mom und sie bereits Pläne für ihre beiden Schätzchen geschmiedet, als diese sich noch im Laufstall um eine Rassel gestritten hatten.

Dieses Gespräch schnürte Kate derart die Kehle zu, dass sie das Gefühl hatte, augenblicklich hinauszumüssen. Mit zittrigen Fingern riss sie sich den dünnen Schal vom Hals, in der Hoffnung, dann besser atmen zu können.

„Was ist denn los?" Ihre Schwester Jessie war plötzlich neben ihr aufgetaucht und legte den Arm um sie. „Du bist ja leichenblass."

Jessie war definitiv die mit dem größten Einfühlungsvermögen von allen und hatte schon immer genau gewusst, wie Kate sich fühlte. Wenn Drake heute tatsächlich noch auftauchte – und damit rechnete sie mittlerweile – musste sie bei Jessie besonders aufpassen, dass sie sich nicht verriet.

„Nichts, alles in Ordnung", antwortete Kate hastig. „Ich bin ein bisschen zu früh aufgestanden. Vielleicht sollte ich mich hinlegen. Außerdem hatte ich vorhin ..."

In dem Moment klingelte es an der Tür. „Oh, das werden sicherlich die Benjamins sein", rief ihre Mutter und eilte zur Tür.

Kates Hände wurden eiskalt und sie sah sich nach einer Fluchtmöglichkeit um. Sie beschloss, dass es dringend an der Zeit war, Maria, ihrer langjährigen Haushälterin, in der Küche einen Besuch abzustatten. Der Vorteil war außerdem, dass dies einer der Räume war, die von der Eingangstür am weitesten weg lagen.

Da rief plötzlich jemand ihren Namen.

„Kate? Ich glaube, der Besuch hier ist für dich!", erklang die Stimme ihrer Mutter.

Wer konnte das jetzt sein und wieso bat Kates Mutter den Gast nicht einfach hinein? Kate konnte nicht erkennen, wer es war, denn sie und ihre Schwestern versperrten ihr den Blick. Sie tuschelten und blickten Kate neugierig an. Dann trat ihre Mutter ein Schritt zur Seite und gab den Blick frei auf ... Jordan?

„Kate, Baby!“, rief er aufgekratzt. „Ich glaube, du hast vergessen, deiner Familie von meinem Besuch zu erzählen!“

Kate blieb wie angewurzelt stehen und starrte ihn an. Jordan machte drei große Schritte auf sie zu, zog sie an sich und gab ihr einen festen Kuss auf den Mund. Sie sog seinen männlich herben Geruch ein und bekam überraschend weiche Knie. Sprachlos sah sie ihn an.

„Ich würde an deiner Stelle jetzt irgendetwas tun. Zum Beispiel aufgekratzt kichern, sonst glaubt dir niemand die Scharade“, flüsterte er ihr ins Ohr. Die Luft seines Atems streifte ihren Hals und ließ sie erschauern.

In Kates Kopf drehte sich alles. Sie konnte kaum einen klaren Gedanken fassen. Was hatte seinen plötzlichen Sinneswandel bewirkt? Warum war er jetzt doch da, nachdem er sich so vehement dagegen gesträubt hatte?

Hilflos versuchte sie ein Kichern und merkte selbst, dass es in ihren Ohren leicht hysterisch klang.

„Tja, Jordan, soweit bin ich gar nicht gekommen. Wir waren grad mitten in der Begrüßung.“

Sie lachte aufgesetzt und betete darum, dass aus der Sauce in ihrem Schädel irgendetwas Sinnvolles werden möge. Noch immer konnte sie nichts weiter tun, als ihn wie vom Donner gerührt anzuschauen. Ungefähr das, was der Rest der Anwesenden auch gerade tat.

„Ist sie nicht wunderbar?", verkündete Jordan lauthals. „Baby, ich weiß, wie sehr du dich freust, mich zu sehen. Aber reiß dich ein wenig zusammen, sonst denkt deine Familie noch, dass ich dich durch meine bloße Anwesenheit um den Verstand bringe."

Er lachte, als wäre das ein großartiger Scherz gewesen. Die anderen lachten höflich mit. Kate errötete und wusste immer noch nicht, was sie sagen sollte.

Amüsiert zuckte Jordan mit den Achseln und trat auf Kates Mutter zu.

„Mrs. … Äh …". Hilfesuchend sah er sich zu Kate um. Kurz war er aus dem Konzept gebracht, dann räusperte er sich fing er sich wieder. „Ich freue mich so, dass ich das Weihnachtsfest mit Ihnen verbringen darf. Kate hat mir schon viel von ihrer Familie erzählt." Er kniff Kate neckisch in den Hintern. Sie quiekte empört und bemerkte, wie Val und Jessie ihre Köpfe zusammensteckten.

„Kate, mein Schatz, wie kommt es denn, dass du vergessen hast, uns so etwas Wichtiges mitzuteilen?" Ihre Mutter wandte sich mit zusammengepressten Lippen an Kate. Am Funkeln in ihren Augen erkannte Kate, dass sie fuchsteufelswild war.

Großonkel Denver lachte schallend.

„Nun ja, ich wollte euch überraschen", stammelte sie und sah hilfesuchend zu Jordan.

„Überraschen", brachte ihre Mutter hervor.

„Überraschen?", fragte ihr Vater.

„Überraschen." Val amüsierte sich königlich.

„Ich bin Jordan." Jordan hielt ihrem Vater die Hand hin.

Der ließ seinen Blick kritisch über den vermeintlichen Freund seiner Tochter wandern. An der flügelartigen Tätowierung, die sich den Nacken hinaufwand, blieb er stirnrunzelnd hängen. Er kniff die Lippen zusammen.

„Hm", machte er.

„Dad!", zischte Jessie.

„Watson. Walter Watson.", sagte Kates Vater reserviert und schüttelte sparsam Jordans Hand.

„Freut mich, Sie kennenzulernen, Sir, Kate hat schon so viel von Ihnen erzählt!"

Kate rollte die Augen.

„Wirklich?", fragte ihr Vater misstrauisch. „Was denn?"

„Hey Jordan, ich bin Mick." Kates Bruder legte ihm den Arm um die Schulter. „Lass dich von dem alten Griesgram nicht aus dem Konzept bringen. Er meint es nicht so. Aber Kate ist hier das Nesthäkchen – du weißt schon!"

„So ist das eben mit Vätern von schönen Töchtern!", entgegnete Jordan schulterzuckend.

Kates Mutter öffnete empört den Mund.

„Das hat mir mal ein Freund erzählt, der ein echt wilder Bursche war", fügte Jordan hastig hinzu.

Damit rettete er die Situation nicht annähernd, dachte Kate.

„Du möchtest Jordan bestimmt jetzt euer Zimmer zeigen. Ihr hattet ja eine lange Anreise", sagte Jessie.

Kate wusste es zu schätzen, wie ihre Geschwister sich für sie ins Zeug legten, doch so wurde alles nur noch komplizierter.

„Euer Zimmer?" Kates Vater sah aus, als wollte er auf Jordan losgehen.

„Dad, ich bin volljährig!"

„Das stimmt!" Jordan zwinkerte Kate zu. Ihr ging auf, was das implizierte und sie wurde wieder knallrot im Gesicht.

„Ich glaube, der arme Jordan braucht jetzt dringend einen Willkommensdrink! Komm, Kumpel, du musst bestimmt erst mal verdauen, in was für eine Familie du hier herein geraten bist!" Freundschaftlich legte Mick Jordan den Arm um die Schultern.

„Fantastische Idee", bestätigte Jordan. „Dann kannst du mir auch gern die bezaubernde Lady neben dir vorstellen. Deine Frau?"

Das Ganze kann nur in einer totalen Katastrophe enden, dachte Kate.

Mick hob amüsiert die Mundwinkel. „Gott bewahre!"

„Das wäre wirklich die Hölle auf Erden." Val lachte. „Nicht wahr, Bruderherz?"

„Sag mal, wie lange seid ihr denn schon zusammen? Mir scheint es, dass ihr voll überschäumender Gefühle nicht so viel Zeit hattet, euch zu unterhalten." Mick grinste anzüglich. „Weißt du wenigstens, wie dein neuer Freund mit Nachnamen heißt?"

Am liebsten hätte Kate ihrem Bruder jetzt eine Ohrfeige gegeben, weil das, was er da andeutet, absolut nicht wahr war.

„LeClerc", entgegnete sie stattdessen. „Jordan LeClerc heißt er und er lebt in ...", sie überlegte kurz, was sein Kennzeichen gewesen war, „New York. Ganz in der Nähe vom Central Park." Sie sagte das alles langsam, damit Jordan eine Chance hatte, es sich zu merken.

Central Park war auch der einzige Ort in New York, der ihr einfiel.

„Ecke 16. und 90.“, ergänzte Jordan, bevor jemand Kate fragen konnte.

„Hast du nicht letzte Woche gesagt, dass du schon ewig nicht in New York warst und das unbedingt in den nächsten Ferien nachholen musst?“ Val legte den Kopf schief.

„Das stimmt! Ich versuche sie die ganze Zeit zu überreden, mich besuchen zu kommen. Aber sie ist ja eine absolute Streberin und möchte auf keinen Fall ihr Studium vernachlässigen, nicht wahr, Baby?“ Jordan grinste herausfordernd.

„Komm, jetzt trinken wir erst mal einen und dann kannst du uns die romantische Geschichte erzählen, wie ihr euch kennengelernt habt.“ Mick und George nahmen ihn in die Mitte und schoben ihn hinüber zu dem Zimmer, das früher die Bezeichnung „Herrenzimmer“ hatte und in dem sich heute immer noch die Bar befand.

Kate sah ihnen verzweifelt nach. Auf keinen Fall wollte sie Jordan mit ihren Brüdern allein lassen. Das konnte nur daneben gehen. Sie hatten überhaupt nichts abgesprochen. Doch da ihre Mutter ihre Arme wie einen Schraubstock um ihre Schultern gelegt hatte, hatte sie keine Wahl.

„Wir müssen uns unterhalten“, knurrte diese ihr zu, und bugsierte sie unter den amüsierten Blicken der anderen Gäste in die Küche.

Hier war schon alles für das Festessen vorbereitet. Auf der Anrichte und dem Tisch in der Mitte stapelten sich, momentan noch abgedeckt, Schalen und Platten mit Salaten, Beilagen und mindestens drei verschiedenen Sorten Pudding, die darauf warteten, im Esszimmer serviert zu werden.

„Wieso zum Teufel hast du mir nichts gesagt?" Erbost starrte ihre Mutter sie an. „Und wieso hast du mich angelogen? Du hast behauptet, dass Flynt sich irrt und es keinen anderen gibt."

Kate seufzte und wünschte sich zurück in ihr spartanisches Zimmer im Studentenwohnheim. Hätte sie bloß ihrem Instinkt vertraut und dieses Weihnachtsfest ausfallen lassen.

Als sie die mit Buttercreme verzierten Cookies in Form eines Weihnachtssterns bemerkte, meldete sich der Hunger in ihr. Maria, ihre Haushälterin, arbeitete schon seit einer wahren Ewigkeit für die Familie. Soweit Kate wusste, war sie schon immer da gewesen. Jedenfalls war sie mindestens so lange bei ihnen, wie es Kate gab. Ihre köstlichen Weihnachtsplätzchen hatten bislang jeden Heiligabend begleitet. Sie streckte die Hand aus und ergriff einen der Sterne. Sie wollte gerade hineinbeißen, als ihre Mutter ihr empört den Keks aus den Fingern riss.

„Hörst du mir überhaupt zu? Was ist los mit dir? Du kannst doch keine Plätzchen essen, wenn wir über so etwas Wichtiges reden!"

Kate verdrehte die Augen. „Vorhin hast du mich gefragt, ob ich Hunger habe. Nun habe ich Hunger. Wo ist bitte das Problem?"

Ihre Mutter stützte die Hände in die Hüften und funkelte sie wütend an. „Das Problem ist, dass du mich bei unseren Freunden lächerlich machst."

„Wieso denn das?" Kate schnappte sich einen anderen Keks.

„Wieso?" Die Stimme ihrer Mutter überschlug sich. „Ich lade die Benjamins ein und verrate Greta, dass du doch noch Single bist. Dass an dem Gerücht, dass du einen anderen kennengelernt haben sollst, nichts dran ist. Und sie erzählt mir, dass Flynt offenbar nie begriffen hat, was schiefgelaufen ist und dass er immer noch in dich verliebt ist. Niemand hat verstanden, wieso du so plötzlich Schluss gemacht hast, Kate. Aber lass dir eines sagen: Auf der anderen Seite ist das Gras auch nicht grüner und so einen wie Flynt findest du kein zweites Mal."

Kate schlug frustriert mit der Hand auf den Küchentisch. Die Etagere mit den Plätzchen kam dabei gefährlich ins Wanken, hielt sich aber gerade noch oben.

„Mama, bitte! Ich bin keine alte Jungfer, die auf dem Jahrmarkt dem Erstbesten angeboten werden muss. Ich kann mir selbst einen Freund suchen."

Plötzlich fiel ihr auf, was sie sagte, und sie korrigierte sich. „Ich habe einen festen Freund. Ich will Flynt nicht mehr. Kannst du das endlich akzeptieren? Vielleicht muss ich es mir auf die Stirn tätowieren oder mir T-Shirts damit drucken. Ich bin ein eigenständiger Mensch und nicht dazu da, deine Träume zu leben."

Mit offenem Mund starrte ihre Mutter sie an. Vermutlich war es das erste Mal, dass Kate in einem solchen Tonfall mit ihr sprach. Bestürzt bemerkte Kate, dass das Kinn ihrer Mutter zitterte. Dann schlug sie die Hände vors Gesicht und rannte aus der Küche.

Wie vom Donner gerührt blieb Kate stehen.

„Scheiße", fluchte sie. „Scheiße, Scheiße, Scheiße!"

Nur mit eiserner Selbstbeherrschung widerstand Kate dem Impuls, in der Küche alles kurz und klein zu schlagen. Vor allem, weil es Maria gegenüber nicht fair gewesen wäre, die so viel Arbeit damit gehabt hatte.

Wie auf Kommando betrat diese die Küche. Sie trug ein silbernes Tablett in der Hand, auf dem sich noch die Reste der Kanapees befanden, die die Zeit bis zum Abendessen überbrücken sollten. Als sie Kate sah, erhellte ein Strahlen ihr Gesicht. Sie stellte das Tablett ab und kam mit ausgebreiteten Armen auf sie zu.

„Kate! Da bist du ja endlich!" Sie gab ihr ein paar herzliche Wangenküsse. Dann schob sie Kate von sich weg und betrachtete sie von oben bis unten. „Lass dich erst mal ansehen. Isst du denn auch genug? Können die Menschen an dieser Universität kochen?" Dann runzelte sie die Stirn. „Was ist denn los?"

Kate ließ den Kopf sinken. „Eben habe ich meine Mutter zum Weinen gebracht."

„Hey, Chica, so schlimm kann es doch nicht sein!", sagte Maria so warmherzig, dass sich Tränen in Kates Augen sammelten. „Was ist denn passiert? Du bist doch gerade erst nach Hause gekommen!"

„Und ich hätte niemals herkommen sollen. Ich habe es ja gewusst."

„Wieso denn nicht?" Maria legte den Arm um Kate und drückte sie an sich. Der vertraute Geruch nach Vanille und Zimt umgab sie. Maria war schon immer so etwas wie eine zweite Mutter für Kate gewesen. Sie hatte stets ein Stück Schokolade und ein Pflaster da, wenn Kate mal wieder beim Klettern von einem Baum gefallen oder sich beim Schnitzen in die Hand geschnitten hatte. Maria war eine ebenso große Konstante in ihrem Leben wie ihre Eltern selbst.

„Ich kann nicht drüber reden!“

„Wenn ich über etwas nicht reden kann, dann spreche ich darüber mit Gott. Der hört mir immer zu, auch wenn etwas wirklich schlimm ist.“ Maria sah sie ernst an. „Ich habe keine Ahnung, was los ist. Aber lass dir gesagt sein, dass es für alles eine Lösung gibt. Ich habe einmal den Fehler gemacht, das zu vergessen. Das war der größte Fehler meines Lebens. Mach du nicht auch so einen.“

„Was hast du mit Mom gemacht?“ Mit gerunzelter Stirn und fest in die Hüften gestützten Fingern stand Jessie plötzlich in der Küchentür.

„Wieso?“, fragte Kate abwehrend.

„Sie ist heulend nach oben gegangen. Dad ist hinterher und die anderen fragen sich, was wohl passiert ist.“

„Möchtet ihr vielleicht ein Glas Orangenpunsch?“ Maria stellte ihnen die Gläser hin, die sie bereits eingegossen hatte.

„Danke“, sagte Kate knapp.

Jessie ließ ihr Getränk unberührt stehen. „Und?“, fragte sie.

„Wir hatten einen Streit.“ Kate nahm einen großen Schluck und genoss die Wärme, die es in ihrem Magen erzeugte. Dann probierte sie eines der Zimtplätzchen.

„Die sind mal wieder unübertroffen, Maria!“, sagte sie zu ihr, in der Hoffnung, das Gespräch auf ein anderes Thema zu lenken.

„Danke!“ Maria strahlte. „Du musst auch unbedingt die Polvorones probieren!“ Sie öffnete einen Schrank und holte eine Dose hervor, in der sich wunderbar duftende Plätzchen befanden.

„Polvorones!“, juchzte Kate, deren Magen sich nun immer stärker meldete. „Ich habe mich schon gefragt, ob du die in diesem Jahr vergessen hast!“ Sie liebte es, wenn Maria die süßen Leckereien aus ihrer mexikanischen Heimat machte.

„Wie könnte ich, Chica! Ich weiß doch, wie gern du sie hast.“

Kate wollte sich gerade den zweiten Keks schnappen, als sich eine Hand um ihren Arm krallte. Sie hielt in der Bewegung inne und drehte sich zu ihrer Schwester um.

„Du bist echt unmöglich!“, schimpfte Jessie. „Erst bringst du Mom zum Weinen und dann stopfst du dich mit Plätzchen voll, als wäre nichts gewesen.“

„Wenn du keine Ahnung hast, worum es ging, solltest du dich vielleicht raushalten!“, entgegnete Kate eisig.

„Mädchen, es ist Weihnachten, lasst die Streitereien. Weihnachten sollte das Fest der Liebe und der Familie sein!“ Maria legte ihre Arme um die beiden.

Jessie ignorierte den Einwand. „Ich weiß nicht, was mit dir los ist. Du bist total merkwürdig, seit du nach Yale gegangen bist.“

„Das ist nicht wahr. Ihr wollt bloß nicht akzeptieren, dass ich ein anderes Leben führe. Mein eigenes.“

Jessie schnaubte. „Dad hat dir ein Auto geschenkt. Doch du warst das letzte Mal an Thanksgiving hier. Weißt du, wie sehr die beiden sich grämen?“

„Hast du schon mal in Erwägung gezogen, dass ich mich fernhalte, weil ich nicht ständig über Flynt stolpern will? Und was macht Mom als Erstes? Lädt ihn mit ganzer Familie ein und verkündet ihm, ich wäre Single.“

Mittlerweile befand sich Maria in einem Zustand hektischer Betriebsamkeit. Den nahm sie immer ein, wenn ihr etwas gegen den Strich ging. Sie spülte Gläser ab, die sie durchaus auch in die Spülmaschine hätte räumen können.

„Vielleicht hättest du ihr von deinem Freund erzählen sollen“, meinte Jessie.

„Ja, vielleicht. Aber vielleicht sollte Mom aufhören, mich zu verschachern wie eine Braut auf einem Basar. Ich kann mir selbst einen Freund suchen.“

„Du hast einen neuen Freund? Das hast du ja noch gar nicht erzählt.“ Maria sah sie neugierig an.

„Und was für einen“, warf Jessie ein. „Wo hast du ihn denn kennengelernt? Ich hoffe nicht, dass er sein Geld damit verdient, Schutzgeld zu erpressen. Ich habe den komischen Koffer gesehen, den er dabeihat. Ist da ein Gewehr drin?“

„So ein Quatsch!“ Kate lachte. „Jordan ist ein ganz normaler Typ mit einem normalen Job. Höchstens vielleicht mit einem ungewöhnlichen Klamottengeschmack.“

„Was macht er denn genau? In einem normalen Büro wird er mit den Tätowierungen wohl nicht arbeiten. Was ist das eigentlich für ein Ding an seinem Hals? Ein Vogel oder ein Tribal? Das konnte ich nicht so richtig erkennen.“

„Keine Ahnung“, entgegnete Kate und wünschte sich augenblicklich, dass sie erst nachdenken und dann reden würde.

„Willst du mir erzählen, dass dieser testosterongeschwängerte Kerl dein Freund ist, du ihn aber noch nie nackt gesehen hast?" Mit offenem Mund starrte Jessie sie an.

Kate entschied, dass der Moment für eine Verzweiflungstat gekommen war. Sie beugte sich vor, als wollte sie ein weiteres Plätzchen nehmen, und goss sich dabei den Orangenpunsch über die weiße Seidenbluse. Manchmal war es Zeit, ein Opfer zu bringen.

„Oh nein!", tat sie entsetzt. „Wie konnte mir das bloß passieren?"

Sie schnappte sich eine Serviette und wischte hektisch auf dem Fleck herum. Dabei wurde alles nur noch schlimmer. Maria und ihre Schwester kamen hinzu und versuchten ebenfalls, das größte Unheil abzuwenden. Aber die weiße Seidenbluse war nun zur Hälfte rot.

„Du musst das sofort ausziehen. Dann müssen wir Salz drauf tun, sonst ist deine Bluse ruiniert", bemerkte Maria, die auf dem Gebiet eine wahre Expertin war.

„Vermutlich hast du recht. Ich wollte mich sowieso umziehen. Ich gehe auf mein Zimmer."

Mit diesen Worten eilte Kate aus der Küche. Zu ihrer Erleichterung war ihre Mutter nirgends zu sehen und sie musste sich nicht auch noch bei ihr rechtfertigen. Sie ging hinüber zur Bar und hörte, wie Jordan etwas sagte, als sie den Raum betrat.

„Wie siehst du denn aus? Hast du versucht, einen Truthahn zu köpfen?", frotzelte George. Die Anwesenden lachten.

Kate verkniff sich demonstrativ eine Antwort. „Jordan, wie wäre es, wenn wir uns umziehen gehen? Nach dem Abendessen gehen wir ja noch alle gemeinsam in die Kirche." Dabei warf sie ihm einen vielsagenden Blick zu.

Gemächlich ließ er seine Augen durch den Raum schweifen, als müsste er überlegen, ob er ihrem Wunsch wirklich nachgeben sollte. Dann grinste er und stand auf.

„Natürlich, Baby. Wahrscheinlich brauchst du Hilfe. Da komme ich doch gerne mit."

Er nickte den anderen zu und ging zu Kate hinüber.

„Spiel bloß nicht immer den Pantoffelhelden", rief Mick ihm nach. „Und mach das nicht vor unseren Frauen, Jordan! Sonst werden die noch total aufmüpfig!"

Jordan lachte. „Ich verrate euch später, wie man eine Frau dazu bekommt, dass sie einem aus der Hand frisst."

Er zwinkerte, legte Kate besitzergreifend den Arm um die Schulter, nicht ohne ausreichend Abstand zu der roten Brühe zu halten, und schob sie aus dem Raum.

Kapitel 9

Als außer Sichtweite waren, wischte Kate seine Hand von ihrer Schulter. Sie wirkte nervös, als hätten die vergangenen Minuten mit ihrer Familie gereicht, um all ihre emotionalen Kräfte aufzubrauchen.

Jordan verstand nicht, wo das Problem lag. Auf den ersten Blick hatte Kate das Glück, eine entzückende, große und überraschend intakte Familie zu haben. Mit Eltern, die sich augenscheinlich immer noch zugetan waren, und Geschwistern, die sich in angemessener Weise um das Wohlergehen ihrer Schwester sorgten.

Wenn er ehrlich war, war Mr. Watsons Verhalten ihm gegenüber nachvollziehbar. Ein guter Vater machte das, was Kates Vater gemacht hatte. Er war misstrauisch, wenn der Freund der Tochter nicht wie der perfekte Schwiegersohn wirkte, und wollte nicht, dass der Zukünftige wie ein Rocker aussah. Ein braver Banker hätte es ihm sicherlich eher angetan. Insofern hatte auch seine Ex-Freundin mit ihrem Mann die bessere Wahl getroffen als damals, als sie noch mit ihm zusammen gewesen war.

Jordan fand Kates Familie sympathisch. Ihre Brüder hatten alles getan, damit er sich in ihrer Mitte wohlfühlte. Sie hatten ihm Getränke aufgenötigt und sich freundlich mit ihm unterhalten. Walter war aufgetaut, als Jordan sich bewundernd über die wundervolle Landschaft geäußert hatte.

„Jordan, wo kommen Sie denn her?", hatte er sich erkundigt.

„Ich bin ein typischer Städter, hatte früher nur selten das Glück, die graue Häuserlandschaft New Yorks verlassen zu können und so etwas wie diese Berge hier zu sehen", entgegnete Jordan.

Kates Vater nickte verständnisvoll.

„Das kann ich gut verstehen. Zum 20. Hochzeitstag waren meine Frau und ich einmal in New York, weil immer alle sagen, wie toll es dort sei. Aber uns haben die Menschenmassen, die vielen Lichter und die Geräusche derart erschlagen, dass wir den Urlaub nach zwei Tagen abgebrochen haben und uns eine Berghütte genommen haben. Sehr zum Verdruss unserer Kinder, die uns die Reise geschenkt hatten."

Jordan lachte höflich und dachte mit einem gewissen Neid daran, wie es wohl sein mochte in einer Familie, wo sich einer um den anderen kümmerte.

Zögernd öffnete Kate die Tür zu ihrem Zimmer, genauer gesagt zu dem Zimmer, das sie früher hier bewohnt hatte. Das Quietschen der alten Scharniere holte Jordan aus seinen Gedanken.

„Oh, ein Traum in Rosa!", bemerkte er, als er den Raum betrat und das war noch nicht einmal übertrieben. Das Zimmer mit den schweren viktorianischen

Möbeln in dessen Zentrum ein in Altrosa und Gold gehaltenes Himmelbett thronte, hätte einer Prinzessin gehören können.

„Mit zwölf hatte ich meine romantische Phase, seitdem haben wir den Raum nicht mehr umgestaltet." Sie wirkte verlegen. Als wollte sie sich dahinter verschanzen, ging sie um das große Bett herum und zog ihren Koffer mit sich.

Irgendjemand war so freundlich gewesen, ihr Gepäck schon in ihr Zimmer zu bringen, registrierte Jordan. Einen Moment lang fragte er sich, ob es die richtige Entscheidung gewesen war, zurückzukommen und Kates Spiel mitzumachen. Eigentlich wusste er selbst nicht, wieso er nach ein paar Kilometern wieder umgedreht war. Lag es an der seltsamen Ahnung, dass er hier mehr über seine Wurzeln erfahren würde oder daran, dass tatsächlich weit und breit keine Unterkunft zu bekommen gewesen war? Im Grunde genommen war diese ganze Reise eine verrückte Idee gewesen. Was glaubte er, nach all den Jahren hier finden zu können?

Ratlos sah Kate sich um. „Es gibt leider nur ein Bett."

Eigentlich war das Bett groß genug für zwei, sogar, wenn man es drauf anlegte, keinen Körperkontakt zu haben. Aus den riesigen Kissen ließe sich sicher so etwas wie die Chinesische Mauer improvisieren. Oder man konnte die Säulen des herrschaftlichen Baldachins für ein paar interessante Spielchen nutzen.

„Kein Problem, ich habe es gerne kuschelig." Er grinste sie an.

Eine sanfte Röte schoss ihr ins Gesicht. Sie schluckte, atmete einmal tief aus und wirkte auf einmal sehr verletzlich.

„War nur ein Witz. Ich schlafe auf dem Fußboden. Das macht mir nichts." Er deutete auf den üppigen Bettvorleger, der bequemer aussah als die durchgelegene Matratze im Haus seines Pflegevaters.

„Nein, nein! Wenn, dann werde ich auf dem Fußboden schlafen. Du bist schließlich mein Gast."

Kate beugte sich zu ihrem Koffer hinunter und öffnete den Reißverschluss. Ob sie sich jetzt hier einfach so umziehen würde? Oder würde sie sich schamhaft in das angrenzende Badezimmer verziehen? Entspannt setzte er sich in den Sessel am Fenster und beobachtete, wie sie ein seidiges, rotes Kleid und Pumps in exakt der gleichen Farbe herauszog.

Mit gerunzelter Stirn sah sie zu ihm hinüber. „Willst du dich nicht umziehen?"

„Wenn ich ehrlich bin, dann habe ich rein gar nichts dabei, was sich auch nur im Entferntesten für einen Kirchgang eignet", entgegnete er leichthin. Noch musste sie nicht wissen, dass er zwar gewillt war, hier ihren Freund zu spielen, aber auf keinen Fall mit in die Kirche gehen würde, wo sich vermutlich ganz Dawsonhills versammelte. Wie es der Teufel wollte, würde ihn jemand erkennen und die Presse auf seine Spur locken.

„Hattest du das etwa nicht vor?" Sie sah ihn an, als wäre ein Weihnachten ohne Gottesdienst für sie unvorstellbar.

Er schüttelte den Kopf. „Nein, wenn ich ehrlich bin, war ich bislang nur einmal in meinem Leben Weihnachten in der Kirche und das hat mir gereicht."

„Wirklich? Wieso?"

„Das ist eine lange Geschichte. Lass uns zwei bis fünf Flaschen Rotwein trinken, dann erzähle ich sie dir – vielleicht.“

Ein leichtes Lächeln umspielte ihre Lippen. Wenn sie nicht so ernst war, war sie ziemlich hübsch. Wahrscheinlich musste sie häufiger mal zum Lachen gebracht werden.

„Hast du nicht irgendetwas anderes, das du anziehen kannst? Dein Shirt ist – hm – recht auffällig!“, bemerkte sie zaghaft.

Er blickte an sich herunter. Er trug einen echten Armani. Ein kunstvoll zerfetztes Shirt mit langen Ärmeln und ein paar Löchern an den richtigen Stellen. Die schwarze Stoffhose wurde von einem braunen Ledergürtel mit einer silbernen Schnalle in Form eines Wolfes gehalten. Die bloß ein wenig hochgekrempelten Hosenbeine enthüllten seine Doc Martens.

Sein Outfit war vermutlich deutlich teurer als alles, was ansonsten heute hier getragen wurde. Da er aber grad in versöhnlicher Stimmung war, stand er auf und wühlte in seiner Reisetasche. Dabei förderte er zwei bedruckte weiße Shirts mit unpassenden Motiven zu Tage. Er warf sie wieder hinein und fand schließlich, was er gesucht hatte: eine einfache schwarze Jeans und ein leider etwas zerknittertes Hemd. Er hielt die beiden Sachen in die Höhe.

„Das hier?“ Er hob fragend die Augenbrauen.

Sie nickte. Begeisterung sah allerdings anders aus. „Besser als vorher.“

„In dem Fall kann ich nur sagen: Dein Wunsch ist mir Befehl.“

Kapitel 5

Jordan grinste sie frech an. Dabei fielen Kate die jungenhaften Grübchen in seinen Wangen auf. Wenn er nicht gerade mürrisch vor sich hinbrütete, konnte er richtig attraktiv sein. Vermutlich war er ein echter Frauenschwarm, wenn er es darauf anlegte.

Er zog sich das Shirt über den Kopf und stand plötzlich mit nacktem Oberkörper vor ihr. Mit offenem Mund starrte sie auf seine definierten Brustmuskeln. Von seinem Bauchnabel deutete eine Spur kurzer dunkler Haare wie ein Pfeil auf seinen Unterleib. Auf der linken Körperseite zog sich eine kunstvolle Tätowierung bis hinauf zum Nacken und über den Rücken. Leider konnte sie nicht alles erkennen, aber es schienen Engelsflügel und ein Namen in einer alten Schrift zu sein. Das angelaufene Silberamulett, das er an einer Kette um den Hals trug, bildete einen interessanten Kontrast zu seiner leicht gebräunten Haut.

Da hob er den Kopf und sah sie an, mit dem wissenden Blick, dass sie ihn soeben unverhohlen begutachtet hatte. Kate merkte, wie ihr die Hitze in den Kopf schoss und sie wandte sich hastig ab. Alibimäßig wühlte sie in ihren Kleidungsstücken, als hätte sie noch nicht alles gefunden, was sie brauchte, um sich ebenfalls umzuziehen.

Sie hörte das Rascheln seiner Hose. Kurz warf sie einen Blick zurück und sah, dass er sie spöttisch anlächelte.

„Willst du dich nicht auch umziehen?", fragte er. „Ich glaube, wir werden unten sehnsüchtig erwartet. Wenn wir hier zu lange oben bleiben, denken sie am Ende, dass uns eine plötzliche Leidenschaft übermannt hat."

Kate schluckte hart. „Natürlich. Ich suche bloß noch etwas."

„Kann ich kurz in die Dusche springen?"

Sie nickte erleichtert. Nur mit seiner Boxershorts bekleidet verschwand er im angrenzenden Bad.

In Windeseile zog Kate sich bis auf die Unterhose aus und sprang in den speziellen BH, den sie zu dem Kleid mit dem weiten Rückenausschnitt tragen musste. Sie hatte es gerade geschafft, die Strumpfhose und das Kleid überzustreifen, als er auch schon zurückkam. Feuchte, strubbelige Haare, das Handtuch lässig um die Hüfte geschlungen. Sie wandte sich ab, um ihn nicht noch mehr anzustarren, und versuchte, den Reißverschluss zu schließen.

„Brauchst du Hilfe?"

„Nein, danke!" Ihr behagte die Vorstellung nicht, dass ein fast nackter Jordan hinter ihr stand, um ihr mit dem Kleid zu helfen.

Mittlerweile war sie sich nicht mehr sicher, ob es eine gute Idee gewesen war, den Plan mit dem falschen Freund auszuhecken. Jordan machte sie nervös und er war viel zu attraktiv, um ihn in ihrem Schlafzimmer zu haben.

„Wow, du siehst atemberaubend aus!“, sagte er, als sie endlich den Kampf mit dem Reißverschluss gewonnen hatte. „Wenn dein Freund hier wäre, würde er dir vermutlich das Kleid am liebsten sofort wieder ausziehen!“

Unter seinem amüsierten Blick wurde ihr heiß.

Sie räusperte sich. „Mir fällt gerade ein, dass wir unsere Legende noch gar nicht abgestimmt haben! Ständig fragen mich Leute, wie wir uns kennengelernt haben. Hast du schon etwas erzählt?“

„Ich habe gesagt, dass wir uns in einer Bar getroffen haben. Du warst mit deinen Freunden dort. Ich mit meinen Kumpels.“ Er sah sie an, als hätte er soeben die Eine-Millionen-Dollar-Frage richtig beantwortet.

„Ich gehe nie in Bars“, warf sie ein.

„Jetzt schon. Außerdem: Wo lernst du denn deine Männer kennen?“

Mit offenem Mund sah sie ihn an.

„Meine Männer? Wie viele Männer soll ich kennengelernt haben?“

Jordans Augen weiteten sich erstaunt. „Keine Männer? Dann wird es aber Zeit, Süße.“

Kate spürte erneut, wie Hitze in ihre Wangen stieg.

„Haha! Natürlich habe ich schon mal einen Mann kennengelernt. Ich habe ja momentan auch einen Freund.“ Sie merkte selbst, wie lahm das klang.

Jordan schnaubte. „Ich frage mich bloß, wieso er nicht hier ist.“ Er lehnte sich an die Wand und sah sie abschätzend an. Sein durchdringender Blick machte sie nervös.

„Das habe ich dir doch längst erzählt!“

„Daran kann ich mich nicht erinnern.“

Er verschränkte die Arme vor der Brust und sah sie herausfordernd an.

„Ich habe gesagt, dass er keine Zeit hat", wiederholte sie ungeduldig.

„Süße, das kannst du deiner Großmutter erzählen, aber nicht mir."

Er stieß sich von der Wand ab und kam auf sie zu, bis er direkt vor ihr stand. Sie widerstand dem Impuls, zurückzuweichen, und sah ihm fest ins Gesicht.

„Wieso?"

„Ich erkenne eine Lüge auf hundert Metern Entfernung. Dass die Geschichte nicht der Wahrheit entspricht, habe ich sofort gerochen."

Seine schönen, vollen Lippen verzogen sich abschätzig. Kate fühlte sich ertappt. Sie senkte den Kopf und ging hastig hinüber zum Schminktisch.

Als sie sich das Gesicht puderte und den Lippenstift nachzog, sah sie im Spiegel, wie er sie beobachtete. Er wirkte wie ein Wolf, der sein Opfer anvisiert und den richtigen Moment zum Angriff abwartete. Ihr Mund wurde trocken.

„Eigentlich kann es dir doch egal sein, warum mein Freund nicht hier ist und warum ich möchte, dass du so tust, als wärst du er. Was hast du schon damit zu tun?"

Mit zittrigen Fingern versuchte sie, die Kette umzulegen, die sie zum Highschoolabschluss von Granny bekommen hatte, doch sie schaffte es nicht, den winzigen Verschluss einzuhaken. Mit zwei Schritten war er hinter ihr und nahm sie ihr aus der Hand.

„Ich bin weder ein Schauspieler noch ein Roboter“, sagte er in ihrem Rücken, während er geschickt die Kette schloss.

Die feinen Haare in ihrem Nacken stellten sich auf, als seine Finger sie berührten.

„Wenn ich hier freundschaftlich mit deinem Vater oder deinen Brüdern ein Bier trinke, dann möchte ich wenigstens wissen, warum ich diese sympathischen Menschen anlügen soll.“

Sie erschauerte, als seine Hände über ihre Schultern glitten und leicht wie eine Feder auf ihren Oberarmen zum Liegen kamen.

„Tut mir leid“, sagte sie mit rauer Stimme. „Ich bin momentan ziemlich unter Druck und denke offenbar nicht so weit, wie ich denken sollte.“ Sie erhob sich von dem zierlichen Hocker und sah ihm in die Augen. „Bist du noch dabei, oder wirst du wieder davonrauschen?“

Er warf ihr einen langen Blick zu. „Ich bin dabei. Aber zuerst will ich von dir die Wahrheit hören!“

In diesem Moment klingelte sein Telefon. Erleichtert bemerkte Kate, dass Jordan es aus der Tasche zog.

„Ich muss da mal kurz dran gehen.“ Er wandte sich ab.

„Ja?“, hörte Kate ihn sagen. Dann pfiff er unwillig. „Ja, ich kann momentan leider nicht so gut sprechen.“

Er blickte kurz zu ihr hinüber. Sofort nahm Kate ihr eigenes Telefon in die Hand, damit er nicht den Eindruck hatte, dass sie lauschte.

Kate sah aus dem Augenwinkel, wie Jordan das Gesicht verzog. Und begann, nervös auf und abzutigern.

„Nein. Nein, wirklich nicht. Ich erkläre dir alles später. Nein, werde ich nicht.“ Er setzte sich und rieb sich über den Nacken, während er konzentriert ins Telefon lauschte. „Tut mir leid. Ehrlich. Ja, das mit Ally war schlimm." Er ließ die Schultern hängen. Kate fragte sich, wer Ally wohl war. Seine Freundin? Oder seine Ex?

„Ist aber nicht der Hauptgrund. Ich muss einfach mal – nein!" Er sprang auf, als müsste er zu einem wichtigen Termin. „Ich muss jetzt auflegen. Tschüss. Grüß alle." Mit zusammengekniffenen Lippen starrte er sein Handy an.

„Alles in Ordnung?", erkundigte Kate sich. So angespannt hatte sie ihn bisher noch nicht erlebt.

„Auch bei mir ist es manchmal kompliziert." Er verzog den Mund. „Sollen wir nach unten gehen und schauen, ob uns jemand die Geschichte abkauft?"

Kate nickte erleichtert. Dankbar darüber, dass er offenbar vergessen hatte, dass er die ganze Wahrheit von ihr verlangt hatte.

Da klopfte es an der Tür.

„Darf ich reinkommen?", rief Maria von draußen.

Kate und Jordan tauschten einen verlegenen Blick.

„Natürlich", antwortete Kate schließlich.

Mit einem entschuldigenden Lächeln öffnete die Haushälterin die Tür.

„Ich wollte dir schnell deine Bluse abnehmen. Sonst wirst du sie wegschmeißen können. Und außerdem wollte ich dich fragen, wie es dir geht", begann sie, dann fiel ihr Blick auf Jordan und ihre Augen weiteten sich überrascht. So überrascht, dass sie sogar einen Schritt zurückwich.

„Tut mir leid, ich wusste gar nicht, dass du, dass du …"
Sie starrte von Kate zu Jordan.

„Das ist Jordan, mein Freund“, stellte Kate ihn vor. Das war eigentlich überflüssig, da er seine Kleidungsstücke bereits im ganzen Zimmer verteilt hatte.

„Sehr erfreut.“ Er hielt Maria die Hand hin. Die kleine dunkelhaarige Frau, die Kate noch nie so verlegen erlebt hatte, kam zögernd näher und schüttelte sie.

„Kennen wir uns von irgendwoher?“ Maria sah ihn mit einem Blick an, als würde sie ihn auf Herz und Nieren prüfen.

Irritiert blickte Jordan auf seine Hand, die Maria immer noch festhielt. Er setzte ein gewinnendes Lächeln auf. „Nicht, dass ich wüsste.“

Maria nickte stumm und sah ihn unverwandt an. Jordan versuchte vergeblich, seine Hand wegzuziehen.

„Ich bin gerade erst angekommen“, fügte er hinzu. Dann schaute er hilfesuchend zu Kate, die das Ganze erstaunt betrachtete. Anstatt loszulassen, trat Maria einen weiteren Schritt zu ihm heran und kniff die Augen zusammen.

„Sind Sie sich sicher?“

Kate wunderte sich über die sonst immer so zurückhaltende Haushälterin. Auch wenn sie Kate quasi mit großgezogen hatte, hatte sie sich doch nie in ihre Angelegenheiten eingemischt.

Jordan trat zwei Schritte zurück und hob abwehrend die Hand. „Absolut. Entschuldigen Sie mich bitte.“ Er nickte ihr knapp zu und verschwand im Badezimmer. Ganz offenbar war ihm Marias Aufdringlichkeit lästig.

Maria blickte Jordan ein wenig hilflos hinterher. Schließlich lächelte sie verlegen. „Na, dann. Lasst euch von mir nicht stören.“ Sie schnappte sich die Bluse und verließ fluchtartig das Zimmer.

„Wer war dann denn?", erkundigte Jordan sich, als Maria die Tür wieder hinter sich zugezogen hatte.

„Das war Maria, unsere Haushälterin.", entgegnete Kate und begann, ihre Haare zu bürsten. „Aber eigentlich ist sie viel mehr als das. Sie gehört seit Jahren zur Familie", sagte sie in dem Gefühl, Marias seltsames Verhalten erklären zu müssen. „Als wir klein waren, war sie immer für uns da. Sie ist wie eine zweite Mutter für mich." Kate lächelte.

„Dann ist sie ja wirklich schon lange bei euch."

„Das stimmt. Sie ist als Au-pair nach Dawsonhills gekommen und schließlich bei uns gelandet."

„Wo kommt sie denn ursprünglich her?", wollte Jordan wissen, der es sich mittlerweile auf dem breiten Bett gemütlich gemacht hatte und Kate mit halbgeschlossenen Lidern beobachtete.

„Aus Mexiko. Wieso interessiert dich das so?", fragte Kate.

Jordan winkte ab. „Ich bin einfach von Natur aus neugierig." Er sprang auf und schlüpfte wieder in seine Schuhe.

Kate wurde das Gefühl nicht los, dass er ihr etwas verschwieg. „Du hast mir noch gar nicht erzählt, was dich letztlich bewogen hat, deine Meinung zu ändern und zurückzukommen."

Jetzt wich er ihrem Blick aus. „Nun ja, als ich allein wieder im Auto saß, haben mich deine Argumente eben doch überzeugt. Wo ist also das Problem?"

Kate verschränkte die Arme vor der Brust. „Das Problem ist, dass du mir nicht die Wahrheit sagst."

Jordan lachte. „Da sind wir schon zwei. Wie wäre es, wenn du mir den wahren Grund für das Spielchen hier erzählst, und ich dir im Gegenzug meine Motive erkläre?"

Er sah sie durchdringend an. Kate zögerte.

„Also gut, du hast dein Geheimnis und ich habe meines. Sollen wir jetzt die Show starten lassen?", fragte sie schließlich.

„Wie du willst", erwiderte er achselzuckend. Dann machte er eine einladende Geste mit seiner Hand. „Nach dir."

Es war ein merkwürdiges Gefühl, mit einem Mann an ihrer Seite die Treppe zum Dinner hinunterzusteigen. Für einen kleinen Moment gefiel ihr der Gedanke ziemlich gut. Schade, dass das alles nur Theater war.

Sie waren noch nicht weit gekommen, als Vals Stimme hinter ihnen erklang.

„Kate! Da seid ihr ja wieder! Wir haben uns schon gefragt, ob wir uns um euch Sorgen machen müssen."

Sie verzog spöttisch die Mundwinkel. Kate konnte sich gut vorstellen, worauf sie anspielte. Leider konnte sie ihr nicht sagen, dass sie dabei völlig falsch lag.

„Wo hat sie dich eigentlich aufgegabelt?", wandte ihre Schwester sich unvermittelt an Jordan.

Siedend heiß wurde Kate klar, dass sie so auf ihre unerwarteten Gefühle für ihn fixiert gewesen war, dass sie ihre Legende gar nicht weiter ausgearbeitet hatten. Glücklicherweise schien Jordan nicht um eine gute Geschichte verlegen.

„Wir haben uns in einer Tequila Bar in New Haven kennengelernt. Kate war mit ihrer Clique dort, ich mit meinen Jungs und da hat es dann nach ein paar Drinks einfach ‚Bähm' gemacht, verstehst du? Dieser Moment, wo man sich derart zueinander hingezogen fühlt, dass man alles andere um sich herum vergisst? Du musst bedenken, dass Kate mit einem ziemlich langweiligen Date da war."

Er zwinkerte Val zu.

„Mit dem ist sie nicht mehr nach Hause gegangen, das kann ich dir sagen." Mit selbstgefälligem Grinsen warf er Kate einen Kuss zu, die dieser Geschichte mit offenem Mund gelauscht hatte, genauso wie ihre Schwester.

„Das hätte ich dir echt nicht zugetraut, Kitty-Kat, alle Achtung!" Ihre Schwester lachte. „Aber ich sagte ja immer: ‚Stille Wasser sind tief'".

„Oh ja, besonders dieses Wasser ist tief wie ein Ozean!", bestätigte Jordan.

Immerhin schien er sich prächtig zu amüsieren, dachte Kate bei sich.

„Welches Wasser ist tief?", fragte Jessie, die in diesem Moment aus ihrem Zimmer kam. Sie hatte frisches Make-up aufgelegt und die Haare zu einem ordentlichen Knoten geschlungen.

„Keine Ahnung, was Val damit meint!", entgegnete Kate. „Aber wo ist eigentlich Brandon?" Das erschien ihr eine gute Frage, um das Thema zu wechseln. Normalerweise war diese mit ihrem Freund mindestens unzertrennlich. „Ich hätte ja gedacht, dass du irgendwann mit einem Verlobungsring auftauchst!"

Plötzlich wirkte Jessie traurig, sah fast ein wenig verloren aus. Sie senkte den Kopf. „Das haben wir auf unbestimmte Zeit vertagt."

„Wieso das denn? Ihr wart für mich das absolute Beispiel einer untadeligen Beziehung!", mischte Val sich ein.

„Genau das ist das Problem“, erwiderte Jessie. „Brandon ist sich plötzlich nicht mehr sicher, ob das mit uns wirklich das ist, was er will.“

In dem Moment klingelte es an der Tür und Kate hatte keine Gelegenheit mehr, nachzufragen, was das zu bedeuten hatte.

„Fehlt noch jemand?“, fragte Jessie verwundert. „Ich dachte, wir wären inzwischen vollzählig ...“

Kate schwante Schlimmes. „Ich fürchte ja. Und genau darüber habe ich mich mit Mom gestritten.“

Jessies Augen weiteten sich. „Soll das heißen ...“

„Jordan, ich habe etwas im Zimmer vergessen“, unterbrach Kate ihre Schwester hastig, „können wir noch einmal zurückgehen?“ Sie sah ihn flehentlich an.

„Baby, kannst du etwa nicht genug von mir bekommen?“ Er warf ihren Schwestern einen entschuldigenden Blick zu.

Val lachte. „Vor uns müsst ihr keine Show abziehen. Ich verstehe schon, warum du jetzt nicht nach unten möchtest. Dann euch noch viel Spaß.“

Sie zog Jessie mit sich in Richtung Eingang. Als Kate und Jordan wieder allein in ihrem Zimmer waren, packte Jordan sie am Arm.

„Das wird ein ziemlicher Spießrutenlauf, wenn du mir nicht ein bisschen mehr Informationen gibst. Oder vertraust du so sehr auf meine hellseherischen Fähigkeiten?“

Er stand nun ganz nah vor ihr. Seine Augen funkelten sie an und Kate bemerkte verwirrt, dass sie sich kaum auf seine Worte konzentrieren konnte. Stattdessen wünschte sie sich plötzlich, die Hände auf seine Brust zu legen. Sein Duft strömte ihr in die Nase und benebelte sie. Was war bloß los mit ihr?

Dabei wusste sie noch nicht einmal, wer Jordan überhaupt war. Ohne es zu wissen, könnte sie einen Berufskiller in ihr Elternhaus eingeladen haben. Doch anstatt vorsichtig zu sein, dachte sie darüber nach, ihm das Hemd von den wohl geformten Schultern zu schieben und über ihn herzufallen.

Er schien ihre Verwirrung zu merken. Verdammt! Vermutlich hatte sie ihn gerade betrachtet wie eine Verhungernde ein saftiges Steak! Ein wissendes Lächeln erschien auf seinen Lippen. Er trat noch einen Schritt näher. Ihr Herz pochte, als wäre es fast am Zerspringen.

Hastig schob sie seine Hand von ihrem Arm und hob ein T-Shirt auf, das nachlässig auf den Boden gefallen war. Sie faltete es, als wäre dies genau das gewesen, was sie die ganze Zeit hatte tun wollen. Da erst bemerkte sie, dass es seines war, und ließ es fallen, als wäre es giftig.

Er grinste und ließ sich an einer Ecke des Bettes nieder. Abwartend sah er sie an. Eine Strähne seines Haars fiel ihm in die Stirn und sie musste den Wunsch unterdrücken, sie ihm zurückzustreichen.

Sie hockte sich in gebührendem Abstand daneben und klemmte ihre Hände zwischen die Beine, damit nicht eine Geste sie verraten konnte. Dann räusperte sie sich.

„Jordan, ich ...“, begann sie, schluckte und entschied sich zu einer Teilinformation. „Das da unten wird wohl Flynt gewesen sein. Mein Ex-Freund mit seinen Eltern.“

„Ist das hier so üblich? Den Ex samt Eltern zum Weihnachtsfest einzuladen? Das sind aber interessante Sitten hier auf dem Land.“

Mit leichtem Kopfschütteln strich er sich durch das Haar und schob die widerspenstige Strähne wieder an ihren Platz. Dann sah er sie prüfend an.

„Vermutlich nicht.“ Sie verknotete ihre Hände ineinander. Doch als ihr auffiel, wie merkwürdig das aussehen musste, platzierte sie sie wieder ordentlich auf ihren Oberschenkeln. „Meine Eltern sind mit denen von Flynt schon sehr lange befreundet. Als wir Kinder waren, haben wir uns fast täglich gesehen. Seine Eltern waren sowas wie meine Ersatzeltern.“

Den kleinen wesentlichen Unterschied dabei verschwieg sie ihm wohlweislich.

„Dann gibt es gar keinen Freund, sondern nur einen Ex-Freund?“

Verdammt, das Gespräch ging erneut in die falsche Richtung. Sie sah, wie seine Augen mutwillig blitzten. Wie sollte sie mit ihm im selben Zimmer schlafen, wenn er dachte, denken musste, dass sie quasi Single war? Seine Anwesenheit elektrisierte sie jetzt schon dermaßen, dass sie nicht wusste, ob sie ihm widerstehen könnte, wenn er es drauf anlegte. Zu allem Überfluss wirkte dieser Mann, der auf der anderen Seite ihres mit rosa Blümchen verzierten Mädchenbettes saß, nicht wie jemand, der etwas anbrennen ließ.

„Ja – nein – es ist … kompliziert.“

Alarmiert beobachtete sie, wie er aufstand und sich direkt neben sie setzte. Nun musste sie nur ihre Hand ausstrecken und konnte ihn schon berühren.

„Aha. Du möchtest nicht wieder mit deinem Ex-Freund verkuppelt werden und brauchst mich als Ablenkung? Sorry, Süße, aber das kann ich dir nicht glauben.“

„Ich weiß immer noch nicht, wer du eigentlich bist“, versuchte sie, das Thema zu wechseln. „Was machst du hier allein, ausgerechnet an Weihnachten? Wieso bist du nicht bei deiner Familie oder deinen Freunden? Wieso bist du zurückgekehrt, um mir zu helfen?“

Er sah ihr in die Augen, als wollte er in ihre Seele blicken. Ob er ebenfalls überlegte, ob er ihr trauen konnte? Dann schüttelte er leicht den Kopf.

„Ich habe niemanden, der mir so nahesteht, dass er mich an Weihnachten vermissen würde. Alles, was ich wollte, war, hier Ruhe und Frieden zu finden. Das allerdings ist akut gefährdet, wenn ich hier mitten in einen Familienzwist hineingrätsche. Also überleg dir gut, womit du mich hier bei Laune hältst, sonst suche ich mir einen angenehmeren Ort, um die Feiertage zu verbringen.“

Kate schluckte. Wenn er jetzt abreiste, wäre es eine Katastrophe für sie.

„Entschuldige, du hast ja recht.“ Sie legte ihm begütigend ihre Hand auf den Oberschenkel und spürte seine stahlharten Muskeln unter ihren Finger. „Ich weiß deine Hilfe sehr zu schätzen.“ In dem Moment, als sie ihre Hand wieder wegnehmen und aufstehen wollte, schnellte die seine vor und zwang die ihre, an Ort und Stelle zu bleiben.

„Ich hoffe, du weißt, was für ein Spiel du spielst“, sagte er mit heiserer Stimme. Der Blick, mit dem er ihre

Augen traf, ließ ihren Herzschlag vibrieren. Unvermittelt ließ er sie los und lachte leicht. „Dann wollen wir die Show mal beginnen!“

Am Rand der Treppe zuckte sie zusammen, als sie von unten ein tiefes, unverkennbares Lachen heraufschallen hörte. Fragend ruhte Jordans Blick auf ihr. Schließlich nahm er ihre Hand. Sie zog die Schultern zurück und machte sich bereit.

Kapitel 6

Lautes Stimmengewirr schwoll von unten herauf. Mittlerweile hatten sich sicher dreißig Personen versammelt. Als erstes entdeckte Jordan Kates Mutter mit leicht geröteten Augen, die verrieten, dass sie entweder auf ihr Make-up allergisch war oder geweint hatte. Angeregt sprach sie mit einer eleganten Frau, deren blonden Locken in kunstvolle Wellen gelegt waren. Die auffällig unbewegte Stirn ließ erahnen, dass sie bereits das eine oder andere Mal die Hilfe eines Schönheitschirurgen in Anspruch genommen hatte.

Aus seiner New Yorker Welt kannte er diese Frauen zu Genüge. Vor allem die, die einmal sehr schön gewesen waren und einen besonders attraktiven Mann erobert hatten, taten sich schwer damit, zu altern. Den Zahn der Zeit zu überlisten, war zu einem Sinnbild von Wohlstand und Disziplin geworden. Zehn Jahre jünger auszusehen, als auf dem Ausweis stand, war das Mindeste.

Alles an Sally Watsons Haltung deutete an, dass ihr die Meinung dieser Frau wichtig war. Sie blickte bewundernd zu ihr auf und hing förmlich an ihren Lippen. Ob das die Nachbarin war, die Mutter von Kates Ex-Freund?

Erneut erscholl das tiefe Lachen, dass sie bereits auf den Treppenstufen gehört hatten. Nun entdeckte Jordan den Geräuschgeber. Er trug einen zweireihigen Anzug mit Weste und Fliege und seine Miene hätte auch die eines Großgrundbesitzers im Angesicht seiner Bediensteten sein können. Alles in seiner Haltung strahlte Macht und Statusbewusstsein aus.

Jordan konnte sich nicht helfen – der Mann mit seiner selbstgerechten Art war ihm sofort unsympathisch.

Die ersten, die Kates und seine Rückkehr bemerkten, waren zwei bis auf die Sommersprossen identische Jungen, die ungeachtet der wertvollen Antiquitäten auf Anrichten und in Vitrinen Fangen spielten.

Der vordere Junge lief direkt auf Jordan zu, stieß fast mit ihnen zusammen, erkannte Kate und schrie lauthals: „Da sind sie wieder!" Er zog seinen Bruder zu sich heran und sagte absolut unüberhörbar zu ihm: „Das ist Kates Neuer. Mom hat gesagt, dass Flynt sich jetzt abends ins Bett weint."

„Anton!", schrie eine erboste Frau mit ausladenden Hüften, von der Jordan annahm, dass es sich um die Mutter der Schätzchen handelte, „kannst du bitte dein vorlautes Mundwerk halten!" Sie sah Kate entschuldigend an. „Tut mir leid, meine Liebe, war nicht so gemeint!"

In dem Moment entwanden die beiden sich wieder ihrem Griff und rannten erneut davon, mit ihrer Mutter im Schlepptau. „Na wartet, gleich könnt ihr was erleben!", vernahmen sie noch, bevor das Trio verschwand.

„Kate, hallo!“, sagte ein breitschultriger, junger Mann mit ebenmäßigem Gesicht und leuchtendblauen Augen.

„Flynt!“

Das war also der arme Junge, der sich offiziell die Augen nach Kate ausweinte. Jordan spürte überrascht einen leichten Stich der Eifersucht.

„Wie geht es dir? Was macht dein Waldprojekt?“ Kate zwirbelte eine Haarsträhne um ihren Zeigefinger und warf Jordan einen verlegenen Blick zu.

„Mir geht es gut. Trotzdem muss ich zugeben, dass ich gehofft habe, dich heute allein hier vorzufinden.“ Flynt musterte seinen vermeintlichen Kontrahenten kritisch. Dann streckte er Jordan entschuldigend die Hand hin.

„Tut mir leid, das war nicht persönlich gemeint. Ich bin der, der sich die Augen nach ihr ausweint, wenn man den Gerüchten Glauben schenkt. Kate ist so etwas wie meine Sandkastenliebe, musst du wissen!“

Jordan schüttelte kurz die Hand.

„Das ist Jordan, mein Freund.“ Kate grinste entschuldigend.

Flynt nickte.

„Wie geht es denn deiner großen Schwester? Ist sie immer noch in London?“, erkundigte Kate sich.

„Ja. Sie findet es toll da und scheint nicht so bald wiederzukommen.“

Darauf folgte eine unbehagliche Stille. Jordan überlegte erfolglos, womit er eine Unterhaltung beginnen konnte.

„Ihr habt ja noch gar nichts zu trinken!“, erklang plötzlich die Stimme der Haushälterin, die mit einem Champagnertablett neben ihnen auftauchte.

„Hallo Maria!“ Offensichtlich erleichtert über die Unterbrechung begrüßte Flynt sie beinahe überschwänglich. „Wie geht es dir?“

„Gut, mein Junge, wie sollte es sonst auch sein!“, entgegnete diese freundlich, aber nicht sonderlich interessiert und wandte sich stattdessen mit einem breiten Lächeln an Jordan.

„Hast du deinem Freund etwa noch nichts zu trinken angeboten?“, sagte sie zu Kate, sah aber Jordan die ganze Zeit unverwandt an, als wollte sie sich sein Gesicht einprägen und auf eine Leinwand zeichnen. „Champagner? Punsch?“

Er blickte in die dunklen Augen, die von feinen Lachfältchen umsäumt waren, sah die Kerbe zwischen den Brauen, die sich in ihre Stirn gefressen hatte, und wusste auf einmal, was gespielt wurde. Offenbar hatte sie ihn inzwischen erkannt. Er hätte wissen müssen, dass er nicht lange inkognito bleiben würde.

„Nein, danke“, entgegnete er höflich und hoffte, dass Maria ihn nun wieder in Ruhe lassen würde. Doch das Gegenteil war der Fall.

„Etwas anderes? Gin Tonic, ein Whiskey oder ein Rotwein?“, fragte sie erneut.

„Nein, wirklich nicht, danke.“ Er seufzte innerlich. Vermutlich war es jetzt mit seiner Ruhe vorbei. Wenn er Pech hatte, käme ihm nun mal wieder die Presse auf die Schliche und alle würden über seine etwaige neue Freundin spekulieren. Die arme Kate. Bald würde sie verstehen, auf was sie sich eingelassen hatte, und ihre Begegnung bitter bereuen.

„Ich nehme gern einen Punsch." Flynt streckte die Finger nach einem Glas aus. Er zuckte kurz zurück, weil das Getränk kochend heiß war, und nahm es dann vorsichtig am Griff. „Du auch, Kate? Du liebst Marias Punsch, nicht wahr?"

Kate schüttelte den Kopf. „Vielleicht später, danke."

„Kate!", vernahm er die aufgekratzte Stimme der auffälligen Blondine von vorhin. „Du hast ja eine echte Neuigkeit für uns parat!" Neugierig sah sie Jordan an.

„Das ist Jordan, mein ...", Kate zögerte kurz, „Freund", stellte sie ihn erneut vor. Ihm entging nicht das entschuldigende Lächeln, das diese Information begleitete.

„So so, meine Liebe, da hast du deinen Eltern aber eine ziemliche Überraschung bereitet. Gestern, als wir telefoniert haben, war sich Sally noch sicher, dass du seit der Trennung Single bist."

Sie legte ihrem Sohn mitfühlend die Hand auf den Arm, die dieser unwirsch abschüttelte. „Da hattest du ja doch recht, dass es einen anderen gibt, mein Schatz."

„Mom, kannst du bitte damit aufhören. Das wird langsam peinlich!"

Seine Mutter zuckte mit den Achseln. Dann wandte sie sich an Jordan.

„Greta Benjamin, ich bin sehr erfreut, Sie kennenzulernen." Ihre großen Augen klimperten ihn derart unverfroren an, dass er heilfroh war, dieser Frau nicht in irgendeiner dunklen Ecke zu begegnen.

„Jordan LeClerc", erwiderte er reserviert und reichte ihr knapp seine Hand.

„Oh, ihr habt euch schon kennengelernt!“ Sally Watson kam dazu geeilt und sah unsicher zwischen ihnen hin und her. Der Blick, den sie ihrer Tochter zuwarf, hätte töten können. Sie bemühte sich aber sichtlich, die Fassung zu wahren.

„Oh ja, was für einen gutaussehenden und interessanten jungen Mann unsere Kate da mitgebracht hat“, flötete Greta Benjamin und warf ihm ein aufgesetztes Lächeln zu.

„Hallo Kate, wie schön dich zu sehen“, erklang die sonore Stimme des Großgrundbesitzers. Die Atmosphäre kühlte sich merklich ab.

Kate fuhr zusammen und drehte sich um. Dann setzte sie ein strahlendes Lächeln auf, das nicht ganz ihre Augen erreichte.

„Drake! Ja, ich freue mich auch, wieder hier zu sein.“
Ihre Stimme klang auf einmal plötzlich deutlich mädchenhafter als sonst, so als würde der Mann sie nervös machen. Erneut hatte Jordan das Gefühl, dass ihm dieser Typ ganz und gar nicht gefiel. Er ballte unwillkürlich die Fäuste, als der hochgewachsene Kerl Kate zwei Küsse auf die Wangen drückte.

Plötzlich spürte er, wie Kate seine Hand nahm und seine Finger beinahe zerquetschte.

„Das ist Jordan, mein Freund!“, wiederholte sie mantraartig den Spruch, den sie die letzten Minuten bereits mehrfach gesagt hatte.

Drakes Blick bohrte sich förmlich in ihren und sein Mund wurde zu einem schmalen Strich. „Das ist aber eine Überraschung“, bemerkte er mit leiser Stimme.

Er sah nicht so aus, als würde ihm das sonderlich gut in den Kram passen. Wieso war es hier eigentlich allen so wichtig, dass Flynt und Kate ein Paar waren? Hatten sie irgendeinen geheimen Pakt geschlossen, als die beiden klein waren?

„Nun ja, Baby, so langsam scheint das hier jeder verstanden zu haben." Jordan legte ihr besitzergreifend den Arm um die Schulter, wie es ein eifersüchtiger Freund tun würde. Außerdem richtete er sich zu voller Größe auf.

Dieser Drake könnte ihm bei einem Kampf nicht das Wasser reichen, das wusste er. Er war zwar durchtrainiert und ungefähr so groß wie er. Vielleicht haute er auch gelegentlich mal auf einen Sandsack. Aber das Training, das Jordan auf der Straße erhalten hatte, konnte er ganz sicher nicht toppen. Außerdem war Drake gut zwanzig Jahre älter als er.

„Wie nett, Sie kennen zu lernen, Jordan." Drake sprach den Namen mit kaum versteckter Verachtung aus und musterte ihn von oben bis unten.

Auf einmal fühlte Jordan sich unzulänglich in seiner einfachen Jeans und dem Hemd.

„Ich bin Drake Benjamin. Wir sind Nachbarn der Watsons und kennen Kate schon ihr ganzes Leben lang."

Das klang bei dem Kerl beinahe wie eine Drohung.

„Jordan, du hast ja gar nichts zu trinken. Wieso lasst ihr unseren Gast denn auf dem Trockenen sitzen?", fragte George, der neben ihm auftauchte.

Jordan bemerkte, dass Maria immer noch neben ihm stand und ihm auffordernd das Tablett hinhielt. Er winkte ab. „Danke. Ich sagte schon, dass ich momentan nichts trinken möchte."

„Aber mit uns anstoßen können Sie doch." Drake sah ihn herausfordernd an.

„Das würde ich gerne, aber ich trinke keinen Alkohol", erwiderte Jordan ruhig.

„Sind Sie etwa trockener Alkoholiker?" Drake lachte, als hätte er einen besonders guten Witz gemacht.

„Nein", entgegnete Jordan mit fester Stimme. „Aber ich kannte einen von der Sorte und habe mir vorgenommen, dass Alkohol in meinem Leben nichts zu suchen hat."

„Kann es sein, dass wir uns von irgendwoher kennen?", erkundigte Greta sich und inspizierte ihn genau.

„Nicht, dass ich wüsste, und eine Frau wie Sie hätte ich bestimmt nicht vergessen!", bemühte Jordan seinen Charme.

Greta kicherte geschmeichelt. „Merkwürdig. Irgendwie kommen Sie mir sehr bekannt vor."

Jordan zuckte mit den Achseln und lächelte höflich.

„Kommen Sie hier aus der Gegend oder haben Sie hier Familie?", bohrte sie nach.

„Leider nein. Wieso?"

„Sie erinnern mich an jemanden, den ich kenne ..."

Auf einmal war es, als würde er einen Stromstoß bekommen. Kannte sie eventuell tatsächlich seine Eltern? Er betrachtete die Frau mit neugewonnenem Interesse. Wie lange sie wohl schon in diesem Ort lebte? „Wirklich? An wen denn?"

„Ha, ich hab's!", triumphierte Mick plötzlich. „Er sieht aus wie dieser Typ aus der Rockerserie, wisst ihr noch, irgend so etwas Anarchisches ..."

Greta lachte. „Sons of Anarchy! Das ist es!"

Jordan verkniff sich ein Lachen. Dass er diesem Schauspieler ähnlich sehen sollte, hatte ihm noch niemand gesagt. Aber vielleicht erblickten sie hier auf dem Land so selten Tätowierungen, dass ihnen dann einer wie der andere erschien. Ihm sollte es recht sein.

Kate sah ihn kritisch an und schmiegte sich demonstrativ in seinen Arm. Er vernahm einen betörenden Duft nach Rosen und Vanille. „Also wirklich, Leute! Der Typ in der Serie ist blond!“

„Kate, Baby, wolltest du mir nicht deine Großmutter vorstellen?“, erkundigte Jordan sich, um das alberne Gespräch um sein Äußeres zu beenden.

Kate sah ihn überrascht an. „Entschuldigt uns einen Augenblick“, wandte sie sich dann an die anderen. „Jordan und ich sind gerade erst angekommen und hatten noch keine Gelegenheit, Granny ‚Hallo‘ zu sagen.“

Mit sichtbarer Erleichterung zog sie Jordan mit sich.

„Danke“, sagte sie, als sie außer Hörweite waren, und gab ihm einen zarten Kuss auf die Wange.

„Oh, wen hast du denn da mitgebracht?“, fragte eine zierliche, alte Dame, als sie das in plüschigem Altrosa gehaltene Wohnzimmer betraten, in dem sie Hof hielt wie eine Königin.

Ihr Gesicht war bleich wie ein Gespenst. Man sah ihr an, dass ihr nicht mehr Ewigkeiten auf Erden blieben. Doch die Augen waren lebendig und aufmerksam.

„Das ist mein Freund, Jordan.“ Kate drückte ihre Granny vorsichtig an sich.

„Oh, was für ein hübscher junger Mann!“ Sie winkte ihn mit einer Geste ihrer mit drei kostbaren Ringen geschmückten Hand zu sich.

Er beugte sich zu ihr herunter, weil sie ihm bedeutete, dass sie ihm etwas ins Ohr flüstern wollte.

„Dann hoffe ich mal, dass du bald vor ihr auf die Knie gehst, mein Junge", sagte sie mit verschmitzter Miene zu ihm und so laut, dass Kates Gesicht die Farbe des Sherrys im Glas ihrer Großmutter annahm. „Du siehst, dass ich es nicht mehr lange machen werde. Tu einer alten Frau den Gefallen und gib ihr die Gelegenheit, die Hochzeit ihrer Lieblingsenkelin mitzuerleben!"

„Granny!", protestierte Kate.

Jordan ertappte sich bei dem Gedanken, wie es wohl wäre, wenn er einfach aus seiner alten Rolle schlüpfen und eine Metamorphose hinlegen könnte zu dem Mann, den er da grad allen vorspielte. Doch an ihm als Menschen hätte Kate sicher kein weiteres Interesse. Für eine Frau wie Kate musste ein Mann belesener und gebildeter sein. Wie eben dieser Flynt. Am Ende würden die beiden vermutlich sowieso wieder ein Paar.

„Na hör mal, Liebes. Als ich so alt war wie du, war ich längst mit deinem Großvater, Gott hab ihn selig, verheiratet und wir erwarteten Onkel Tom!"

Der Blick der alten Frau glitt in die Ferne, verharrte in einer längst verlorenen Erinnerung. Doch dann passierte etwas Merkwürdiges. Als sie wieder in der Gegenwart angekommen war, sah sie überrascht von Kate zu Jordan.

„Sally", sagte sie, „ich habe gar nicht gemerkt, dass du hereingekommen bist. Und was machst du denn hier mit Theodore? Wie schön, dass wir Besuch bekommen haben. Ich habe mich allerdings noch gar nicht umgezogen." Sie schlug Kate leicht auf die Finger. „Sally, du weißt doch, dass ich keinen Männerbesuch in meinem Schlafzimmer möchte!“

Hektisch versuchte sie, aufzustehen.

Kate eilte hinüber zu ihr und zwang sie mit sanftem Druck, sitzen zu bleiben.

„Granny, ich bin es, Kate!“ Sie sah ihr eindringlich in die Augen, aber die alte Frau schüttelte verwirrt den Kopf. „Wer ist Kate? Was redest du da? Theo, sag du doch auch mal etwas dazu. Was ist denn mit Sally los?“

Wovon sprach sie da und für wen hielt sie ihn? War sie in irgendeiner fernen Erinnerung gefangen? Jordan hatte bislang nur wenig mit alten Leuten zu tun gehabt, da er ja keine eigene Familie besaß. Er sah fragend zu Kate hinüber. Die schüttelte unmerklich den Kopf und bedeutete ihm, still zu sein.

„Ich glaube, wir sollten jetzt zum Essen rübergehen, Granny. Es ist Weihnachten, erinnerst du dich? Gleich gibt es Marias berühmten Truthahn.“

Beruhigend drückte Kate ihre Hände. Langsam schien der Blick der alten Frau wieder klar zu werden. Doch in ihren Augen schimmerten nun Tränen.

„Kate, meine Liebe, entschuldige. Ich – ich habe kurz vergessen, wo ich bin.“

Kate streichelte sie sanft. „Das macht doch nichts. Deshalb bin ich ja hier. Dürfen wir dir aufhelfen?“

Mit einer Geste forderte sie Jordan auf, ihr zu helfen. Gemeinsam hakten sie die alte Dame unter und führten sie hinüber ins Esszimmer. Dort versammelten sich grad alle an der festlich geschmückten Tafel, die Gefahr lief, unter der Fülle an Speisen zu zerbrechen.

Die Kinder hatte man an das von ihm am weitesten entfernte Ende des Tisches verbannt, wo die Mütter sie fortwährend mahnten, sich zu benehmen. Doch besonders die Zwillinge stachelten ihre jüngeren Cousinen zu Blödsinn an. Es war ein Wunder, dass die festlichen weißen Kleider der Mädchen und die Anzüge, in die man die Jungen gequetscht hatte, immer noch unbefleckt und intakt waren. Dies würde sich aber spätestens beim Dessert erledigt haben, vermutete Jordan.

„Nicht vergessen, junger Mann!", sagte Granny verschmitzt zu ihm, als er ihr den Stuhl zurecht geschoben hatte. „Ehrliche Absichten bitte. Ich bin schon ein Leben lang mit deinem Vater befreundet. Wenn du meine Enkelin nicht gut behandelst, dann wird er dir die Leviten lesen."

Diese Aussage von ihr, auch wenn sie einem leicht verwirrten Geist entsprang, ging ihm während des Essens nicht mehr aus dem Kopf. Was, wenn sie wirklich seinen Vater kannte und er ihm ähnlich sah? Vielleicht sogar so ähnlich, dass Granny wie selbstverständlich zu wissen glaubte, wer er war? Er musste unbedingt noch einmal in Ruhe mit der alten Dame reden, am liebsten allein.

Jemand stieß ihn von der Seite an. Kate. Verwundert sah er sie an und merkte jetzt erst, dass alle Blicke auf ihn gerichtet waren.

„Drake hat gerade gefragt, was du so machst, Schatz!"

Kate kicherte nervös und hypnotisierte ihn förmlich mit ihrem Blick. Drakes Augen hatten sich verengt. Er wirkte wie ein Habicht, der sich auf sein Opfer stürzen wollte. Er konnte unmöglich wissen, dass sie nur eine Show aufführten. Oder doch?

Demonstrativ und besitzergreifend legte er den Arm um die zierliche Frau neben ihm, ohne den Mann aus den Augen zu lassen.

„Nichts Besonderes, fürchte ich", antwortete er mit mehr Gelassenheit in der Stimme, als er tatsächlich fühlte.

Dieser bohrende Blick seines Gegenübers ließ seinen Testosteronspiegel steigen und machte ihn merkwürdig aggressiv. Am liebsten würde er ihm das süffisante Lächeln aus dem Gesicht prügeln. Er kannte diese Art von Leuten, die sich für etwas Besseres hielten. Die meinten, auf einen wie ihn herabschauen zu müssen. Einen, der keine richtige Familie hatte, keinen Stall, an dem man ihn erkennen konnte. Das hatte er in der Zeit, in der er sich nachts vor der Witterung in einem Umzugskarton verkrochen hatte, zur Genüge erlebt.

Er bemühte sich, die düsteren Erinnerungen niederzukämpfen und nicht daran zu denken, wie sehr er sich als Kind eine Familie gewünscht hatte, wie die, mit der er heute Weihnachten feierte.

„Ich arbeite dort, wo meine Aufträge mich hinführen", antwortete er kryptisch, aber wahrheitsgemäß.

„Ihr Auto wirkt nicht unbedingt wie das eines Gelegenheitsarbeiters!", versetzte Drake spöttisch.

So, so, der Kerl hatte also bereits seine Karre angestarrt.

„Nun haben Sie mir etwas voraus. Ihr Auto habe ich mir noch gar nicht angesehen."

Er hörte, wie Kates Schwestern verstohlen kicherten.

„Jordan, haben Sie eigentlich schon dieses köstliche Maisbrot probiert? Das macht unsere Maria immer nach ihrem eigenen Familienrezept. Das sollten Sie sich nicht entgehen lassen.“

„Vielen Dank, Mrs. Watson, das tue ich doch gern“, entgegnete er, erleichtert, dass sie das Gespräch mit Drake beendete und nahm ein Stück des noch warmen Gebäcks aus dem Korb, den sie ihm reichte.

„Ach, nennen Sie mich doch bitte Sally. Wir sind hier alle nicht so förmlich, nicht wahr?“

Ihre plötzliche Freundlichkeit überraschte ihn. Er fragte sich, ob es an etwas lag, was Greta Benjamin eben zu ihr gesagt hatte. Denn diese beobachtete ihn auf eine gewisse lauernde Art, die er ziemlich genau kannte. Es war die Art der vernachlässigten Ehefrauen, die auf Unterhaltung aus waren.

„Danke, Sally.“ Er nickte Kates Mutter freundlich zu und machte sich gleichzeitig eine Notiz in seinem Inneren, dass er bei Greta Benjamin auf der Hut sein musste.

Für einen Moment stellte er sich vor, wie es sein könnte, tatsächlich zu ihnen dazuzugehören. Ohne es sich selbst eingestehen zu wollen, musste er zugeben, dass er seine gegenwärtige Rolle genoss. Das lag sicher auch daran, dass er hier etwas war, was er noch nie in seinem Leben hatte sein dürfen. Ein unbeschriebenes Blatt, auf das die Leute unbefangen reagierten, im Guten wie im Schlechten.

Kapitel 7

Plötzlich schlug jemand mit einem Löffel an ein Weinglas. Das klirrende Geräusch brachte nach und nach die Gespräche zum Erlöschen. Kate beobachtete, wie ihr Vater sich mit einem Lächeln erhob.

„Liebe Familie, liebe Freunde, ich bin froh und glücklich, euch erneut an unserem Tisch versammelt zu sehen. So ein Zusammenhalt ist nichts Selbstverständliches und wir müssen uns immer wieder daran erinnern, dankbar zu sein, dass wir die Menschen, die wir lieben um uns haben dürfen, nicht wahr, Sally?"

Er winkte seiner Frau zu. Diese schenkte ihm ein strahlendes Lächeln. Kate sah erleichtert, dass die Spuren der Tränen verschwunden waren.

„Ein besonderes Highlight ist in jedem Jahr das Essen, das unsere fantastische, aus dieser Familie nicht mehr wegzudenkende Maria erneut für uns gezaubert hat. Ich wüsste gar nicht mehr, wie ich an Weihnachten ohne deine Tamales auskommen sollte. Danke, dass du bei uns bist und ein Teil unserer Familie geworden bist."

Maria, die inzwischen von Jessie geholt worden war, stand verlegen in der Tür und lächelte.

„Und dann finde ich es wunderbar, dass Drake und Greta, unsere engsten Freunde auch in diesem Jahr wieder mit uns feiern. Ganz ehrlich, ihr beiden: Die Streitigkeiten der jüngeren Generation gehen uns doch nichts an, oder?“

Greta und Drake nickten fröhlich und prosteten ihrem Vater zu. Kate wurde schon bei diesem Anblick übel. Drake stand neben Walter, als könnte er kein Wässerchen trüben. Sie ertappte sich dabei, wie sie schutzsuchend Jordans Hand griff. Er wandte sich zu ihr und sah sie mit einem feinen Lächeln in den Mundwinkeln an. Meine Güte, er war aber auch ein schöner Mann. Er hätte Schauspieler sein sollen. Er hätte all den gutaussehenden Typen in der Filmwelt dreimal den Thron weggeschnappt, da war sie sich sicher. Nicht obwohl, sondern gerade wegen der Tätowierungen.

„Natürlich freuen wir uns auch über die Gäste, die zum ersten Mal bei unserem Weihnachtsfest dabei sind. Allen voran Jordan, den wir heute erst kennenlernen durften. Die Überraschung ist dir wirklich geglückt, Kate!“

Er prostete Jordan zu, der sein Glas erhob, das bloß mit Saft gefüllt war, und ihm ebenfalls zuprostete.

„Keine Angst, ich werde keine Reden bis in die Unendlichkeit schwingen. Ihr seid sicher alle sehr durstig und freut euch auf Marias Truthahn. Also, haut rein und schön, dass ihr da seid!“

Die Gäste applaudierten höflich. Mick gab Maria einen Wink, dass sie noch nicht mit dem Servieren fortfahren sollte.

„Heute habe auch ich eine Sache mitzuteilen. Wie ihr wisst, sind wir mit zwei wunderbaren, lebhaften Jungs gesegnet. Da ihr die beiden kennt, werdet ihr uns jetzt entweder bewundern oder für wahnsinnig halten. Aber wir haben uns entschlossen, es noch einmal mit einem Kind zu versuchen, und was soll ich sagen? Ich darf heute die frohe Botschaft verkünden, dass, wenn alles gut geht, beim nächsten Weihnachtsfest ein neuer Erdenbürger dabei sein wird!"

Die Anwesenden gratulierten dem glücklichen Paar und stießen ein paarmal auf das neue Familienmitglied an. Dann wurden die Schüsseln herumgereicht und das Festessen begann. Währenddessen spürte Kate immer wieder Drakes prüfenden Blick auf sich ruhen, so als glaubte er ihr die Scharade nicht. Nervös rutschte sie auf ihrem Stuhl hin und her und sehnte den Moment herbei, an dem das förmliche Essen beendet war und sie sich ungezwungen in den Wohnräumen aufhalten könnten. Dann würde sie Drake nach Kräften aus dem Weg gehen.

Momentan aber blieb ihr nichts anderes übrig, als der Konversation am Tisch standzuhalten. Besonders der Moment, als die Spannung zwischen Drake und Jordan so deutlich zu spüren gewesen war, hatte ihr Herz zum Pochen gebracht. Sahen denn die anderen nicht, was da gespielt wurde? Glaubten sie tatsächlich an das Märchen vom väterlichen Freund, der besorgt um ein junges Mädchen war, das er seit langem kannte?

Neben ihr lachte Jordan leise über einen Footballwitz, den ihr sportbegeisterter Bruder Mick gemacht hatte. Da hatte auch sie das untrügliche Gefühl, Jordan schon einmal irgendwo gesehen zu haben. Bloß wo?

„Sag mal, Kate, wie lange kennt ihr euch eigentlich?", riss Greta Kate aus ihren Gedanken. „Deine Mutter schien noch gar nichts davon zu wissen, dass du einen Freund mitbringen wirst, als ich das letzte Mal mit ihr gesprochen habe."

Sie spürte, wie sie unter dem prüfenden Blick der älteren Frau rot wurde. Hilfesuchend griff sie nach Jordans Hand.

„Das wüsste ich auch gern!", mischte sich Jessie ein. „Hattest du nicht etwas von einem ‚älteren Freund' erzählt?"

„Das ist mal wieder typisch", beschwerte sich Val. „Wieso erzählst du eigentlich immer nur Jessie solche Sachen?" Dann schaute sie Jordan mit gerunzelter Stirn an. „So alt siehst du aber gar nicht aus. Oder hast du dich etwa bloß gut gehalten?" Sie kicherte.

Kate lief es kalt den Rücken hinunter. Das Gespräch ging eindeutig in keine gute Richtung. Wieso hatte sie bloß gegenüber Jessie die dumme Ausrede eines älteren Freundes genutzt?

Mit gespielter Leichtigkeit stupste Jordan Kate in die Seite. „Also hör mal, Baby, so viel älter als du bin ich aber wirklich nicht."

Sie sah ihm an, wie amüsant er die Situation fand und dachte, dass es ihr recht geschah, weil sie sich hier herein manövriert hatte.

„Jetzt mach dich mal nicht jünger als du bist!", versuchte sie, das Ganze in einem Scherz zu ersticken. „Du bist ja auf jeden Fall der Ältere von uns!"

„Nun bin ich aber doch neugierig. Wie viel älter bist du denn?" Mick sah Jordan interessiert an.

Der zögerte kurz. Vermutlich wollte er abschätzen, wie alt Kate wohl sein mochte.

Bevor er antworten und sich um Kopf und Kragen reden konnte, vernahmen sie ein Klirren und eine der Servierplatten ging zu Boden. Bratensoße hatte sich auf Micks Hose ergossen, der fluchend aufsprang.

Großonkel Denver lachte schallend.

„Tut mir leid, ist mir aus der Hand gerutscht." Hastig begann Maria, das Desaster zu beseitigen.

Erleichtert bemerkte Kate, dass sich die Aufmerksamkeit nun um Micks ruinierten Anzug drehte.

„Ich bin 21, mein Geburtstag ist am 5. September", flüsterte Kate Jordan hastig ins Ohr.

„Sagen Sie, Jordan, Sie wohnen doch in New York, oder?", fragte Kates Mutter, als das größte Chaos beseitigt war.

„Das ist richtig", antwortete er.

„Dann erzählen Sie doch mal, wie es sich in so einer Metropole lebt! Wir waren ja nur einmal ganz kurz in New York und konnten uns gar nicht vorstellen, wie man in so einer Stadt leben kann!"

Jordan lachte.

„Das hat Ihr Mann auch schon erzählt. Ehrlich gesagt kenne ich es gar nicht anders. Ich wohne mein Leben lang in der Stadt."

„Wo genau denn?"

„Ich habe meine Wohnung in der Nähe vom Central Park. Auf der Seite, wo die Carnegie Hall ist."

„Da haben Sie sich aber ein ganz schön teures Pflaster ausgesucht. Was sagten Sie nochmal, waren Sie von Beruf?", erkundigte Greta sich und klimperte auffällig mit den Wimpern.

„Lasst doch den armen Jungen mal in Ruhe!", mischte sich überraschenderweise Granny in das Gespräch, die bis zu diesem Zeitpunkt nur stumm nickend daneben gesessen hatte. „Ihr macht ihn ja noch total wuschig!"

Dankbar nickte Jordan ihr zu.

„Seid doch froh für ihn, dass er so schnell nach seiner traurigen Trennung wieder eine neue Liebe gefunden hat. Wenn er es leicht gehabt hätte im Leben, dann hätte er wohl nicht seinen ganzen Körper mit Gefängnisschmierereien bemalt. Ist doch wahr!"

Peinlich berührt und beruhigend nahm ihre Mutter Grannys Hand. Die anderen lächelten entschuldigend.

Großonkel Denver lachte schallend.

Kate dachte darüber nach, ob ihr das Ganze peinlich sein sollte. Sie war aber eher erleichtert über die komödienhafte Einlage, die Granny hier bot. Auch Jordan schien es mit Humor zu nehmen. Er grinste sie einmal kurz an, mit einem dieser Blicke, die besagten ‚macht doch nichts', und plötzlich spürte sie kleine Schmetterlinge in ihrem Bauch fliegen. Sie fand es überaus attraktiv, dass dieser Mann über sich selbst lachen konnte. Eine Eigenschaft, die Drake nicht besaß.

Der hatte vom Alkohol einen roten Kopf bekommen. Kate hoffte beklommen, dass er sich nicht zu einer Dummheit hinreißen ließ, weil seine männliche Eitelkeit gekränkt war. Denn genau das war er. Ziemlich eitel. Das fiel ihr in den letzten Minuten immer stärker auf. Der prestigehafte Anzug mit Weste und exakt passender Krawatte. Es fehlte nur noch Taschenuhr und Monokel, um den Aufzug zu perfektionieren.

Eigentlich bildete er mit seiner Frau ein ideales Paar. Beide waren stets darauf bedacht, welchen äußeren Eindruck sie machten. Da war Flynt ganz anders. Der zog sich von allem zurück und verkroch sich in die

Wälder, wenn ihm zuhause alles zu viel wurde. Ein Gockel war er sicherlich nicht. Aber auch kein Mann für sie, das wusste sie immer mehr. Nicht, dass das jetzt noch infrage kam.

Kate war heilfroh, als das förmliche Essen erledigt war, und ergriff die erste Gelegenheit, die sich bot, um ins Badezimmer zu gehen und sich Wasser über die Handgelenke laufen zu lassen. Endlich beruhigte sich ihr Herzschlag wieder.

Doch als sie wieder in den Vorraum trat, erschrak sie.

Urplötzlich stand Drake vor ihr. Wo kam der denn her? Sie hatte akribisch darauf geachtet, dass er mit anderen Männern hinüber zur Bar geschlendert war, bevor sie es gewagt hatte, sich von der Gruppe zu trennen.

„Kate. Endlich! Wir müssen reden!" Mit einem Blick über die Schultern vergewisserte er sich, dass sie niemand beobachtete, und zog sie in eine Ecke der Halle. Hier waren sie hinter einer ausladenden Zimmerpflanze zumindest teilweise vor zufällig vorbeikommenden Hausgästen verborgen. Genau die Situation, die sie hatte vermeiden wollen.

Kate seufzte und schüttelte den Kopf. „Drake, bitte, das bringt doch alles nichts."

Er sah sie an, als wollte er sich ihr Gesicht für alle Ewigkeit einprägen. „Ich habe dich vermisst, Kate, wie schön, dass du da bist!"

Sie spähte über seine Schulter, um nicht zu verpassen, falls jemand der anderen Gäste auch in die Halle treten sollte. Sie hatte sich so lange bemüht, zu verschleiern, was zwischen Drake und ihr an diesem Tag im Juni geschehen war, dass sie jetzt auf keinen Fall scheitern wollte. Wäre sie doch bloß in Yale geblieben, wie sie es ursprünglich geplant hatte.

Es war von vornherein klar gewesen, dass Drake sich die Gelegenheit nicht entgehen lassen würde. Er war niemand, der ein Nein akzeptierte. Vermutlich hatte sie ihn ganz empfindlich in seinem Stolz gekränkt.

Als sie nichts sagte, streckte er seine Hand aus und ließ eine Strähne ihres Haares über seine Finger gleiten. Sie schüttelte sich unwirsch. „Bitte lass das. Es könnte jemand sehen."

„Sollen es alle erfahren. Das zwischen uns ist etwas Besonderes. Du hast diese Verbindung doch genauso gespürt."

Sie senkte den Kopf und dachte an die Zeit, als ihr das Selbstbewusstsein gefehlt hatte, um eine weitere Bewerbung in Yale überhaupt zu probieren. Damals war sie häufig bei den Benjamins gewesen, auch weil sie nach der Highschool und der gescheiterten Bewerbung mehr Freizeit hatte, als sie sich wünschte. Während Flynt sich viel zu sehr mit seinen eigenen Projekten beschäftigt hatte und kaum Zeit für sie fand, war Drake damals wundervoll gewesen. Ohne seine Hilfe hätte sie es sich vielleicht nicht ein zweites Mal getraut.

Er hatte sie auf die Möglichkeit hingewiesen, Onlinekurse zu belegen, ihr Mut gemacht und sich sogar die Zeit genommen, sie mit den Unterlagen zu unterstützen. Sie war ihm wahnsinnig dankbar gewesen und ja, sie hatte die Diskussionen über literarische Texte mit ihm genossen. Dass Flynt seine Zeit viel mehr mit seinem Waldprojekt füllte und sie im Grunde genommen häufig eher Drake als ihren Freund besucht hatte, wenn sie bei den Benjamins war, war ihr irgendwie gar nicht aufgefallen.

Sie kannte Drake bereits ihr Leben lang, so dass ihr seine Aufmerksamkeit wie selbstverständlich vorgekommen war. Eine Hilfe unter Freunden, nicht mehr und nicht weniger. Flynt und sie waren quasi gleichaltrig. Flynts große Schwester hatte sich gut mit Val verstanden. Die Familien hatten viel gemeinsam unternommen. Drakes Zuneigung war ihr immer väterlich erschienen, so dass sie es erst mal gar nicht hatte glauben können, als seine Blicke ihr aufgefallen waren. Weil sie Probleme gern aussaß, hatte sie diese Tatsache einfach ignoriert, in der Hoffnung, dass sich alles schon fügen würde, was im Nachhinein betrachtet ein schwerer Fehler gewesen war.

„Ich habe dir gesagt, wie dankbar ich dir für deine Hilfe bin. Aber nun musst du mich in Ruhe lassen. Ich habe jetzt ein anderes Leben. Ich habe einen Freund, wie du vielleicht gesehen hast."

„Ach komm schon. Ich weiß zwar nicht, wo du dieses bemitleidenswerte Bürschchen aufgetrieben hast, aber dass das kein Mann für dich ist, sieht man doch auf hundert Meter Entfernung", entgegnete er mit spöttisch gekräuselten Lippen und versuchte, sie an sich zu ziehen.

Kate schob ihn weg. „Lass das!"

Sie wollte an ihm vorbeigehen, doch er stellte sich ihr in den Weg und sah sie mit dem Blick eines traurigen Hundes an. „Ich denke die ganze Zeit an dich, seit wir uns geküsst haben. Ich schlafe nicht mehr. Ich werde wahnsinnig, wenn ich dich nicht sehe. Ich habe mich in dich verliebt! Gib mir noch eine Chance, bitte!"

„Dazu gehören aber zwei. Ich habe mich nicht verliebt. Ich kann nicht mehr schlafen, weil ich es nicht aushalten würde, wenn Flynt je davon erfahren würde. Denkst du jemals an ihn? Er wäre am Boden zerstört. Du bist sein Held. Wenn er wüsste, dass ich mich wegen dir von ihm getrennt habe ..."

„Hah! Ich wusste es doch. Du hast dich wegen mir getrennt. Der Kuss hat auch dir etwas bedeutet."

Nur war es für sie ganz anders. Sie schämte sich dafür, dass sie für einen Moment seinen Kuss erwidert hatte. Vielleicht war es nur ein Reflex gewesen. Vielleicht lag es daran, dass die Beziehung zu Flynt zu dem Zeitpunkt ihren Zenit überschritten hatte. Sie hatten sich kaum noch gesehen, weil jeder seine eigenen Ziele verfolgte, so dass sie sich gefragt hatte, ob sie nur aus bloßer Gewohnheit zusammengeblieben waren. Danach jedenfalls fühlte sie sich Flynt gegenüber wie eine Verräterin. Es war ihr unmöglich erschienen, noch mit ihm zusammen zu bleiben, so dass sie ihn mit der Trennung ziemlich überrollt hatte. Anschließend hatte sie quasi fluchtartig Dawsonhills verlassen und im Bed and Breakfast einer Tante gearbeitet, bis sie endlich nach Yale konnte.

Drake trat auf sie zu, nahm ihr Gesicht zwischen beide Hände und beugte sich vor, um sie zu küssen.

„Hör auf damit!" Mit aller Kraft stieß sie ihn gegen die Brust, so dass er rücklings gegen die Zimmerpflanze prallte und um ein Haar den schweren Topf umgerissen hätte. Dann ging sie hastig in Richtung des Esszimmers.

„Warte!", rief er ihr nach. Sie hielt kurz inne und schüttelte den Kopf. Doch im Umdrehen stieß sie plötzlich mit jemand zusammen. Sie schrie auf.

„Kate?" Überrascht starrte Jordan auf sie herab. „Wo warst du denn? Ich habe dich schon gesucht."

Dann stutzte er. Mit zusammengekniffenen Brauen blickte er zwischen ihr und Drake hin und her, als versuchte er, zu verstehen, was geschehen war. Als wollte er sie beschützen, schob Jordan sich ein wenig vor sie.

„Ich war bloß gerade dabei, Kate Tipps für ihr Studium zu geben." Drake verschränkte die Arme vor der Brust und gab wieder den hochmütigen Gutsherrn.

Jordan legte den Kopf schief. Mit Blicken kreuzten die Männer ihre Säbel.

In dem Moment bemerkte Kate etwas Seltsames. Die Beiden hatten eine irritierende Ähnlichkeit. Sie waren fast gleich groß, wobei Jordan vielleicht zwei Zentimeter gegenüber Drake fehlten. Beide hatten denselben athletischen Körperbau und vor allem dieselben leuchtendblauen Augen. Jordan war insgesamt dunkler, anders gekleidet, deshalb war es auf den ersten Blick nicht so ersichtlich. Doch sie hätten beinahe Geschwister sein können.

Jordan wandte sich an Kate. „Für mich sah es so aus, als wärst du vor irgendetwas weggelaufen."

Sie räusperte sich und machte eine betont fröhliche Miene. „Oh nein, ich wollte bloß schnell in den Salon gehen. Ich glaube, der Weihnachtsmann wird jetzt bald kommen."

„Der Weihnachtsmann?" Jordan sah sie fragend an.

„Ja. Ist bei uns eine Tradition, auf die Granny sehr viel Wert legt. Noch vor der Kirche bekommen die Kinder eine Kleinigkeit vom Weihnachtsmann persönlich.“ Kate merkte, dass sich ihre Stimme unnatürlich hoch anhörte und hüstelte.

Jordan warf Drake einen abschätzigen Blick zu, dann deutete er auf die Wohnzimmertür, aus der bereits aufgeregtes Gerede klang. „Sollen wir dann hineingehen?“

Kate nickte dankbar. „Gern.“

Kapitel 8

Das Zimmer, das sie nun betraten, wirkte, als hätte es jemand direkt aus einem Magazin für Inneneinrichtung kopiert. Thema: Weihnachtskitsch vom Feinsten. Die opulenten roten Plüschsofas und die goldumrandeten Lehnstühle schienen nur für einen Zweck zu existieren: um an Weihnachten ihren Auftritt zu haben. Die Sitzmöbel gingen eine derart perfekte Liaison mit der restlichen Festdekoration ein, dass Jordan den Verdacht hatte, sie lagerten das ganze Jahr über auf dem Dachboden. Dann, wenn das Haus festlich geschmückt wurde, holte man sie raus und tat so, als würde man ständig mit dieser schweren Pracht leben.

Allerdings: So beeindruckend die Häuser seiner reichen Freunde an Weihnachten auch eingerichtet waren, dieses hier war irgendwie authentischer. An der sicher mehr als drei Meter hohen Tanne funkelten Weihnachtsantiquitäten um die Wette. Ob die früheren Besitzer des Hauses diese exklusiv aus England hatten kommen lassen? Vorstellbar wäre es. Der Baum hätte zu Charles Dickens' Zeiten genau so aussehen können, bis auf die künstlichen Kerzen jedenfalls.

Still und in sich gekehrt stand Kate neben ihm. Ihre Augen blickten in die Ferne. Jordan fragte sich, was genau er da gerade zwischen Drake und ihr beobachtet hatte. Seine Menschenkenntnis sagte ihm, dass Drake ihr nicht bloß Tipps für die Uni gegeben hatte.

„Alles in Ordnung mit dir?", fragte Jordan sie mit gedämpfter Stimme.

Sie nickte, sah ihn aber nicht an. Vor seinem inneren Auge erschien der hungrige Blick, den Drake Kate zuwarf, wann immer er sie zu Gesicht bekam. Langsam manifestierte sich in seinem Kopf ein Verdacht.

„Bist du dir sicher?" Eindringlich legte er ihr die Hand auf den Arm. „Kate, was ist passiert?"

Sie schluckte, sah ihn an, als überlege sie, ob sie sich ihm anvertrauen könnte. Doch dann riss sie sich mit einem Ruck los. „Entschuldige bitte. Ich muss dringend mit Maria sprechen." Ohne seine Antwort abzuwarten, stob sie davon.

„Er kommt! Der Weihnachtsmann kommt", kreischte in diesem Moment einer der Zwillinge und stachelte damit die anderen zu aufgeregten Schreien an. Wie aufgezogen flitzten sie durch den Raum und empfingen in einer Kindertraube den Mann mit weißem Bart und rotem Mantel, der plötzlich in der Tür erschien.

Magischerweise dimmte sich das Licht, bis das Zimmer nur noch durch das flackernde Feuer im Kamin und die LEDs am Weihnachtsbaum beleuchtet wurde. Der Weihnachtsmann zwängte sich durch die Erwachsenen, die höflich ihre Gespräche einstellten und an Champagnergläsern nippten. Er setzte sich auf den Sessel, der direkt neben dem Baum stand, legte seinen

Sack ab und putzte die runden Brillengläser, die sich durch die Kälte draußen beschlagen hatten.

Geduldig unterhielt er sich mit den Kindern, sprach darüber, ob sie brav gewesen waren oder nicht und überreichte jedem Kind ein gigantisches Paket. Nach einer Kleinigkeit sah das in Jordans Augen überhaupt nicht aus. Einer der Zwillinge schnappte sich sein Geschenk und zerfetzte blitzschnell das glitzernde Papier. Doch beim Anblick der hochmodernen Spielekonsole breitete sich Enttäuschung in seinem Gesicht aus. Anklagend stiefelte er zu seiner Mutter, deren Miene sich von freudiger Erwartung glänzender Kinderaugen zu Ratlosigkeit wandelte.

„Was ist denn, mein Lieber?"

„Das ist eine Xbox und keine PlayStation!"

Ihr Blick wanderte unsicher durch den Raum. „Aber Anton, du hast dir doch eine Spielekonsole gewünscht!"

„Ja", knurrte der Junge, „aber das ist die falsche! Ich habe ganz sicher PlayStation auf den Wunschzettel geschrieben!"

Der Mutter war das Benehmen ihres Kindes sichtbar unangenehm. Hastig zog sie ihren Sohn mit nach draußen.

Jordan dachte beim Anblick dieser Szene daran, wie sehr er sich als Kind danach gesehnt hatte, ein einziges Mal ein anderes Geschenk zu bekommen als Socken und Unterhosen.

Er musste etwas jünger als die Zwillinge gewesen sein, als er das schlimmste Weihnachten seines Lebens erlebt hatte. Zu der Zeit war er noch zu klein gewesen, um zu verstehen, wie bösartig sein Pflegevater war.

Verheißungsvoll hatte das Paket ausgesehen, das als Letztes unter dem geschmückten Baum übrig geblieben war, und sein Herz hatte einen Sprung gemacht. Die anderen Kinder, allen voran natürlich Papa Logans echte Kinder, Chloe und Willy hatten bereits ihre Geschenke ausgepackt. Willy hatte über seinen nagelneuen Baseballschläger gestrahlt, Chloe glücklich die Barbie in das dazu passende Auto gesetzt. Tyler hatte mit einem höflichen Lächeln die üblichen Socken und Unterhosen in Empfang genommen, mit denen die Mastersons in der Regel ihre Pflegekinder bedachten. Das wenige Geld, das zur Verfügung stand, wurde stets gerecht zwischen den beiden leiblichen Kindern aufgeteilt. Die Pflegekinder trugen die ausrangierten Sachen der anderen weiter und bekamen, wenn schon etwas geschenkt werden musste, etwas Praktisches, das man ohnehin brauchte.

Doch das Paket, das noch unter dem schiefgewachsenen Baum stand, dessen geringe Größe, durch ein Tischchen erhöht wurde, war nicht weich, wie Geschenke waren, die Kleidungsstücke enthielten. Nein, es hatte genau die richtige Form, in der ein Auto oder ein Bagger stecken könnte, wie Jordan es sich seit Ewigkeiten wünschte.

Er sah sich schon zu dem staubigen Basketballplatz gehen, an dem die Kinder des Viertels mit ihren Fahrzeugen spielten. Bedächtig nahm er das Paket an sich, während Papa Logan ihn aus halbgeschlossenen Lidern beobachtete. Auch Willy ließ ihn nicht aus den Augen. Denn er war es gewöhnt, dass alles, was nach Spielzeug in diesem Haushalt aussah, ihm gehörte. Dass ein attraktiv aussehendes Weihnachtsgeschenk für Jordan sein konnte, ging ihm sichtbar gegen den Strich. Protestierend sah er seinen Vater an, der begütigend die Hand hob und an der obligatorischen Bierflasche nuckelte. Sicher schon sechs oder sieben hatte er nachlässig auf den Boden neben dem Ohrensessel abgestellt, in dem er seine Abende verbrachte.

Gleich würden die Kinder eilig die Flaschen einsammeln und in die Küche bringen. Es gab Dinge, die man in diesem Haushalt sehr schnell lernte, wenn man nicht ständig eine Tracht Prügel oder, viel schlimmer, eine gefühlte Ewigkeit in der Grube unter dem Haus kassieren wollte. Die war einst als Vorratskeller angelegt worden und mittlerweile nur noch dafür da, ungehorsame Kinder einzusperren.

Papa Logans Pupillen waren schon leicht glasig und Jordan ignorierte in der Vorfreude auf sein Weihnachtsgeschenk fatalerweise die Tatsache, dass sie bereits ein bösartiges Glitzern in sich trugen. Meist war er so klug, sich dünn zu machen, wenn er dieses Glitzern in den Augen seines Pflegevaters entdeckte. Auf keinen Fall wollte er in der Schusslinie sein, wenn dieser ein Opfer für seinen Frust suchte. Denn wenn das geschah, sah auch Brenda, seine Frau, zu, dass sie nicht auffindbar war. Niemand würde ihm, Jordan, helfen.

Arglos nahm er das Paket, öffnete es, fühlte die Umrisse eines Traktors und ließ es enttäuscht fallen. Das vermeintlich neue Spielzeug war bereits kaputt. Zwei Reifen fehlten, mit einem Filzstift hatte jemand auf dem Gehäuse herumgekritzelt. Es war exakt der Traktor, den sich Jordan gewünscht hatte. Das stimmte. Er hatte ihn sich gewünscht, während dieser ungenutzt in Willys Regal gestanden hatte. Doch in dem Moment, wo Willy festgestellt hatte, dass Jordan ihn gerne hätte, hatte er ihm die Reifen abgebrochen und verunstaltet.

Als sein Pflegebruder sah, was Jordan da geschenkt bekam, fing er an zu lachen.

In seiner Enttäuschung vergaß Jordan alle Vorsicht und stürzte sich auf ihn. „Hör sofort auf zu lachen!"

Willy, überrascht von der ungewohnten Aggressivität des Jüngeren, taumelte zurück und stieß gegen das Beistelltischchen, auf dem Papa Logan gerade eine Flasche abgestellt hatte. Fatalerweise fiel sie um und ergoss sich auf den Boden.

Jordan kassierte die Prügel seines Lebens und verbrachte die Nacht im dunklen Keller. Nie wieder werde ich mir etwas zu Weihnachten wünschen, hatte er sich damals geschworen.

„Sie sehen so traurig aus. Vermissen Sie Ihre Familie?" Eine sanfte Stimme riss ihn aus seinen Erinnerungen.

Er fuhr herum und blickte in das Gesicht der Haushälterin. „Nicht wirklich. Ich bin bei Pflegeeltern aufgewachsen und habe meine Eltern nicht gekannt. Meine Weihnachtsfeste waren nie so berauschend. Und Sie?"

Er wusste nicht, wieso er ausgerechnet ihr das erzählte, wo er seine Herkunft in der Regel akribisch unter Verschluss hielt. Als er plötzlich eine Berühmtheit gewesen war und so reich, dass er nie wieder arbeiten musste, hatte er sich in jeder Hinsicht abgesichert. Sein Pflegevater bekam eine mickrige Geldsumme, die in nichts dem entsprach, was Jordan an manchen Tagen verdiente, und unterschrieb dafür eine saftige Unterlassungserklärung. Wenn er je mit der Presse über seinen Pflegesohn sprach, dann würde ihn das komplett seiner Lebensgrundlage berauben, dafür hatte seine erstklassige Anwältin gesorgt.

Das Gleiche hatte er mit seinen Geschwistern getan. Während er Millie und Tyler gern und jederzeit unter die Arme griff, hatte er bei den anderen erfolgreich auf deren Geldgier und Dummheit gesetzt. Sie hatten nicht verstanden, zu was für einer großen Nummer er sich in kürzester Zeit gemausert hatte. Glücklicherweise. Denn sonst hätte er für ihr Schweigen ein Vielfaches der Summe zahlen müssen, die sie letztendlich bekommen hatten.

Die Haushälterin blickte einen Moment lang zur Seite. Er fragte sich, ob sie wohl Familie hatte und wo diese lebte.

„Oh ja, das tue ich. Ich vermisse meine Familie wirklich sehr." Sie seufzte. Dann setzte sie ihr Lächeln wieder auf. „Aber eine gute Freundin hat mir mal gesagt, dass die Menschen, die wir lieben, immer in unserem Herzen bleiben. Darauf baue ich. Und auf den Urlaub, den ich im Februar bekomme, wenn die Familie hier nach Hawaii fliegt und mich nicht braucht. Dann werde ich endlich meine alten Eltern sehen und überprüfen, ob die Frau meines Bruders sie auch gut pflegt." Sie lachte auf und enthüllte ein tiefes, kehliges Lachen, anders als bei den meisten Frauen. „Aber was rede ich da! Entschuldigen Sie mein Geplapper." Bevor er protestieren konnte, wandte sie sich zum Gehen.

Dabei stieß sie fast mit Kate zusammen, die mit zwei Gläsern in der Hand zurückkkam.

„Einen sympathischen, jungen Mann hast du dir da gesucht!" Warm lächelte Maria Kate zu und verschwand in Richtung Küche.

„Ginger Ale?" Kate sah ihn fragend an.

„Danke." Er nahm einen Schluck, stellte sein Glas auf einer Anrichte ab und zog sie ein wenig von den anderen weg. Dann legte er ihr die Hände auf die Schultern, damit sie ihm nicht ausweichen konnte. Warm fühlte ihre Haut sich unter seinen Fingern an. Er unterdrückte den überraschenden Impuls, über ihren Nacken zu streichen. „Wenn ich erfolgreich deinen Freund spielen soll, musst du mich in die Dinge einweihen, die hier gespielt werden, sonst fliegen wir unweigerlich auf."

Sie versteifte sich unter seinem Blick. „Ich weiß nicht, was du meinst."

„Oh doch, das weißt du. Was ist da los zwischen dir und Drake? Wieso ist er dir quer durch die Halle gefolgt?"

Mit leicht geöffneten Lippen sah sie ihn an. Er hatte in seinem Leben schon einige der schönsten Frauen gehabt. Wenn man erst einmal einen Erfolg vorzuweisen hatte, flogen einem die Damenherzen oder auch die BHs auf der Bühne nur so zu. Aber seit Langem hatte er nicht mehr dieses irritierende Kribbeln unter der Haut gespürt, wenn ihm eine Frau wirklich nahekam.

„Das … er …", begann sie. Doch dann brach sie wieder ab. „Es ist alles entsetzlich kompliziert." Sie trat einen Schritt auf ihn zu, bis sie ganz nah bei ihm stand. Beinahe berührten ihre Körper sich und er nahm wieder den süßen Duft nach Rosen und Vanille wahr, den sie verströmte. Die leichte Röte, die sich auf ihrer blassen Haut ausgebreitet hatte, stand ihr. Sie schien ihm wie eine dieser Heldinnen in einer Austen-Verfilmung, als sie ihn verständnisheischend anklimperte.

Plötzlich konnte er an nichts anderes mehr denken, als an die Frage, ob ihre herzförmig geschwungenen Lippen genau so weich waren, wie sie aussahen. Kurz senkten sich ihre Lider, dann sahen ihre großen Augen ihn einladend an. Hatte sie eben dasselbe gedacht, wie er?

„Hey, Lovebirds, gleich geht es in die Kirche. Ich würde mich an eurer Stelle beeilen, Mom hasst nichts mehr, als zu spät zu kommen!", unterbrach Kates Schwester Val die besondere Stimmung.

Instinktiv stoben beide auseinander, als hätte man sie bei etwas Verbotenem gestört.

Kritisch sah Val ihre Schwester an. „Und dein Make-up musst du unbedingt überprüfen. Man könnte meinen, du hättest geweint."

„Danke für den Hinweis." Kates Stimme klang rau. „Dann holen wir mal unsere Jacken!"

Sie nahm seine Hand und zog ihn mit sich. Wie sie wohl reagieren würde, wenn sie erfuhr, dass er den Weihnachtsgottesdienst schwänzen würde?

Kapitel 9

Kate fühlte sich, als hätte sie den ganzen Tag damit zugebracht, Pirouetten auf dem Eis zu drehen, als sie die Zimmertür hinter ihnen schloss. War er nicht eben kurz davor gewesen, sie zu küssen? Und hatte sie selbst sich nicht genau das gewünscht?

Dabei wusste sie so wenig von ihm. Wie konnte es also sein, dass sie auch nur darüber nachdachte, wie sich ein Kuss von ihm wohl anfühlen würde? Bislang hatte er beinahe nichts von sich preisgegeben, außer, dass er über Weihnachten die Abgeschiedenheit der Hügel von Vermont gesucht hatte. Im Grunde genommen konnte sie nur raten, was ihn bewogen hatte, zurückzukehren und ihr Spiel mitzuspielen. Seine vagen Antworten verbargen mehr, als sie enthüllten. Seine Anwesenheit machte sie nervös.

„Tut mir echt leid, manchmal bricht in diesem Haushalt die totale Hektik aus. Typisch meine Familie! Irgendwie ist alles ziemlich kompliziert hier!" Ihr fiel auf, dass sie ins Plappern geriet, wie so oft, wenn sie nervös war, und brach ab.

Hastig zog sie ihr Gepäck hervor, froh, etwas zu tun zu haben, froh, ihm für einen Moment nicht das Gesicht zuzuwenden, damit er nicht sah, wie aufgewühlt sie innerlich war. Sie fand den warmen Wollpullover, den sie für den Kirchgang über ihr Kleid ziehen würde, und schlüpfte hinein.

Dann drehte sie sich zu Jordan um. Er hatte sich an die Fensterbank gelehnt und beobachtete sie. Dabei irritierte sie die Art, wie er sie musterte. Unter seinem Blick fühlte sie sich seltsam schutzlos, als könnte er ihre Gedanken lesen.

Sie wandte sich wieder ab. In gespielter Hektik durchwühlte sie ihr Gepäck, während sie sich überdeutlich dessen bewusst war, dass ihm keine ihrer Bewegungen entging.

„Verdammt, wo ist bloß mein Schal geblieben?" Mit einer triumphierenden Geste zog sie ihn schließlich heraus. „Willst du nicht auch etwas Wärmeres anziehen? Wo ist deine Jacke?" Sie runzelte die Stirn. „Was ist los? Hast du sie unten gelassen?"

Jordan schüttelte den Kopf. „Tut mir leid, ich komme nicht mit."

Entgeistert sah sie ihn an. „Was soll das heißen, du kommst nicht mit? Natürlich musst du mit in die Kirche!"

„Das ist nichts für mich."

Kate konnte es nicht fassen, dass er die Sache damit abtun wollte. „Das kannst du nicht machen. Hier gehört es einfach dazu!"

Statt einer Antwort nahm er sein Telefon heraus, um beiläufig darauf herumzutippen.

Sie ließ den Schal auf ihr Bett sinken. Mit zwei Schritten stand sie vor ihm und rüttelte ihn an der Schulter. „Was soll ich meiner Familie sagen, wenn du nicht mitkommst?"

„Sag ihnen, dass ich mir nichts aus Religion mache." Amüsiert hob er einen Mundwinkel, steckte das Handy aber wieder weg.

„Jordan, bitte!" Leichte Panik stieg in ihr auf. „Ich kann da nicht alleine hingehen!"

Er legte den Kopf schief. „Wie wäre es, wenn du auch hierbleibst?"

Die unverhohlene Einladung brachte ihr Herz zum Stolpern. Sie schluckte trocken. „Du weißt, dass das nicht geht. Meine Eltern würden durchdrehen. Wir müssen los." Unnatürlich rau klang ihre Stimme in ihren Ohren.

„Nein. Wirklich nicht."

Vorsichtig legte sie die Hände auf seine Brust, spürte die harten Muskeln unter ihren Fingern und sah fragend zu ihm hoch. „Und wenn ich ganz lieb ‚bitte' sage?" Überrascht flackerte sein Blick.

„Es schadet bekanntlich nie, wenn man nett ‚bitte' sagt." Jordans Augen verdunkelten sich. Ehe sie es sich versah, packte er ihre Hände und drehte sie mit dem Rücken zur Wand. Nun stand er direkt vor ihr. Nur wenige Millimeter trennten ihre Körper noch voneinander. Kates Brustkorb hob und senkte sich. Seine Nähe verwirrte sie. Sie wünschte sich, dass er von ihr abließ und dass er auf keinen Fall damit aufhörte. Gleichzeitig.

Er fixierte ihre Hände mit einer Hand. Federleicht strich er mit der anderen ihren Hals hinab bis zu ihrem

Brustbein, dann ihre Kehle hoch bis zu ihrem Kinn. Sie versuchte, das Beben, das sich in ihr ausbreitete, zu unterdrücken, und wagte kaum zu atmen. In ihrem Körper explodierten die widerstrebendsten Gefühle.

Endlich senkte er den Kopf und küsste sie. Die zarte Berührung fuhr ihr durch Mark und Bein. Gemächlich knabberte er an ihren Lippen, bis sie seinen Kuss erwiderte. Sie versuchte, ihre Hände freizubekommen, um sie ihm um den Nacken zu legen, doch er lachte bloß leise und verstärkte seinen Griff. Sein Mund wanderte zu ihrem Ohr. Prickelnd spürte sie seinen Atem auf ihrer Haut. Hitze flutete ihren Körper. Seine Nähe, sein Duft berauschte sie.

Da klopfte es plötzlich an der Tür.

„Beeilt euch, die anderen warten schon!" Jessies Rufen durchbrach den Zauber.

Erschrocken starrte Kate in Jordans blauen Augen und schob ihn vorn sich. „Wir kommen!", rief sie.

Jordan lachte spöttisch. Dann zog er sie wieder an sich. „Du willst doch jetzt nicht wirklich nach unten gehen?", flüsterte er in ihr Ohr.

Der feine Luftzug ließ sie erschaudern. Er schob eine Hand unter ihren Pullover, die allmählich nach oben wanderte. Ihr Herzschlag beschleunigte sich. Doch sie legte ihre Hand auf seine, um ihn zu stoppen. „Bitte, Jordan", wisperte sie an seinem Mund, „wir müssen wirklich los."

Jordan brummte etwas Unverständliches, trat aber zwei Schritte zurück, um sie freizugeben. Dann hob er den auf den Boden gefallenen Schal auf und hielt ihn ihr mit der Geste eines formvollendeten Gentlemans hin. „Wie Sie befehlen, Mylady."

Verwundert, aber auch erleichtert beobachtete sie schließlich, wie er sich seine Mütze tief ins Gesicht zog und sich in seinen Schal einhüllte, als plane er, eine Bank zu überfallen. Er schien glücklicherweise seinen Plan, nicht mit in die Kirche zu kommen, fallengelassen zu haben.

Galant reichte er ihr seinen Arm und sie stiegen gemeinsam die Treppe hinab, während Kate an nichts anderes mehr denken konnte als an das Gefühl seiner Lippen auf ihrer Haut.

Kapitel 10

Zart hinabsegelnde Schneeflocken kühlten ihre erhitzte Haut, als sie vor die Haustür traten. Wie winzige Glühwürmchen tanzten sie im Nachthimmel, so magisch, dass Jordan sich nicht gewundert hätte, wenn von oben plötzlich Geigenklänge zu hören gewesen wären. Er ignorierte das genervte Augenrollen von Kates Schwestern und sah hinab auf Kate, die sich beinahe selbstverständlich an seinen Arm schmiegte. Zufrieden bemerkte er das leichte Grinsen in Kates Gesicht, deren Wangen immer noch dezent gerötet waren.

Eine Woge der Zärtlichkeit durchflutete ihn, ließ aber gleichzeitig sein Herz stocken. Was war das hier mit ihnen? Natürlich hatte er vorgehabt, sich die Weihnachtsnacht mit ihr zu versüßen, war sie ihm doch praktisch in den Schoß gefallen. Und wenn sie nicht gerade diesen strengen Lehrerinnenblick draufhatte, war sie eine verdammt attraktive Frau. Die großen Augen, der herzförmige Mund und ihr zierlicher Körper, der dennoch an den richtigen Stellen Rundungen aufwies. Aber er hatte bis jetzt genau ein einziges Mal zärtliche Gefühle für eine Frau entwickelt und das war schwer nach hinten losgegangen. Er war zu verkorkst für Beziehungen. Frauen brachten ihm kein Glück.

Trotzdem ließ er sich von Kate um den Finger wickeln und das, obwohl ihn die schmerzhafte Hitze in seinem Unterleib ermahnte, dass er sie besser in seine Höhle schleppen sollte, um ihr zu zeigen, wer hier der Boss war. So kannte er sich nicht. Er war überzeugt davon gewesen, dass nichts ihn heute in eine Kirche bringen konnte. Die Kirche und er, sie hatten sich wenig zu sagen. Und doch nahm er folgsam an dem Familienzug teil, der den Hügel hinunter in den Ort tuckerte.

Kate schien seine Gedanken zu erraten. „Danke!"

Sie sah zu ihm hoch und ein ungewohntes Gefühl glomm in seiner Magengegend auf. Da passierte, worauf er seit einer gefühlten Ewigkeit vergebens gewartet hatte. In seinem Kopf erklangen eine Textzeile und der Funken einer Melodie, untermalt von ein paar Gitarrenriffs. Ideen explodierten in seinem Inneren und formten sich zu einem Einfall, der Blüten trieb, bis aus ihm ein Konzept geworden war. Er konnte das Wunder kaum fassen. Beinahe erklang ein ganzer Song in seinem Kopf. Ein Song über einen Typen, der einer Frau so verfallen ist, dass er sich ihrer Familie stellt, obwohl es ihm ausschließlich um Sex geht. Eigentlich. Sein Herz hüpfte und er fühlte sich lebendig, als hätte ihn gerade die Unsterblichkeit geküsst. Er würde wieder ein Lied schreiben, vielleicht sogar den nächsten Weihnachtshit landen und endlich ihren alten Song ablösen, den er nicht mehr hören konnte. Übermütig zog er Kate an sich und drückte ihr einen Kuss auf die Lippen.

Verblüfft riss Kate die Augen auf. Dann grinste sie. „Wofür war das denn?"

Er zuckte mit den Schultern und grinste ebenfalls.

Nur von Ferne vernahm er, wie Drake und seine Frau sich ein hitziges Wortgefecht lieferten. Vielleicht konnte er die Dissonanz der beiden für ein Riff verwenden?

Auf einmal schloss Kates Mutter zu ihnen auf.

„Jordan!", riss sie ihn aus seinen Gedanken, die er verzweifelt festzuhalten versuchte. „Was ist eigentlich mit Ihrer Familie? Werden Sie gar nicht vermisst?"

Die Töne in seinem Kopf verklangen. Dennoch brauchte er einen Moment, sich auf ihre Frage zu konzentrieren. Schon spürte er ein dezentes Stupsen in seine Seite und sah Kates auffordernden Blick. Nun antworte schon, schien er zu sagen. Aber was sollte er darauf antworten? Die Frage war tatsächlich interessant. Was machten seine Eltern? Ob einer von ihnen an ihn dachte? Wobei ein Vater ja nicht zwangsläufig von der Existenz seines Nachwuchses wissen musste. Im Gegensatz zu einer Mutter. Ob sie seit vierundzwanzig Jahren jedes Mal an Weihnachten an ihn dachte oder hatte sie längst eine neue, passendere Familie?

Mit Gewalt schob er die grüblerischen Gedanken beiseite und setzte ein verbindliches Lächeln auf. „Ich fürchte, ich werde schmerzlich vermisst. Aber was kann man schon tun, gegen eine junge Liebe!" Er schenkte Kate ein schmalziges Grinsen und erntete im Gegenzug einen fragenden Blick. Demonstrativ zog er sie näher an sich, um seiner Geschichte mehr Nachdruck zu verleihen.

Kate kicherte irritiert. Zwischen den Augen ihrer Mutter bildete sich eine fragende Falte, als wunderte sie sich über das Verhalten ihrer Tochter.

Unten im Ort entschuldigte Sally sich und wandte sich einer Nachbarin zu. In Jordans Magen begann es zu brodeln wie immer, wenn er sich einer Menschenmenge stellte, bei der es eine gute Chance gab, erkannt zu werden. So sehr er die meisten Aspekte seiner Berühmtheit schätzte, so wenig mochte er es, aus heiterem Himmel angesprochen zu werden. Dabei fühlte er sich merkwürdig schutzlos, als bestünde sekündlich die Gefahr, dass ihn jemand als Hochstapler entlarvte.

Er zog sich die Mütze tiefer ins Gesicht und band den Schal so hoch es ging. Hoffentlich reichte das als Tarnung.

Zahlreich strömten die Menschen von allen Seiten auf die Kapelle zu, die malerisch am Ende der breiten Einkaufsstraße gelegen war. Er hätte nicht gedacht, dass Dawsonhills so viele Einwohner hatte. Oder hatten derart viele Touristen an Weihnachten den Weg hierher gesucht?

Kate drückte seinen Arm. „Alles in Ordnung mit dir?"

Einen Augenblick lang erwog er, ihr alles zu erzählen. Sie machte auf ihn nicht den Eindruck, als würde sie ausflippen, bloß weil jemand Berühmtes vor ihr stand. Wenn sie seine Mitwisserin war, würde einiges einfacher werden und sie könnte ihn ein wenig abschirmen. Er war kurz davor, ihr alles zu beichten, da rumste etwas mit ziemlicher Wucht gegen seinen linken Oberschenkel. Verwundert sah er einen kleinen Jungen mit strohigen, schwarzen Haaren und schokoladeverschmiertem Mund. Vermutlich hatte er mit seiner Schokolade soeben Jordans Hose verschönert. Mit weitaufgerissenen Augen sah der Kleine ihn an und duckte sich, als erwarte er Prügel für sein Missgeschick.

Hektisch ruckte sein Köpfchen hin und her. Prüfte er etwa seine Chancen, Jordan mit einem gezielten Hasensprint zu entkommen?

„Deacon! Pass doch auf!“ Eine etwas verwahrlost aussehende, blonde Frau eilte herbei. Dunkle Schatten umrahmten ihren Blick. „Entschuldigen Sie vielmals!“, wandte sie sich an Jordan.

„Ist doch nichts passiert.“ Er grinste den kleinen Strolch an, dessen ganzes Gebaren, ihn schmerzlich an sich selbst in diesem Alter erinnerte. Er hatte früher auch geflickte Kleider getragen und sogar die dunklen Strähnen könnten seine eigenen sein.

Die Frau legte ihrem Kind die Hand auf die Schulter und lächelte zaghaft. Bevor die Sorgen ihren Rücken gebeugt hatten, musste sie eine echte Schönheit gewesen sein. Er fragte sich, ob es der Vater des Jungen war, der für die verhuschten Blicke verantwortlich war.

„Es macht wirklich nichts. Aber eine Entschuldigung kann ja nicht schaden, oder?“ Mit verschwörerischer Miene hielt er dem Jungen die Hand hin.

Der sah ihn irritiert an und schüttelte sie zaghaft, während er kaum hörbar „Entschuldigung“ murmelte. Dann blickte er auf seine rechte Hand, in die Jordan etwas hineingeschmuggelt hatte. Als der Junge vorsichtig auf den vermeintlichen Zettel schielte und einen Zehn-Dollar-Schein erkannte, weiteten sich seine Augen und er strahlte.

„Frohe Weihnachten“, sagte Jordan.

„Ja, genau, frohe Weihnachten“, mischte sich Kate ein. „Hallo Amanda!“ Dann ging sie ein wenig in die Knie. „Hallo, Deacon! Du bist aber groß geworden!“ Sie lächelte den Jungen an, der sich um das Bein seiner Mutter herumdrückte.

Amanda zog ein Taschentuch aus der Tasche und reichte es Jordan. „Tut mir leid! Ich hatte ihm schon gesagt, dass er mit seiner Schokolade vorsichtig sein muss! Leider hat er sie gerade von Mrs. Gibbs geschenkt bekommen und musste sie natürlich unbedingt sofort essen!" Sie hob hilflos die Schultern.

„Oh, ich war in dem Alter ganz genauso", erwiderte Jordan.

Amanda schenkte ihm einen dankbaren Blick. Dann schlich sich ein fragender Ausdruck in ihre Miene. „Kennen wir uns irgendwoher?", fragte sie Jordan.

Kate sah ihn überrascht an.

„Ich wüsste nicht, woher", sagte Jordan ausweichend.

„Komisch, ich hätte schwören können, dass ich Sie schon mal irgendwo gesehen habe."

Bevor Amanda weiter nachbohren konnte, verabschiedeten sie sich und schlossen sich der Masse der Leute an, die in die Kirche drängten, als wären sie auf dem Weg zu einem Rockkonzert und wollten an vorderster Front stehen.

„Was war denn das eben?", fragte Kate, als sie außer Hörweite waren.

„Passiert mir häufiger mal. Ich scheine diesem Schauspieler aus der Rocker-Serie zu ähneln", log er. So viel dazu, sich ihr anzuvertrauen.

„Irgendwie traurig, sie so zu sehen. Amanda war immer die Hübscheste und Klügste in der Schule. Dann hat sie sich ein Kind andrehen lassen und das kurz vorm Abschluss. Nun arbeitet sie als Aushilfe im Supermarkt und das Geld reicht hinten und vorn nicht. Aber der Vater kümmert sich einen Dreck um das Kind. Es scheint ihm ziemlich egal, wie sein Sohn lebt." Kate hob bedauernd die Schultern.

In einer Bank im vorderen Bereich der Kirche hatte bereits der Großteil von Kates Familie Platz genommen. Kate und er quetschten sich mit an den Rand der unbequemen Holzbank, direkt neben Granny, die ihm verschwörerisch zuzwinkerte. Dann aber deutete die alte Frau stirnrunzelnd auf Jordans Mütze.

„Im Haus Gottes trägt man keine Kopfbedeckung, junger Mann, das sollten Sie eigentlich wissen."

„Oh ja!" Kate schüttelte gespielt missbilligend den Kopf. „Du kannst hier doch nicht mit Mütze sitzen." Mit einer schnellen Bewegung klaute sie ihm die Kopfbedeckung und grinste ihn neckisch an.

Kurz überlegte er, sie ihr direkt wieder abzujagen. Allerdings würde die Aufmerksamkeit, die das generierte, die Sache nur noch komplizierter machen. Also bemühte er sich, cool und entspannt zu bleiben, doch ohne seine Tarnung fühlte er sich seltsam verletzlich. Instinktiv drückte er sich tiefer in die Bank. Dummerweise hatte er ausgerechnet den äußeren Platz abbekommen, wo viele Menschen freie Sicht auf ihn hatten. Er wandte sich ein wenig seitlich, steckte sein Gesicht in ein Gesangbuch, das vor ihm auf einer Ablage gelegen hatte und versuchte, das Gefühl zu ignorieren, dass ihn alle anstarrten.

„Na, willst du die Lieder auswendig lernen?" Kate legte für einen Augenblick ihre Hand auf seinen Oberschenkel.

Ihre Berührung elektrisierte ihn, als wäre er ein unerfahrener Teenager. Umgehend wurde ihm warm. Aber den Schal konnte er nun nicht auch noch abnehmen. Er nickte nichtssagend und versuchte, sich auf die altmodischen Texte im Gebetsbuch zu konzentrieren.

Die Kirche füllte sich schnell. Wer einen Sitzplatz ergattert hatte, konnte sich glücklich schätzen. Auf einmal winkte eine auffällig geschminkte Frau mit Haaren wie Schneewittchen hinüber.

Kate winkte zurück. Dann zeigte die Frau auf Jordan und fragte pantomimisch, ob das Kate Freund war. Kate nickte und schmiegte sich demonstrativ an ihn. Die Frau hielt den Daumen in die Höhe und gratulierte ihr damit zu ihrer Wahl.

„Noch eine ehemalige Klassenkameradin von mir. Melissa." Kate zuckte mit den Schultern.

In Jordans Inneren klingelte eine Alarmglocke. Irgendetwas an dieser Frau machte ihn stutzig. Nervös beobachtete er, wie sie ihr Handy herauszog und darauf herumtippte.

Plötzlich blitzte es. Jordan erstarrte. Hatte die schwarzhaarige Frau ein Foto von ihm geschossen, oder litt er schon unter Verfolgungswahn? Er wollte gerade aufspringen und der Sache auf den Grund gehen, da verkündete feierliche Orgelmusik den Beginn des Gottesdienstes. Immerhin würden die Leute jetzt hoffentlich aus Höflichkeit ihre Handys einstecken und er musste keine Angst mehr vor Fotos haben.

Ein betagter weiblicher Kirchenchor in schwarz-weißen Gewändern trat nach vorn und intonierte „The Newborn King" in einem derart langsamen Tempo, dass Jordan beinahe erwartete, dass als nächstes Whoopi Goldberg auftauchen würde, um den Laden in Schwung zu bringen. Stattdessen trat ein gar nicht so alter Priester mit der Gemächlichkeit eines Greises vor und sagte eine Menge heiliger Worte, die Jordan alsbald ausblendete. Er kannte ohnehin nicht die Phrasen, mit denen man auf die Fragen des Priesters im Chor antworten musste. Auch die Melodie der alten Lieder war ihm fremd. Ihm blieb nichts anderes übrig, als stumm vor sich hinzublicken, sehr zu Grannys Unwillen, die mahnend die Brauen hob. Statt Kirchgängen hatten in den Pflegefamilien Talkshows und Quizsendungen die Sonntage bestimmt.

Der Gottesdienst floss dahin. Aus dem Augenwinkel scannte er die Anwesenden. Ernste, feierliche Gesichter umgaben ihn. Menschen, die zum Teil ihr gesamtes Leben in dieser Stadt verbracht hatten. Menschen, die vielleicht seine Eltern kannten? Oder waren unter ihnen sogar seine Eltern?

Verstohlen untersuchte er die Gesichtszüge, forschte nach Ähnlichkeiten mit sich selbst, überlegte, wer im passenden Alter war, und schallt sich dann einen Narren. Vermutlich wäre es zielgerichteter gewesen, den Detektiv hierher zu schicken, damit er weitere Recherchen anstellte. Er hatte ja ohnehin bereits für das Ermitteln des Fundorts eine stattliche Summe kassiert.

Wieso war er hier? Wieso konnte er das Thema nicht einfach abhaken und das Leben so genießen, wie es war?

Er war steinreich. Konnte an jedem Finger zehn Frauen haben. Es war vollkommen unerheblich, wer seine Eltern waren. Und dennoch. Die Frage nach seiner Herkunft ließ ihn nicht los. Dabei ging es nicht nur darum, einen Namen zu haben. Es war vielmehr das Rätsel der eigenen Identität, das ihn hierhertrieb. Wer war er? Konnte er jemals wirklich im Leben ankommen, ohne das zu wissen?

„Wunder gibt es immer wieder", sagte in diesem Moment der Priester vorn. Irgendetwas an der Art, wie er es sagte, fesselte plötzlich Jordans Aufmerksamkeit.

„Wunder geschehen im Alltäglichen oder im Großen. Und immer ist der Eine dabei, mitten unter uns. Wie ihr wisst, ist uns die Gnade zuteilgeworden, eines dieser Wunder mitzuerleben." Er räusperte sich und blickte die Gemeinde eindringlich an. „Immer wieder zeigt sich uns der Herr in seiner Güte und Weisheit. Vor nunmehr vierundzwanzig Jahren tat er dies, indem er uns ein Neugeborenes sandte, das wie das Jesuskind in unserer Weihnachtskrippe lag."

Es dauerte einen Moment, bis die Worte in Jordans Bewusstsein vordrangen. Ein echtes Baby, vor genau vierundzwanzig Jahren? Was für ein unwahrscheinlicher Zufall. War es möglich, dass der Priester über ihn sprach? Leichter Schwindel ergriff ihn.

„Am Abend des 24. Dezembers gegen 10 Uhr abends, bevor die Menschen zur Mitternachtsmesse kamen, machte sich die damalige Pfarrersfrau auf den Weg zur Kirche, um sie aufzuschließen und die Kerzen anzuzünden. Doch als sie den Schlüssel in das Schlüsselloch steckte, wurde ihr Blick wie von einer himmlischen Hand geführt nach rechts zur Krippe gelenkt."

Der Priester erzählte die Geschichte in einem weihevollen Singsang, mit dem er vermutlich sonst Auszüge aus der Bibel zum Besten gab. Es schien, als hätte er die Geschichte schon mehrere hundert Mal erzählt.

„Sofort bemerkte sie, dass etwas nicht stimmte. Vorsichtig näherte sie sich und traute ihre Augen nicht. Anstelle des hölzernen Christkindes befand sich ein Neugeborenes aus Fleisch und Blut in der Krippe. Es war lediglich in eine Decke gehüllt. Als sie zu ihm eilte, war das Kleine eiskalt."

Ein Baby bei Minusgraden draußen in einer Krippe hinterlassen? Das klang nicht nach einer verzweifelten, aber liebenden Mutter, die ihr Kind auf die Schwelle freundlicher Menschen legte. Das klang wie ein eiskalter Mordversuch.

Kate stieß ihm in die Rippen und deutete auf seine Hosentasche. Da erst fiel ihm auf, dass der Priester und eine Menge anderer Menschen vorwurfsvoll zu ihm herüberblickten, weil ein Handy klingelte. Leichte Röte stieg ihm ins Gesicht, als er sein Smartphone herauszog und auf lautlos stellte, nicht ohne vorher gesehen zu haben, dass Ally ihn zum wiederholten Mal anrief. Wahrscheinlich hatte sein Agent sie auf ihn angesetzt. Er machte eine entschuldigende Geste in Richtung des Priesters und der Gemeinde und versuchte dann, noch tiefer in der Kirchenbank zu versinken.

„Jemand hatte das bloß in ein altes Handtuch gewickelte Baby in die Krippe gelegt und dem sicheren Tod überlassen." Der Priester setzte seine Erzählung fort, als hätte es die Störung durch das Handy nicht gegeben. „Aber Gott, der Herr, wusste dies zu verhindern. Die Pfarrersfrau nahm das arme Kindlein in ihre Arme und hüllte es in ihren Mantel. Der kleine Körper war kalt, reglos, wie tot. Sie rief um Hilfe und die Menschen aus dem Ort versammelten sich um sie. Da fiel sie auf die Knie und flehte Gott, den Allmächtigen an, dieses winzige Wesen nicht sterben zu lassen. Sie flehte um ein Weihnachtswunder.

In diesem Moment trat eine mysteriöse Fremde in die Mitte auf das Kind zu. Sie war verschleiert und sprach kein Wort. Sanft wie eine Mutter strich sie dem Baby über den Kopf und legte ein Amulett in seine winzigen Hände, darauf ein Bild der Jungfrau Maria. Da geschah das Wunder. Das Baby seufzte und öffnete die Augen. Die Jungfrau Maria hat das bemitleidenswerte Kind gerettet."

Jordans Hand wanderte instinktiv zu seiner Brust, wo unter seinem Hemd ein Medaillon mit einem Marienbild verborgen war. Dieses Medaillon trug er bereits sein ganzes Leben. Es war der einzige Hinweis auf seine leibliche Herkunft gewesen. Ein Zittern ergriff seinen Körper. Kate sah stirnrunzelnd zu ihm hoch.

„Was ist mit dir?" Sie legte ihm die Hand auf den Arm. Jordan bemerkte, dass er seine Hände so stark um das Gebetsbuch gekrallt hatte, dass die Knöchel weiß hervortraten.

„Nichts." Jordans Stimme klang belegt. „Ich habe bloß ein Faible für rührselige Geschichten." Mühsam versuchte er, die Emotionen, die in seinem Inneren kochten, zu beruhigen.

Ein ganzer Schwall von Fragen brannte in seiner Brust. Am liebsten hätte er den Gottesdienst unterbrochen, um mehr über die Geschichte herauszufinden. Wie zum Beispiel konnte es sein, dass niemand die mysteriöse Fremde nach ihrem Namen gefragt hatte? Hatte man das Baby einfach aufgrund der Kälte für tot gehalten, in Wahrheit hatte es aber bloß geschlafen? Was war danach geschehen?

„Aber Gott wollte uns damit auch eine bedeutsame Lektion erteilen." Wieder blickte der Priester ernst und eindringlich um sich. Beugte sich leicht vor, damit alle Anwesenden noch mehr spürten, wie wichtig sein Anliegen war. „Besonders angesichts des Festes der Freude dürfen wir niemals diejenigen vergessen, die nicht auf der Sonnenseite des Lebens gebettet sind. Vergesst nicht die Einsamen, die Verzweifelten und nicht die Armen."

Dann trat jemand nach vorn, um mit warmer, klarer Baritonstimme „O Holy Night" zu singen. Erst beim dritten Hinsehen bemerkte er, dass es Kates Bruder Mick war, der da sang.

„Das macht er seit Jahren. Cool, oder?", flüsterte Kate ihm zu.

Während er den Rest des Gottesdienstes hinter sich brachte, hatte er nur einen Gedanken: Er musste sich die Krippe an der Seite der Kirche ansehen. Vielleicht löste sie irgendeine Form der Erinnerung in ihm aus, wenn er es wirklich gewesen war, der als Baby darin gelegen hatte? Er war so in seinen Gedanken versunken, dass er beinahe seinen Schal mit der Kerze anzündete, die ihm ein Mann vom Gang aus reichte, bevor sie alle gemeinsam „Silent Night" sangen.

Dann war es endlich vorbei. Hastig erhob er sich und strebte wie ferngesteuert aus der Kirche, in Richtung der Krippe. Er hörte kaum die Worte, die andere an ihn richteten, bemerkte nicht, wie Kate ihn seltsam anschaute, und hielt erst inne, als er vor der lebensgroßen Krippe stand.

„Alles in Ordnung mit dir?", fragte Kate ihn. Da erst erkannte er, dass sie ihn immer noch eingehakt hatte. Er erwachte wie aus einer Trance.

„Ja", brachte er hervor. „Mir ist nur ein wenig schwindelig geworden und ich brauchte frische Luft."

In dem Moment, wo er es sagte, merkte er, wie lahm das klang. Also zuckte er mit den Schultern und wandte sich der mit aufwändigen Details geschnitzten Krippe zu, die sich an den rechten Kirchenflügel schmiegte. Man konnte sehen, dass viele Menschen dem Jesuskind über den Kopf strichen, denn die Haare auf dem Schädel des Babys waren schon komplett glattgeschliffen, die Schnitzereien nicht mehr zu erkennen. Ganz im Gegensatz zu den Applikationen bei den anderen Figuren.

Er stand einfach nur da und starrte auf die Krippe, in der vor vierundzwanzig Jahren ein Weihnachtswunder gelegen hatte. Er legte die Hand auf das Holz und stellte sich vor, dass tatsächlich er es gewesen war. Ein Kloß bildete sich in seinem Hals.

Kapitel 11

Kate verstand nicht, was mit Jordan los war. Ohne Erklärung hatte er sie mit sich aus der Kirche gezerrt und erst losgelassen, als er vor der berühmten lebensgroßen Krippe stand. Seitdem starrte er auf die alten Holzfiguren vor sich, als wäre es ein Buch, das die Antwort auf alle Lebensfragen besaß.

„Kenny!", schrie plötzlich eine aufgeregte Teenagerstimme. Kate erkannte die fünfzehnjährige Milly Schilling. Mit zwei Freundinnen im Schlepptau stürzte sie auf sie zu.

Wie ertappt drehte Jordan sich um und sah die Mädchen schockstarr an. Dann änderte sich seine Miene und er hob in einer entschuldigenden Geste die Arme. „Erwischt!"

Die drei kreischten verzückt auf und umringten ihn. Immer mehr Menschen schlossen sich dem Tumult an.

„Kate, du Geheimniskrämerin, wolltest du Kenny etwa ganz für dich haben?", raunte Melissa Kate plötzlich zu.

„Wer ist Kenny?", fragte Kate.

Melissa schüttelte lachend den Kopf, als glaube sie Kate kein Wort. Dann wandte sie sich mit breitem Grinsen an Jordan, als wäre sie neuerdings Reporterin beim größten Fernsehsender des Landes und nicht bloß in der Lokalredaktion der hiesigen Zeitung. „Wusste ich es doch! Kenny von ‚Six Feet Tall'! Was machen Sie denn hier in Dawsonhills?"

Melissa benutzte ihr Smartphone als Kamera und hielt plötzlich ein Mikrophon mit Spuckschutz in der Hand. Trug sie so etwas immer mit sich herum? Für einen Moment traf sich Jordans Blick mit dem von Kate und sie las Unglaubliches in seinen Augen. Sie las die Bestätigung dessen, was die anderen über ihn sagten, und etwas von Bedauern und Entschuldigung.

Fassungslos beobachtete sie, wie Melissa ihm Fragen stellte, die er routiniert beantwortete. Aus drei Teenagern wurden zehn, dann eine ganze Meute. Nie hätte sie erwartet, dass das kleine Dawsonhills so viele Fans irgendeiner Teenieband beherbergte, von der sie noch nie gehört hatte. Sie durchforstete ihr Gedächtnis nach Informationen und Zeitungsberichten, die sie eventuell aufgeschnappt hatte, doch in ihrem Kopf herrschte blanke Leere. Das lag vielleicht auch daran, dass sie diese typische Phase von Rockstarverehrung als Teenager ausgelassen und stattdessen über den viel zu frühen Tod von Jim Morrison nachgegrübelt hatte. Ihr waren all die alten Songs immer näher gewesen als die neuen, so wie es auch mit der Literatur war.

Plötzlich tauchten ihre Schwestern neben ihr auf.

„Das ist dann ja wohl die Sensation des Tages", meinte Val nüchtern.

„Wann hattest du denn vor, uns das zu erzählen?“ Jessies Augen funkelten vor Aufregung. „Ich drehe hier noch völlig durch. Mir kam er gleich so bekannt vor. Das ist ja so was von crazy!!!“

„Jetzt erzähl schon: Wo zum Teufel habt ihr euch wirklich kennengelernt?“, fragte Val.

„Ich ... ähm ... ich bin davon selbst ganz schön überfordert“, erwiderte Kate. In was hatte sie sich hier hineinmanövriert?

Da stand plötzlich Jordan an ihrer Seite. „Entschuldige!“ Er zog sie leicht an sich und ignorierte die neugierigen Blicke ihrer Familie. „Ich hätte dir längst alles erzählen sollen“, flüsterte er in ihr Ohr, so leise, dass es sonst niemand hören konnte. „Lass uns hier verschwinden, ok?“ Er drückte ihr einen spielerischen Kuss auf den Mund, der Kate wider Willen zum Lachen brachte. Für einen Moment vergaß sie völlig, sauer auf ihn zu sein.

„Ich habe gleich gedacht, dass du mir irgendwie bekannt vorkamst. Von wegen ‚Sons of Anarchy‘!“ Val knuffte Jordan gegen den Arm.

„Lasst uns gehen, bevor noch mehr Leute irgendein Foto von mir machen wollen!“, bat Jordan. „Ich habe die Meute gerade abgehängt.“

„Kenny, bitte nur noch ein Autogramm!“, flehte ein halbwüchsiges Mädchen, das auf einmal neben ihnen stand.

Schicksalsergeben kritzelte Jordan etwas auf die Jeans des Mädchens. Am Ende konnte Kate nicht mehr sagen, wie lange es gedauert hatte, bis sie sich durch die Menschenmenge gekämpft hatten. Irgendwie wollte jeder einzelne Bewohner der Stadt ein Wort mit dem ersten echten Star wechseln, der es je bis nach Dawsonhills geschafft hatte.

„Das hört ja heute gar nicht mehr auf mit den Überraschungen", meinte Kates Vater, als sie sich eine Weile später im guten Salon der Eltern wiederfanden.

Immer noch hatte Kate keine Gelegenheit gehabt, in Ruhe mit Jordan, oder sollte sie ihn jetzt „Kenny" nennen, zu sprechen. Die ganze Zeit waren sie von ihrer Familie umringt gewesen.

Ihr schwirrte der Kopf. Ihre Gefühle pendelten zwischen Aufregung und Ärger hin und her wie eine defekte Kompassnadel. Im Grunde genommen schuldete er ihr nichts. Er hatte seine Rolle als ihr Freund immerhin auf ihren Wunsch hin gespielt. Und dennoch. Jetzt vor allen als die neue Freundin eines Stars dazustehen, beziehungsweise demnächst dann eher als die abgelegte Affäre ließ ihren Magen unwohl grummeln. Sie konnte nur hoffen, dass Nachrichten über Berühmtheiten aus Dawsonhills sich nicht bis nach Yale ausbreiteten. Sie hasste nichts mehr, als die Aufmerksamkeit aller auf sich zu lenken.

Ihr Vater wandte sich zur Bar und schaufelte Eiswürfel in bereitstehende Gläser „Gin Tonic?" Er sah Jordan an.

„Nein, danke", erwiderte dieser.

„Einen Scotch vielleicht oder lieber einen Port?"

„Gern nur ein Soda, wenn möglich."

Verwundert hob ihr Vater seine Augenbrauen.

„Jordan trinkt nicht", sagte Kate.

„Wieso eigentlich nicht?", fragte George.

„Ach, ihr wisst schon, ein typisches Rockstar-Phänomen", improvisierte Kate, bevor Jordan überhaupt etwas sagen konnte. „Drogen, Alkohol, Entzugsklinik, nicht wahr, Schatz?" Sie zwinkerte Jordan herausfordernd zu, der direkt neben ihr auf einem der gemütlichen Sofas Platz genommen hatte.

„Ist es nicht wunderbar, wie gut meine süße Kate mich schon kennt?" Er zog sie auf seinen Schoß und zwickte sie leicht in den Oberschenkel.

„Wie sollen wir dich denn jetzt eigentlich nennen?", erkundigte Jessie sich.

Jordan zuckte mit den Schultern. „Am liebsten so wie vorher. ‚Kenny' ist bloß eine Kunstfigur."

„Aber warum habt ihr darum so ein Geheimnis gemacht?" George nahm einen tiefen Schluck von dem Drink, den sein Vater ihm reichte, und sah Jordan fragend an. „Gibt es eine Vertragsklausel, dass du keine Freundin haben darfst, oder was?"

„Ist doch total klar!", mischte Val sich in das Gespräch. „Wenn ihr so berühmt wärt, dass ihr ständig auf der Straße angesprochen werdet, würdet ihr eure zukünftige Schwiegerfamilie sicher auch erst mal ohne Label und Vorurteile kennenlernen wollen, oder? Er wollte einfach nur mit der Familie seiner Freundin Weihnachten feiern. Jetzt nehmt ihn nicht zu sehr in die Mangel, sonst überlegt er es sich nochmal anders und Kate ist gleich den zweiten Heiratskandidaten los!"

„Val!" Kate wäre am liebste in einer Bodenritze verschwunden.

„Ist doch wahr! Wenn es zwischen euch nichts Ernstes wäre, hättest du ihn doch niemals zu Weihnachten mitgebracht.“ Val schien sich keiner Schuld bewusst zu sein.

Zu Kates Ärger unterdrückte Jordan nur mit Mühe ein Lachen.

„Entschuldigen Sie, Jordan, das war unsensibel von uns. Wie hat Ihnen der Gottesdienst gefallen? Ich meine, bevor die Jugend von Dawsonhills Sie erkannt hat?“ Kates Mutter sah ihre Kinder vielsagend an, als würde sie sie an ihre Manieren erinnern.

„Es war sehr anrührend. Besonders deine Darbietung.“ Jordan blickte zu Mick hinüber.

Der räusperte sich umständlich. „Ganz ehrlich, wenn ich gewusst hätte, dass mir eine echte Berühmtheit dabei zuschaut, hätte ich heute gekniffen.“

Kate blickte von einem zum anderen und fragte sich, ob dieser surreale Heiligabend noch durch irgendetwas zu toppen war. Höchstens vielleicht durch das Auftreten eines steppenden Rentiers.

„Haben Sie das Weihnachtswunder eigentlich persönlich miterlebt?“, wandte sich Jordan an ihren Vater, ganz so, als würde er einem Oscar-Preisträger gegenübersitzen, der über seine Erfolge berichten sollte.

„In der Tat.“ Kates Vater lehnte sich in seinem Sessel zurück. Kate war beeindruckt, wie erfolgreich Jordan das Thema auf etwas anderes lenken konnte. „Das war aufwühlend. Wir hatten ja schließlich selbst Kinder. Mick war gerade acht Jahre alt und Kate noch nicht auf der Welt. Da nimmt es einen ganz schön mit, wenn man sieht, dass jemand – vermutlich die Mutter – ein Baby bei Eiseskälte aussetzt.“

„Ist es wahr, dass das Baby erst anfing zu atmen, als es ein Amulett der Jungfrau Maria in der Hand hielt?“, fragte Jordan.

Ihr Vater nickte.

„Oh ja, das haben alle so erzählt. Ich selbst kann es nicht so genau sagen. Es hatte sich eine wahre Traube um die Pfarrersfrau und das Würmchen gebildet und ich konnte nichts sehen.“

Er nahm einen Schluck von seinem Drink und seine Augen leuchteten vor Begeisterung, jemandem, der diese Geschichte noch nicht kannte, davon erzählen zu können.

„War denn das Kind vorher wirklich tot, oder haben es alle bloß angenommen?“, fragte Jordan, der offenbar fasziniert von der ganzen Geschichte war.

„Das weiß ich nicht. Der Krankenwagen war ja noch nicht da. Aber alle haben gesagt, dass es so war.“

„Wer war denn die mysteriöse Dame? Was hat sie denn dazu gesagt?“, wollte Jordan wissen.

„Sie war danach wie vom Erdboden verschwunden und die alte Selma hat gesagt, dass es die Mutter Maria gewesen sein musste.“

Nachdenklich blickte Jordan ihren Vater an. „Wie kann denn jemand inmitten einer Menschenmenge plötzlich verschwinden?“

„Du klingst jetzt fast, als wärst du ein Detektiv. Wieso interessiert dich die Geschichte denn so sehr?“ Mit schräggelegtem Kopf sah Mick ihn an.

Verwundert registrierte Kate, dass sich Jordans Hand, die bis dahin entspannt auf ihrem Oberschenkel geruht hatte, plötzlich verkrampfte. „Mich interessieren alle

Geschichten. Vielleicht kann ich darüber mal einen Song schreiben.“

Kapitel 12

„Kenny von ‚Six Feet Tall'?", äffte Kate die Kreischerei der Teenies nach, als Jordan endlich die Tür zu ihrem Zimmer geschlossen hatte und der grauenhafte Abend beendet war. „Das muss ein schlechter Scherz sein. Wieso hast du mir nichts erzählt?"

Jordans Miene verfinsterte sich. „Kannst du dich eventuell daran erinnern, wer von uns beiden den anderen gedrängt hat, mitzukommen? Du hast mich mit deinem ‚Rette mich, oh Held'-Blick angestarrt und mich quasi genötigt, deinen Freund zu spielen. Ich wollte das nicht. Ich wollte nur ein paar Tage meine Ruhe haben und mich mit meinen eigenen Geistern auseinandersetzen. Die Geister von anderen brauche ich nicht auch noch."

„Ach so? Und wieso bist du dann überhaupt wiedergekommen?" Sie starrte ihn einen Moment lang auffordernd an.

Als er nichts erwiderte, wandte sie sich ab und trat ans Fenster. Es hatte wieder begonnen zu schneien. Plötzlich fiel ihr ein, wie anders sich die Situation zwischen ihnen vor wenigen Stunden angefühlt hatte. Sie waren sich so nah gewesen. Die Wut verschwand aus ihrem Körper und machte einer matten Bitterkeit Platz. „Vergiss es einfach. Lass uns den morgigen Tag noch hinter uns bringen und dann zum Schein gemeinsam abreisen, in Ordnung? Das wäre toll." Sie wand sich die Arme um den Bauch, weil sich ihre Eingeweide zusammenkrampften.

Aus dem Augenwinkel sah sie, wie er näherkam. Plötzlich beschleunigte sich ihr Herzschlag.

„Entschuldige", sagte er leise. „Es ist nicht immer einfach, der zu sein, der ich bin, und ich würde mich auch nicht als besonders netten Menschen bezeichnen. Aber ich wollte dir nicht wehtun, glaub mir, bitte."

Er berührte vorsichtig ihre Schulter. Sie hob den Kopf. Seine hellen Augen sahen sie intensiv an. Für einen Moment wünschte sie, dass es anders wäre. Dass die Gefühle zwischen ihnen echt wären und dass er tatsächlich der Freund wäre, den sie zu Weihnachten mitgebracht hätte. Er streckte die Hand aus und strich ihr eine Strähne aus dem Gesicht. Sie schluckte, trat dann aber einen Schritt beiseite, um Abstand zwischen sie zu bringen.

Mit verschränkten Armen starrte er hinaus in den Schnee. Sie sah auf sein muskulöses Kreuz und merkte verwundert, dass er trotz seiner vermeintlichen Stärke und Kraft verloren wie ein kleiner Junge wirkte. Sie musste den Impuls unterdrücken, ihn tröstend an ihre Brust zu ziehen und ihm leise Lieder vorzusingen.

„Machen wir nicht alle ständig mehr falsch als richtig?", fragte sie in seinen Rücken hinein.

Er wandte sich zu ihr um. „Wie meinst du das?"

„Hast du dich nicht auch schon gefragt, worum es hier eigentlich geht?"

Kate trat neben ihn, lehnte sich mit der Wange an seinen Oberarm und seufzte leise. Dann schaute sie hoch in sein Gesicht. Erstaunt blickte er auf sie herab. Er war ihr so nah, dass sie jede einzelne seiner langen Wimpern erkennen konnte. Sie richtete ihre Augen wieder nach vorn. Betrachtete die weiß und unberührt daliegende Schneelandschaft. Noch nicht eine Spur war in die neue Schneeschicht getreten worden. Als Kind hatte sie es genossen, wenn der erste Schnee die Hügel in sanftes Weiß getaucht hatte und sie Schlitten fahren konnten.

„Flynt war immer ein wenig ängstlich, wenn wir früher Schlitten gefahren sind", sagte sie unvermittelt. „Ihm war die Geschwindigkeit nicht geheuer. Sein Vater hat ihn oft einen Hasenfuß genannt, weil er sich seinen Sohn draufgängerischer wünschte. Doch er war ein wunderbarer Freund, von Anfang an. Ein Freund, mit dem man durch dick und dünn gehen konnte. Ein Freund, den man vielleicht sogar hätte heiraten können." Ihre Gedanken glitten in die Vergangenheit.

„Aber?"

Kate schnaubte resigniert. „Ich habe es verbockt, würde ich sagen. Nach Strich und Faden." Sie lachte bitter auf.

„Ich ahne, worauf das hier herausläuft." Jordan sah sie ernst an. Für einen Moment versank Kate in seinen Augen, trat dann aber abrupt beiseite, um sich ein Wasser einzuschenken.

„Möchtest du etwas trinken?" Mit zitternden Fingern öffnete sie die Wasserflasche, die Maria ihr bereitgestellt hatte, und füllte zwei Gläser. Sie hielt Jordan eines hin, das er nahm, ohne sie aus den Augen zu lassen.

„Du ahnst gar nichts", sagte sie scharf. Zufrieden bemerkte sie, wie Jordan irritiert zwinkerte. „Drake war wirklich nett. Ohne ihn hätte ich vermutlich meinen Studienplatz nicht bekommen. Hatte ich erwähnt, dass es erst im zweiten Anlauf geklappt hat?"

Jordan hob amüsiert einen Mundwinkel. „Tatsächlich habe ich dich für eine dieser Überfliegerinnen gehalten, die alle Unis mit Kusshand nehmen wollten."

„Tja, siehst du, so war es leider nicht. Man sollte die Leute eben nicht zu sehr nach ihrem Äußeren beurteilen."

„Das habe ich noch nie getan", meinte Jordan trocken. „Das konnte ich mir nicht leisten." Er räusperte sich. „Aber wie nett war Drake denn?"

„Nett genug, dass es schließlich mit dem Studienplatz geklappt hat. Nett genug, dass ich ihn wirklich für einen Freund gehalten habe." Kate verstummte, malte gedankenverloren in dem Wasserfleck herum, den sie auf der Kommode hinterlassen hatte.

Jordan strich ihr sanft über den Arm. Dann zog er sie an sich. „Was ist passiert?"

Sie lehnte sich an ihn. Es fühlte sich gut an, seine Wärme neben sich zu spüren. Es fühlte sich sicher an. „Die Benjamins haben eine Hütte oben in den Hügeln. Dort habe ich mich oft mit Flynt getroffen. Manchmal waren auch Freunde dabei." Sie sog seinen Duft ein. „An dem Tag hat mir Flynt eine Nachricht geschrieben. Er müsse noch etwas erledigen, aber wir könnten uns ja später in der Hütte treffen, immerhin war unser Jahrestag. Ich bin dann hochgefahren und habe oben auf ihn gewartet. Habe sogar gekocht und einen Wein geöffnet. Wir hatten vorher einen Streit und ich dachte, wir könnten uns wieder versöhnen. Doch statt Flynt ist dann Drake aufgetaucht.“

Sie dachte daran, wie Drake mit seinem Auto vorgefahren war. Wie sie gestottert hatte, weil sie nicht wusste, ob es ok war, dass Flynt ihr den Schlüssel überlassen hatte. Wie er den Wein und das Essen gesehen hatte und sie nicht anders konnte, als ihn einzuladen, nach allem, was er für sie getan hatte.

„Wie konnte das passieren?“

„Ich weiß es nicht. Wir haben nie darüber gesprochen. Flynt hat behauptet, er hätte etwas für seine Mutter erledigen müssen und sich nie mit mir verabredet. Er weiß nicht, dass ich nicht allein in der Hütte war. Als ich mich von ihm getrennt habe, habe ich es als Vorwand genommen, dass ich mich nicht auf ihn verlassen könne. Gemein, oder?“

„Denkst du, dass Drake es so eingefädelt hat?“

„Vermutlich. Und ich war dumm genug, darauf hineinzufallen.“ Kate blickte einen Moment in die Ferne und sah den fatalen Abend vor sich, der so viel verändert hatte.

„Und was ist jetzt? Denkt er, du gehörst ihm?“

„Ich weiß auch nicht. Ständig ruft er an. Aber ich gehe nie ans Telefon. Dabei habe ich ihm sofort gesagt, dass er sich diese Idee aus dem Kopf schlagen muss, dass wir ein Paar werden. Ich meine, er könnte mein Vater sein!“

Verwirrt sah Jordan sie an.

„Irgendwie meint er, wie wären Seelenverwandte, nur weil ich ... weil ...“ Kate brach ab.

„Nur weil man mit jemandem schläft, wird man ja nicht gleich dessen Besitz.“ Jordan sah aus, als schüttelte es ihn beim bloßen Gedanken daran.

„Ich habe nicht mit ihm geschlafen!“ Kate sah ihn entsetzt an. Was dachte er bloß von ihr?

Jordan zwinkerte verwirrt mit den Augen. „Wie, ich dachte, dass es dir ganze Zeit darum ging. Dass er sich dir in dieser Hütte … irgendwie aufgedrängt hat. Der Alkohol vielleicht?“

„Gott bewahre. Er hat mich geküsst. Damit hat es sich aber.“ Sie schüttelte sich.

„Wieso denkt er dann, du empfindest etwas für ihn?“

„Na weil … ich habe ihn zurückgeküsst. Ganz kurz nur. Weil ich so sauer war, dass Flynt nicht aufgetaucht ist. Das habe ich aber sofort wieder beendet und bin nach Hause gefahren. Um Gottes Willen, ich könnte doch niemals …“

Jordan starrte sie an. Dann lachte er auf. „Was ist denn das für ein Problem? Ich dachte, du hättest so ein furchtbares Geheimnis, dass niemand wissen darf. Da habe ich mindestens mit einer Affäre gerechnet.“

„Aber nicht doch. Stell dir mal vor, wie es Flynt ginge, wenn er davon erführe. Ich habe seinen Vater geküsst!“ Sie legte ihm beschwörend die Hand auf den Arm. „Bitte, du darfst es niemandem erzählen. Du weißt doch, in Dawsonhills kennt jeder jeden. Die Benjamins sind hier die führende Familie. Meine Eltern wären Ausgestoßene, wenn das herauskäme.“

Er starrte sie an. „Das ist nicht dein Ernst. Du denkst, wenn das herauskäme, wärst du diejenige, der die Schuld in die Schuhe geschoben würde?“

Kate senkte den Blick. „Es ist hier nicht wie in der Stadt. Hier sind die Leute altmodisch und die Moral der Töchter steht über allem.“

Er schüttelte sie ein wenig. „Meine Güte, es war ein Kuss!“

„Mit dem Vater meines Freundes!“

Er seufzte. „Ja, irgendwie eklig.“

„Ich bin eben ein schlechter Mensch!“

Er rutschte an sie heran und zog sie an sich. „Das ist doch Quatsch. Wieso gibst du dir überhaupt die Schuld daran?“

Sie senkte den Kopf. „Lass uns lieber mal über dich reden. Wie sieht es denn mit deinen Leichen im Keller aus?“

„Du erwartest jetzt nicht im Ernst, dass ich dir darauf eine Antwort gebe, oder? Immerhin bist du mit einer Klatschreporterin befreundet.“ Wie beiläufig ließ er eine ihrer Haarsträhnen durch seine Finger gleiten.

„Melissa und ich sind ganz sicher nicht befreundet. Aber du machst aus allem ein Geheimnis. Von wegen mir sieht so ein Serienschauspieler ähnlich! Vertrauen gegen Vertrauen, schon mal was davon gehört?“ Sie schob seine Hand weg und funkelte ihn an.

„Ich tue mich schwer damit, anderen zu vertrauen. Das kommt daher, dass ich ein paar Jahre auf der Straße gelebt habe.“ Er zuckte beiläufig die Achseln, als hätte er ihr soeben lediglich mitgeteilt, dass es heute Abend vegetarischen Truthahn geben würde.

Kates Blick weitete sich. Konnte das sein? Obdachlos, er?

„Guck nicht so mitleidig. Das habe ich noch nie leiden können. Am schlimmsten waren die Fernsehmoderatorinnen nach dem Release des ersten Albums von ‚Six Feet Tall‘.“ Er fuhr sich mit den Händen durch die

Haare und sah so verloren aus, dass sie ihm am liebsten allen Kummer aus dem Gesicht küssen wollte.

„Oh, Jordan, das muss ja furchtbar gewesen sein."

„Vergiss es. Was geschehen ist, ist geschehen. Das Einzige, was man im Leben tun kann, ist nach vorne zu schauen und zu akzeptieren, was nicht zu ändern ist." Er grinste schief. „Und die Dinge zu genießen, die das Leben zu bieten hat."

Kate sah verlegen auf ihre Hände. Dann hob sie die Augen. „Vermutlich wirst du das ziemlich häufig gefragt, aber würdest du mir vielleicht etwas vorsingen? Ich hatte noch nie einen berühmten Musiker in meinem Schlafzimmer."

„Und da fällt dir als Erstes die Frage ein, ob er dir etwas vorsingt?" Jordan lachte. „Das läuft mit Groupies aber in der Regel anders."

Er erhob sich und ging zu dem länglichen Koffer hinüber, den er mit in ihr Zimmer gebracht hatte. Als er ihn öffnete, entnahm er ihm eine metallisch-grün schimmernde Gitarre. Leise schlug er die Seiten an und drehte an den silberfarbenen Gewinden, um sie zu stimmen.

Seine Finger flogen über die Seiten. Er zupfte ein paar Akkorde, aus denen sich mehr und mehr eine Melodie bildete, die Kate von irgendwoher kannte. Doch erst als er mit seiner samtig-rauchigen Stimme zu singen begann, erkannte sie das Lied wieder. „Oh Holy Night, the stars are brightly shining ..."

Während Jordan sang, blinzelte er immer wieder zu ihr herüber. Dann legte er die Gitarre behutsam beiseite und kam mit geschmeidigen Schritten auf sie zu.

Sie blickte ihn gebannt an und ließ es zu, dass er sie an den Händen hinaufzog, bis sie direkt vor ihm stand.

„Läuft es in der Regel so mit den Groupies? Du singst und dann werfen sie sich dir in die Arme?", fragte Kate.

Er lachte leise. „Manchmal." Er verschränkte seine Finger hinter ihrem Rücken, bis sie nah genug war, um seinen Duft wahrzunehmen, der sie an einen dunklen, geheimnisvollen Wald erinnerte. „Funktioniert es?"

Sie schloss ihre Augen. „Hm."

Sein Atem kitzelte an ihrem Ohr, strich über ihre Wange. Kates Herzschlag beschleunigte sich. Dann endlich spürte sie seine Lippen auf ihren. Instinktiv öffnete sie leicht die Lippen und ließ es zu, dass seine Zunge mit ihrer tanzte. Unendlich zart war dieser Kuss, der doch ihr Inneres aufwühlte. Die Welt versank unter seiner Berührung in Bedeutungslosigkeit. Seine Hände tänzelten ihre Wirbelsäule herab und hinterließen aufgeregte Feuerwerke auf ihrer Haut. Mit den Fingern fuhr sie durch seine weichen Locken und zog ihn noch näher. Sein Mund knabberte sich an ihrem Nacken entlang und sandte prickelnde Schauer durch ihre Nervenbahnen.

Da entwickelten ihre Hände ein Eigenleben. Vorwitzig glitten sie unter sein Hemd, spürten feine, gekräuselte Härchen über stahlharter Muskulatur. Kein Gramm Fett, bloß geballte Kraft unter ihren Fingern. Sein herber Duft berauschend. Sie streifte ihm das Hemd von den Schultern und wich ein wenig zurück, um ihn zu betrachten. Federleicht fuhr sie mit dem Finger das Gemälde entlang, das seine Brust zierte. Die Flügel, die sich seinen Hals emporrankten, gehörten zu einem Löwen, nicht zu einem Engel. Etwas Silbriges glitzerte an seiner Brust.

Da verschloss er ihren Mund erneut mit einem Kuss. Fordernder als zuvor. Seine Lippen schmeckten salzig. Stoff glitt von ihren Schultern. Sein Bartflaum kratzte an ihrer Haut. Sie küssten sich in einen Taumel, der alles andere in den Hintergrund drängte, bis sie seinen Namen seufzte.

Dann waren sie nur noch Körper, Gefühl und Rausch. Gemeinsam erlebten sie die Ewigkeit, an deren Ende sie verzaubert nebeneinander liegen blieben, die Hände miteinander verschränkt. Eine Weile kreisten Kates Gedanken um das erstaunliche Wunder dieser Weihnachtsnacht, bevor sie erschöpft einschlief.

Kapitel 13

Erster Weihnachtstag

Die Stille weckte ihn. Stille kannte er nicht. Stille ließ ihn fürchten, in die Dunkelheit zu stürzen, um nie wieder zu erwachen. Aus gutem Grund lagen seine Wohnungen stets an belebten Straßen, wünschte er sich in Hotels Zimmer, an denen der Verkehrslärm rumorte, bei denen man die Lichter der Stadt auch mit Verdunklungsvorhängen nicht vollständig aussperren konnte. Hier jedoch war es so ruhig, als hätte jemand eine Schallschutzdecke über alles gedeckt.

Sein klopfendes Herz beruhigte sich erst wieder, als er die leisen Atemgeräusche neben sich wahrnahm und wusste, dass er nicht der letzte Mensch auf Erden war. Den Kopf in die Hand gestützt, drehte er sich auf die Seite und betrachtete Kate. Sie lag auf dem Bauch, ein Bein angewinkelt, die Haare fächerförmig um den Kopf verteilt wie eine Nymphe. In dieser Pose könnte sie die Muse eines Malers sein, der sein Dasein dafür gab, ihre schlafende Anmut einzufangen.

Die Kälte ließ ihn frösteln. Die nächtliche Heizung hielt den eisigen Temperaturen nicht stand. An einem

Fenster hatten sich Eisblumen gebildet. Er beugte sich vor und zog Kate die Decke bis in den Nacken, damit sie nicht fror. Sie murmelte etwas und drehte sich auf den Rücken. Im Schlaf sah sie zart und verletzlich aus. Doch er widerstand dem Impuls, sich wieder zu ihr unter die Laken zu kuscheln.

Ein furchtbarer Verdacht hatte sich in ihm breitgemacht, seit er Drake in der Halle gegenübergestanden hatte und in dessen helle Augen wie in einen Spiegel geblickt hatte. Was, wenn die Ähnlichkeit, die zwischen ihnen bestand, nicht bloß ein dummer Zufall war? Was, wenn Drake in jungen Jahren das Weihnachtsbaby gezeugt hatte? Was, wenn Drake sein Vater war?

Allein der Gedanke löste in seinen Eingeweiden dumpfe Übelkeit aus. Ein überwältigender Fluchtinstinkt nahm ihm den Atem. Er musste weg. Sofort. Seine Nachforschungen waren zu Ende. Fürs Erste musste ihm das Ergebnis seiner Reise genügen.

Leise suchte er seine Sachen zusammen. Wie eine tröstende Flamme formierten sich in seinem Kopf eine Melodie und ein Text. Worte des Abschieds. Worte über verlorene Chancen, aber auch über die Hoffnung, das Richtige zu tun. Plötzlich lächelte er. Die Musik würde ihn trösten, wie sie es schon so oft vermocht hatte. Immer die Musik.

Kurz überlegte er, ob er Kate eine Nachricht hinterlassen sollte, entschied sich aber dagegen. In dieser Situation gab es weder etwas Nettes noch etwas Tröstendes, das er hätte schreiben können, ohne dass es wie eine Plattitüde klang. Also schlicht er sich aus dem Haus. Wie ein Dieb in der Nacht, der Angst hatte, mit dem Familiensilber ertappt zu werden. Die geschwungene Treppe herunter bis in die Eingangshalle. Anklagend lag sie in der Dunkelheit. Er hielt einen Moment lang inne, lauschte, wollte auf keinen Fall jemandem begegnen. Dann öffnete er die schwere Tür und trat hinaus in den Schnee.

Beißende Kälte schlug ihm entgegen. Eine frische Schneedecke lag friedlich über den Spuren des vergangenen Abends. Die weiße Pracht knirschte unter seinen Schuhen, als er sich auf den Weg zum Auto machte.

Notdürftig fegte er den Schnee beiseite, der sich auf seinem Wagen türmte. Dann startete er den Motor. Das Geräusch zerbrach die Stille. Völlig nutzloserweise hielt er den Atem an und betete, dass die wuchtige Maschine niemanden geweckt hatte. Doch alles blieb ruhig.

Vorsichtig, dankbar über den Allradantrieb seines Autos, rollte er die Einfahrt bis zur Straße hinunter. Er blinzelte durch die beschlagene Frontscheibe, stellte die Heizung auf maximal und hoffte, dass ihm niemand entgegenkäme. Die Konturen des Weges konnte er in der ewig gleichen weißen Oberfläche kaum von den umliegenden Feldern unterscheiden.

Er passierte die menschenleere Innenstadt, als sein Blick auf eine Abzweigung nach links fiel. Hatte Kate nicht erwähnt, dass diese Straße hoch zum Haus der Benjamins führte? Auch wenn er sich nicht so recht erklären konnte, was er da überhaupt wollte, bog er ab. Wieder ging es aufwärts. Doch hier war der Boden unter der Schneedecke vereist. Die Reifen schlitterten gefährlich.

Hinter einer lang gezogenen Kurve erstreckte sich ein herrschaftliches Anwesen mit griechischen Säulen, wie man es eher in den Südstaaten vermutet hätte.

Vor einem schmiedeeisernen Tor kam er zum Stehen. Er erwog, hinüber zu klettern, doch die Kameras und die Alarmanlage schreckten ihn ab. Er brauchte nicht die nächste schlechte Schlagzeile. So was wie: „Totalabsturz. Besoffenes Boy-Group Mitglied aus Geldnot zum Einbrecher geworden."

Stattdessen blieb er eine Weile im Auto sitzen und beobachtete das in unschuldigem Schlaf daliegende Gebäude. Hätte dieses herrschaftliche Haus tatsächlich sein Zuhause sein können, wenn sein Erzeuger zu ihm gestanden hätte? Wie anders wäre in dem Fall sein Leben gelaufen.

In einem der oberen Fenster ging ein Licht an. Im Gegenlicht erkannte er eine dunkle Gestalt, die hinausspähte. Verdammt, er hatte ganz vergessen, seine Scheinwerfer auszuschalten. Plötzlich flammten weitere Lichter auf. Jemand hatte ihn entdeckt. Hastig startete er den Motor. Als er den Wagen wendete, sah er einen Mann in der Eingangstür erscheinen, dann gab er Gas. Einen Moment lang drehten die Räder durch. Der Wagen geriet ins Schlingern. Gerade noch schaffte er es, ihn auf die richtige Spur zu bringen. Sein Herz pochte in seiner Kehle. Das war knapp gewesen. Als er die Hauptstraße erreichte, ohne dass ihm jemand folgte, atmete er auf. Wieso bloß war er hierher gefahren?

Die gestern opulent strahlenden Lichterfiguren waren jetzt kaum erkennbare Schemen in der Dunkelheit.

Nur die Kirche verbreitete unverdrossen ihr warmes Licht.

Vor seinem inneren Auge sah er, wie sich eine junge Frau durch den Schnee schleppte, gehetzt den Blick hinter sich werfend. Wo sie wohl ihr Kind zur Welt gebracht hatte, heimlich und ohne Unterstützung? Und wieso hatte sie das Baby in der Krippe abgelegt? Hatte sie sich göttlichen Schutz für ihr Kind erhofft, oder war es eiskalter Mord gewesen? Vielleicht sogar geistige Umnachtung? Der Priester hatte erwähnt, dass es lediglich in ein altes Handtuch gewickelt gewesen war. Wer das Baby dort hinterlassen hatte, hatte seinen Tod billigend in Kauf genommen.

Er parkte sein Auto. Ein letztes Mal wollte er sich diesen Ort ansehen. Zischend sog er die Luft ein, als ihm ein eisiger Wind entgegenwehte. Er zog den Reißverschluss seiner Jacke hoch unter das Kinn und die Kapuze in die Stirn. Dann stand er vor der Krippe. Die Hände in der Jackentasche vergraben, betrachtete er sie.

Er trat näher, strich mit den Fingern über die beinahe lebensgroßen Figuren. Er ließ sich auf eine Holzkiste sinken, die vor der Krippe stand und lehnte seinen Kopf an den Holztrog, wo er vermutlich als Baby gelegen hatte. Einen Moment lang schloss er die Augen und fühlte sich wie am Ziel einer endlosen Reise. Er atmete tief ein und genoss die Ruhe, die sich auf ihn legte.

„Was zum Teufel tun Sie da?", fauchte plötzlich eine heisere Frauenstimme.

Erschrocken schlug er die Augen auf. Leise kläffend hinkte ein betagter Dackel auf ihn zu.

„Sind Sie lebensmüde?“ Wie ein Racheengel stand eine alte Frau vor ihm. Sie war in einen Wollmantel gewickelt und trug ein Kopftuch, aus dem silbergraue Haare blitzten. Mit gerunzelten Brauen blickte sie auf ihn herab.

Der Hund schleckte ihm über die Hand. Heiß brannte die raue Zunge auf seiner Haut.

Die Frau streckte einen ihrer dünnen Arme aus, um ihn hochzuziehen. Doch er winkte ab und erhob sich mit steifer Bewegung. Da erst merkte er, wie kalt ihm war. Er zitterte. Wie lange hatte er dort gesessen?

„Haben Sie getrunken?“ Sie kniff die Augen zusammen und sah ihm prüfend ins Gesicht.

„Nein, ich trinke nie“, stammelte er. „Ich wollte mir bloß die Krippe ansehen.“

„Mitten in der Nacht?“

Er nickte.

Sie legte den Kopf schief. „Sind Sie nicht der junge Mann, um den nach dem Weihnachtsgottesdienst so ein Aufheben gemacht wurde?“

Jordan zuckte mit den Schultern. „Wissen Sie, dabei kam ich nicht dazu, mir die wundersame Krippe anzusehen.“ Er schaute sie mit seinem Hundeblick an, der schon viele weibliche Herzen beschwichtigt hatte, und hoffte so, weiteren Fragen zu entgehen.

Doch weit gefehlt. Der Verstand der alten Dame war messerscharf und ließ sich nicht von ihm einzulullen.

„Mitten in der Nacht, bei 10 Grad minus? Da sollten Sie wirklich auf ein Wunder hoffen.“ Ihr Blick fiel auf seine klappernden Zähne. Sie seufzte. „Kommen Sie mit. Sie brauchen Wärme und ein heißes Getränk. Sonst holen Sie sich hier doch noch den Tod.“

Wie aus der Zeit gefallen duckte sich das Häuschen der alten Dame hinter der Kirche unter drei majestätische Kiefern. Rauch stieg aus dem Schornstein auf und der schmelzende Schnee sammelte sich an der Dachrinne zu Vorhängen aus Eiskristall. Die Alte richtete ihren Blick gen Himmel, als müsste sie sich von oben bestätigen lassen, dass es in Ordnung war, Jordan, diesen gefährlich aussehenden Kerl, mit in ihr Haus zu nehmen. Er verkniff sich ein Lächeln. Sie hatte ja recht, in New York hätte ihn, egal wie kalt es war, nie jemand in die Wohnung gebeten.

Im Gegensatz zu der alten Dame hätte es in New York auch niemand gewagt, seine Tür nicht abzuschließen, selbst wenn es sich bloß um einen kurzen Hundespaziergang handelte. Ganz egal, wie groß das Gottvertrauen auch war. Sie aber drückte einfach nur die Klinke hinunter und die Tür war offen. Dann bückte sie sich und hob ihren vierbeinigen Begleiter über die Schwelle, der noch klappriger war als sie selbst. Wie alt sie wohl sein mochte? Vermutlich irgendetwas zwischen achtzig und uralt.

Über die Schulter drehte sie sich zu ihm und winkte ihn herbei. „Kommen Sie – und passen Sie auf Ihren Kopf auf." Sie deutete auf den niedrigen Türrahmen.

Drinnen war es warm von einem emsigen Feuer, das in der Küche knisterte. Jordan fühlte sich wie in einem anderen Jahrhundert. Ein Blick nach links verriet ihm, dass sie über einen Elektroherd verfügte, diesen aber offenbar nicht benutzte. Er wirkte neu, als hätte sie ihn vor zwanzig Jahren in einem Elektrofachgeschäft erstanden und vielleicht noch nicht einmal angeschlossen.

Durch die plötzliche Wärme begannen seine Gliedmaßen zu kribbeln. Erst in diesem Moment wurde ihm klar, wie kalt ihm gewesen war. Er stöhnte auf.

Die alte Dame warf ihm einen besorgten Blick zu. „Ich bin mir nicht sicher, ob wir den Doktor holen sollen. Vielleicht haben Sie sich Erfrierungen geholt."

Erfrierungen? In Panik blickte er auf seine Finger, immerhin sein Kapital als Musiker, und bemerkte erleichtert, dass die Beweglichkeit zurückkehrte, wenngleich sie knallrot wurden, als das Blut mit Macht hereinrauschte.

„Kein Arzt. Ich muss mich bloß ein wenig aufwärmen", wehrte er ab.

Die alte Dame sah ihn prüfend an, dann zuckte sie mit den Achseln und machte sich an ihrem Topf zu schaffen. „Nehmen Sie doch Platz." Sie deutete auf Küchentisch, auf dessen Oberfläche die Kerben der Jahrhunderte zu sehen waren. Die Stühle sahen nicht so aus, als könnten sie seinem Gewicht standhalten.

Behutsam zog er einen zurück und setzte sich.

„Hier, trinken Sie. Aber langsam. Mit Unterkühlung muss man vorsichtig sein." Sie schob ihm einen Emaillebecher zu, in dem eine aromatische Flüssigkeit dampfte, und legte ihm eine Wärmflasche auf den Schoss. „Ich bin Selma Haglöff."

„Jordan LeClerc." Sein Zähneklappern beruhigte sich allmählich, machte aber dem Gefühl im Körper Platz, dass er in seinem Leben nie wieder warm werden würde. „Vielen Dank, dass Sie mich hereingebeten haben. Es ist nicht selbstverständlich, einen Wildfremden mit in die Wohnung zu nehmen."

Verlegen wanderten ihre Augen zum Himmel, als hätte sie in Erwägung gezogen, das nicht zu tun. „Nun ja, es ist wohl Gottes Wille, dass wir uns derer annehmen, die unsere Hilfe benötigen, nicht wahr?" Dann sah sie ihn ernst an. „Aber jetzt möchte ich erfahren, was du mitten in der Nacht an der Kirche wolltest."

Jordan wich ihrem Blick aus. Was sollte er ihr sagen? Würde sie ihn für verrückt halten, wenn er ihr mitteilte, dass er sich für das Weihnachtswunder von Dawsonhills hielt?

„Junger Mann, ich habe hier an diesem Tisch schon so einige Gespräche geführt. Noch nie ist ein Wort über das, was hier gesprochen wurde, nach außen gelangt und sei es auch noch so schwerwiegend. Das schwöre ich beim Allmächtigen." Sie legte ihm ihre pergamentene Hand auf den Arm. „Du wärst nicht der Erste, dem im Weihnachtstrubel bei all den glücklichen Menschen seine eigene Einsamkeit plötzlich unüberwindbar erscheint. Niemand außer Gott weiß, wie es in den Menschen aussieht. Wolltest du am Ende gar diese Welt verlassen?"

Jordan riss seine Augen auf. „Nein, also, es ist ziemlich kompliziert ..." Er stockte. Dann fasste er sich ein Herz. „Ich bin das Weihnachtsbaby."

Nun sah sie ihn tatsächlich an, als wäre er verrückt geworden. „Für ein Baby bist du ganz schön groß."

Jordan beugte sich vor und sah sie eindringlich an. „Sie verstehen nicht: Ich glaube, dass ich das Kind bin, das vor vierundzwanzig Jahren in der Krippe ausgesetzt wurde."

Ungläubig schüttelte sie den Kopf. „Wie kommst du denn da drauf?"

„Es passt auf jeden Fall alles zusammen." In knappen Worten umriss er die Ereignisse, die ihn hergeführt hatten.

Selma Haglöff wurde bleich und bekreuzigte sich. Dann nickte sie langsam, streckte eine zittrige Hand aus und strich ihm über die Wangen. „Bist du es wirklich? Dieser kleine, rotgesichtige Junge, der sich die Seele aus dem Leib gebrüllt hat, als er wieder bei den Lebenden angekommen war, als wäre er gerade ein zweites Mal geboren worden?"

Jordan spürte ein Kribbeln im ganzen Körper. So nah wie jetzt war er der Wahrheit noch nie gewesen. „Waren Sie etwa dabei, als es passiert ist?"

Die alte Frau umklammerte seine Finger, so stark, dass es schmerzte. „Ich habe eine Ewigkeit lang versucht, dich wiederzufinden. Habe alle Behörden angerufen, doch nachdem dich die Fürsorge abgeholt hatte, warst du wie vom Erdboden verschwunden."

„Warum haben ausgerechnet Sie mich überall gesucht?"

Die alte Frau lächelte verträumt. „Nun ja, ich habe dich gefunden. Da hatte ich das Gefühl, das uns etwas verbindet. Ich wäre gern mit dir in Kontakt geblieben, hätte miterlebt, wie du groß geworden bist. Aber es war, als hättest du nie existiert. Niemand wusste etwas von dir."

Jordan starrte sie an. „Sind Sie die Pfarrersfrau, die mich damals gefunden hat?"

Sie seufzte, blickte in die Ferne, in eine längst vergangene Zeit. „Dann kam meine Enkeltochter Amanda und die Welt hat sich viel um sie gedreht. Aber dich habe ich nie vergessen."

Mitleid huschte über Selmas Gesicht. Mitleid und so etwas wie Scham. „Hätte ich dich bloß erfolgreicher gesucht. Aber das Jugendamt hat dich damals blitzschnell abgeholt und es war schier unmöglich, an weitere Informationen zu kommen."

„Haben Sie vielleicht eine Ahnung, wer meine Eltern sind?"

Die alte Frau blickte auf ihre Teetasse hinunter. „Es tut mir leid. Darüber weiß ich nichts."

Am Zucken eines Augenlids erkannte er, dass sie ihm etwas verschwieg. „Wenn Sie etwas wissen, verraten Sie es mir! Es hat eine Ewigkeit gedauert, überhaupt hierher zu finden. Die Akte war verschollen. Der Detektiv, den ich beauftragt habe, vermutete, dass das Ganze mit Absicht unter Verschluss gehalten wurde."

Sie strich ihm über die Hand. „Du hast es nicht leicht gehabt."

Es war, als würde etwas in ihm zerfließen. Als würde sich angesichts dieser Frau etwas in ihm lösen und er erzählte von seinem Leben und von allem, was ihn zu dem gemacht hatte, der er war.

Danach schaute sie ihn lange an. „Ich habe mich die ganze Zeit gefragt, ob ich etwas hätte besser machen sollen. Warum ein junges Mädchen in Schwierigkeiten mich nicht um Hilfe gebeten hat. Immerhin war ich die Frau des Pastors. Seit beinahe dreißig Jahren waren wir in der Gemeinde. Haben die Leute getauft, verheiratet und begraben. Ich hatte eine Mädchenstunde und ich schmeichelte mir selbst, dass ich das Vertrauen der jungen Leute besaß. Habe sie ermutigt, mit schwierigen Themen zu mir zu kommen. Aber dieses Mal hatte sich mir niemand anvertraut. Ich fühlte mich wie eine Versagerin. Und doch hatte mich Gott zur Rettung für dieses kleine Wesen bestimmt."

Gedankenverloren wischte sie mit einem Geschirrtuch an ihrer Brille herum.

„Bitte verraten Sie mir alles, an was Sie sich erinnern, sei es noch so unwichtig", drängte Jordan. „Ist Ihnen nie aufgefallen, dass jemand dicker geworden ist, oder unförmige Kleidung getragen hat?"

Sie rieb sich müde über die Stirn. Jordan bemerkte mit schlechtem Gewissen, dass er die alte Frau angestrengt hatte. „Weißt du was: Dazu ist später noch Zeit. Wie wäre es, wenn du dich eine Weile ausruhst? Es ist früh am Morgen, du kannst gut ein paar Stunden schlafen."

Jordan sprang auf und ging in Richtung Tür. „Sie haben ja recht. Vielen Dank für Ihre Gastfreundschaft. Die wollte ich natürlich nicht überstrapazieren."

Sie hielt ihn auf. „Aber nicht doch. Ich schicke den armen Wanderer auf keinen Fall wieder in die Kälte. Mach es dir auf dem Sofa bequem und ruhe dich aus."

Jordan ließ es zu, dass sie ihm das Sofa im Wohnzimmer zeigte und ihn mit einer großen, warmen Patchworkdecke zudeckte. Kaum hatte sie ihm leicht über die Stirn gestrichen, fielen ihm die Augen zu und das erste Mal, seit er sich erinnern konnte, schlief er tief und traumlos.

Kapitel 19

Kate erwachte von hellen Kinderstimmen. Unten im Wohnzimmer machte sich die Meute über die Geschenke her, die ein großzügiger Weihnachtsmann in der Nacht hinterlassen hatte. Die Kinder hatten vermutlich vor Aufregung kaum geschlafen. Kate erinnerte sich noch gut, wie es ihr selbst früher gegangen war, wie es gewesen war, am Morgen endlich zum Kamin zu rennen und die vielen Pakete zu sehen. Dem Lärmpegel nach zu urteilen, ging es unten heiß her. Sie liebte ihre Neffen und ihre Nichte, doch heute wünschte sie sich sehr, dass sie etwas weniger Krach machten. Die Nacht war nicht besonders lang gewesen.

Allmählich kam ihr wieder in den Sinn, was geschehen war. Ein Lächeln erschien in ihrem Gesicht. Wie unerwartet der ganze Tag gewesen war. Unerwartet schön. Jordan war ihr ein Rätsel, aber eines der guten Art, nicht wie die Geschichte mit Drake. Ein Rätsel, das sie gar nicht erwarten konnte, weiter zu lüften.

Vorsichtig tastend drehte sie sich zu ihm um, um ihn nicht zu wecken. Doch sie griff ins Leere. Verwundert öffnete sie die noch halb geschlossenen Augen. Im

Dämmerlicht des Morgens erschien das Zimmer mit Ausnahme von ihr selbst leer.

Schlagartig war sie hellwach und fuhr hoch. Wo war er? Im angrenzenden Bad? Aber von da war kein Mucks zu hören. Sie stand auf, schlang sich die Decke über die Schultern und tapste zur Badezimmertür.

„Jordan?", flüsterte sie. Doch es kam keine Antwort.

Zaghaft öffnete sie die Tür, schaltete die Deckenlampe an und kniff für einen Moment ihre lichtempfindlichen Augen zu. Von Jordan war keine Spur zu sehen.

Wie konnte das sein? War er so hungrig gewesen, dass er schon ohne sie nach unten gegangen war? Das erklärte aber nicht die Tatsache, dass nicht nur Jordan spurlos verschwunden war, sondern auch seine gesamten Sachen. Kate wurde übel. War er abgehauen? Einfach so?

Mit pochendem Herzen trat sie zum Fenster und spähte hinunter. Der Knoten in ihrem Magen verstärkte sich. Der Range Rover war nirgends zu entdecken. Dafür führte eine deutlich sichtbare Spur durch den Neuschnee hinunter zu dem schmiedeeisernen Tor. Dann verlor sie sich auf der Straße. Es gab keinen Zweifel. Er war weg. Einfach so. Eindeutig weg.

Sie lehnte sich mit der Stirn an die eiskalte Fensterscheibe, schloss die Augen und versuchte, tief durchzuatmen, um ihr pochendes Herz zu beruhigen. Wieso tat er so etwas?

Unschlüssig stand sie in ihrem alten Kinderzimmer. Wenn sie jetzt hinunterging, würden sie alle mit Fragen nach Jordan überhäufen. Vielleicht machte er nur eine Besorgung und kam bald zurück? Sie grübelte eine ganze Weile, bis ihr einfiel, dass heute der erste Weihnachtstag war und sicher keine Geschäfte geöffnet waren.

Bibbernd kroch sie zurück ins Bett, zog sich die Decke über den Kopf und hüllte sich in den warmen Kokon aus Daunen. Tränen drängten in ihre Augäpfel. Sie biss sich auf die Lippen, um sich mit diesem Schmerz von dem anderen Schmerz abzulenken. Vergeblich. Was sollte sie tun? Was den anderen erzählen?

Vielleicht wäre ihre Familie, nun, da sie einen Freund mitgebracht hatte, immerhin diskret genug, um sie nicht zu wecken. Vielleicht konnte sie einfach bis zum Nachmittag im Bett liegen bleiben und sich dann aus dem Haus schleichen.

Doch natürlich war diese Hoffnung utopisch. Schließlich hatte sie momentan kein Auto.

Eine halbe Stunde später klopfte es an die Tür.

„Kate?", erklang Marias Stimme diskret durch die Tür. „Kate, schlaft ihr noch?"

Kate zog sich die Decke enger über den Kopf und hoffte, dass Maria wieder nach unten gehen würde. Doch diese blieb hartnäckig.

„Kate? Alles in Ordnung? Ihr solltet wirklich langsam herunterkommen, wenn ihr noch frühstücken wollt." Sie klopfte ein paarmal mit Nachdruck gegen die Tür.

„Kate? Seid ihr überhaupt da drin?", fragte Maria, nachdem sie vielleicht eine Minute gewartet hatte. „Hallo?"

Einen Augenblick später vernahm Kate, wie die Tür aufgeschoben wurde.

„Kate? Chica?“ Mit ein paar Schritten war Maria am Bett und zog ihr die Decke vom Kopf. „Was ist denn hier los?“

Als Maria in Kates verheultes Gesicht blickte, runzelte sie die Stirn. „Wo ist denn dein Freund?“

Kate öffnete den Mund und schloss ihn wieder. Sie wusste nicht, was sie sagen sollte. Also zuckte sie bloß mit den Schultern.

„Kate?“

Erneut schossen Tränen in Kates Augen und liefen über ihre Wangen. Sie verbarg den Kopf in den Händen.

Maria sah sie bestürzt an. Nur einen Moment später spürte Kate, wie Maria sie fest in die Arme nahm und ihr beruhigend über den Rücken strich, als wäre sie immer noch ein Kind.

„Schh!“, murmelte sie beruhigend. „Alles wird gut.“

Als Kate sich wieder beruhigt hatte, schaute Maria sie ernst an. „Was ist passiert? Hat er dir etwas angetan?“

Kate schüttelte stumm den Kopf.

„Aber wo ist er dann? Seine ganzen Sachen sind weg!“

„Das ist es ja. Ich weiß es nicht!“

Plötzlich loderte ein Feuer in Marias Miene, wie Kate es noch nie gesehen hatte. „Dieser Mistkerl“, fluchte sie mit zusammen gebissenen Zähnen. „Immer diese Männer, die meinen, dass sie sich alles erlauben können. Mein armes Mädchen! Wenn ich ihn in die Finger kriege, bringe ich ihn um!“

Beim Anblick dieser kleinen, wütenden Frau musste Kate unwillkürlich lächeln. „Das möchte ich sehen.“

„Glaubst du etwa nicht, dass ich dazu in der Lage bin?“ Streitlustig reckte Maria ihr Kinn in die Höhe.

„Doch, das glaube ich auf jeden Fall.“

Nun grinste auch Maria. Sie strich Kate über die Wange. „Unten warten schon alle auf dich.“ Sie reichte ihr ein Papiertaschentuch. „Meinst du, du kannst hinunterkommen?“

Kate seufzte ergeben. „Muss ich wohl.“

„Das ist mein Mädchen!“ Maria zwinkerte.

„Na endlich. Das wurde aber Zeit!“ Val blickte von ihrem Kaffee hoch und grinste vielsagend, als Kate zwanzig Minuten später das Esszimmer betrat. Die meisten hatten ihr Frühstück bereits beendet. „Wir haben schon befürchtete, dass ihr den Weg gar nicht mehr aus dem Bett finden würdet. Zu überhören wart ihr ja auf keinen Fall.“

Kate schoss die Röte in den Kopf. Hastig wandte sie sich der Anrichte mit den Heißgetränken zu, damit die anderen ihre Verlegenheit nicht sahen. Sie nahm sich einen Becher Earl Grey und fügte einen ordentlichen Schuss frische Sahne hinzu, in der Hoffnung, dass dieses Gemisch ihren Magen beruhigen würde.

„Schau mal, ihr seid auf Instagram!“ Mit vielsagendem Grinsen streckte Jessie ihr das Smartphone entgegen.

Val riss ihr den Bildschirm aus der Hand. „Wirklich? Zeig!“

„He!“ Jessie protestierte, hockte sich dann aber neben Val, um genüsslich mit ihr die Posts durchzusehen.

„Kenny – wird er jetzt bürgerlich?“ Val wackelte mit den Brauen.

„Popstaralarm in der Provinz“, las Jessie vor. Sie runzelte die Stirn. „Das hier ist keine Provinz. Wir wohnen im berühmten Dawsonhills!“

„Hier, lies mal das: Überraschend mit Freundin aufgetaucht und sofort die Eltern getroffen. Hat Kenny endlich die Richtige gefunden?“ Val zeigte Kate das Foto,
auf dem sie selbst mit verhuschtem Blick am Arm von
Jordan hing. „Wie eine glücklich Verliebte siehst du auf
diesem Bild aber nicht aus.“

„Stimmt es, dass ihnen per Vertrag eine Freundin verboten ist?“ Jessies Augen funkelten wissbegierig.

Kate konnte ihre Schwestern verstehen. Endlich war
hier mal etwas los. Normalerweise hätte sie sich ebenfalls über eine tolle Geschichte gefreut. Wenn es bloß
nicht sie selbst betroffen hätte. Sie zuckte mit den Achseln und schälte eine Orange.

„Nun erzähl doch und lass dir nicht alles aus der Nase
ziehen!“, sagte Val.

„Da gibt es nicht viel zu erzählen.“ Kate konzentrierte
sich akribisch darauf, auch das letzte bisschen weiße
Faser vom Fruchtfleisch zu entfernen.

„Wo steckt er eigentlich?“ Jessie blickte sich suchend
um.

„Wer?“, fragte Kate automatisch.

Ihre Schwestern lachten.

„Sehr witzig!“, konstatierte Val. „Sag bloß, du hast deinen neuen Freund heute Nacht derart erschöpft, dass
er noch nicht mal zum Frühstücken kommen kann.“

„Vielleicht macht er sich ja eine Augenmaske, damit
er nicht völlig fertig aussieht.“ Jessie kicherte.

Maria tauschte die Kanne mit dem Tee aus und warf
ihr einen besorgten Blick zu.

„Wir wollen alle schmutzigen Details!“, verlangte Val.

„Oh Gott, keine Details!“ Mick stöhnte. „Die Zwillinge haben sich gestern mit den Süßigkeiten den Magen verdorben und uns die halbe Nacht auf Trab gehalten. Oder besser gesagt, mich. Denn Christie ist durch die Schwangerschaft ohnehin so häufig übel, dass sie die Schweinerei nicht aushalten konnte. Wenn jetzt noch jemand von seinen nächtlichen Freuden berichtet, laufe ich Amok.“

Kate musterte ihren Bruder und musste zugeben, dass er schon blühender ausgesehen hatte. Die Haare waren nicht so ordentlich zurückgegelt wie üblich und seine Krawatte hatte er bereits gestern getragen. Der braune Fleck, der auf ihr prangte, passte zum Nachtisch. Die Zwillinge dagegen waren putzmunter und eifrig dabei, ihre kleine Cousine zu ärgern.

„Kate? Hast du mich überhaupt gehört?“ Val wedelte mit ihrer rechten Hand vor ihrem Gesicht herum, als müsse sie sie aus einem Traum aufwecken. „Wo ist Jordan?“

„Ich weiß es nicht.“

„Wie, das weißt du nicht?“ Jessie zog eine Augenbraue hoch.

Kate sprang von ihrem Stuhl auf und pfefferte ihre Serviette auf den Tisch. „Ich fasse es nicht. Nicht einmal in Ruhe frühstücken kann man hier!“ Sie marschierte in Richtung Tür. Dabei stieß sie beinahe mit ihrer Mutter zusammen, die beneidenswert frisch und rosig aussah, als hätte sie bereits eine Einheit im Fitnessstudio hinter sich.

„Guten Morgen!“ Kritisch musterte diese ihre Tochter. „Wo willst du denn hin?“

„Nach oben“, murmelte Kate. Hastig versuchte sie, sich an ihr vorbei durch die Tür zu drücken.

„Jordan ist weg“, rief Val in Kates Rücken.

Sally Watson zwinkerte irritiert und hielt Kate am Arm fest. „Was soll das heißen, Jordan ist weg?“

Kate schüttelte stumm den Kopf. Sie wünschte sich auf den Mond, in die Hölle, wohin auch immer, bloß weg von hier.

„Kate?“, machte ihre Mutter gedehnt.

„Es soll gar nichts heißen. Jordan ist verschwunden. Ich weiß nicht, warum. Ende der Aussage.“ Erstauntes Schweigen breitete sich aus. Weil ihre Mutter keine Anstalten machte, sie durch die Tür zu lassen, trottete Kate zurück zum Tisch und ließ sich wieder auf den Stuhl sinken.

„Wie kann er denn einfach so weg sein?“, erkundigte Christie, Micks Frau, sich in die Stille hinein. Bisher war sie der ganzen Unterhaltung mit unbeteiligter Miene gefolgt und hatte mehr Interesse daran gehabt, eine gigantische Portion Eier in sich hineinzuschaufeln.

Kate holte tief Luft und bemühte sich, ihren Unmut nicht zu zeigen. „Nun ja, ich nehme an, dass er sein Auto dafür genutzt hat.“

Ihre Mutter schüttelte den Kopf und zog eine Miene, die besagte, dass sie so etwas vorhergesehen hatte. Wie schade, dass sie die anderen Dinge, die so eindeutig unter ihren Augen geschehen waren, nie bemerkt hatte.

„Was sitzt ihr denn hier rum wie sieben Tage Regenwetter?“ Ihr Vater betrat mit seiner Gartenfreundezeitung unter dem Arm den Salon.

Ihre Mutter rang mit den Armen und deutete anklagend auf Kate.

„Kate, was ist los?", fragte ihr Vater.

Kate ließ resigniert den Kopf sinken.

„Jordan ist weg", half Jessie.

„Wohin denn?" Ihr Vater begriff nicht.

„Nun ja, weg. Er hat Kate sitzengelassen", erklärte Jessie.

„Was? Der kann doch nicht einfach so abhauen, nachdem er hier gestern so einen Aufruhr verursacht hat!" In der Miene ihres Vaters zeigte sich Mordlust. Angriffslustig ballte er die Fäuste.

Auf einmal erkannte Kate das Absurde an dieser Situation. Sie begann zu kichern. Erst leise dann immer lauter, bis sie schließlich schallend lachte. Erst als sie die bestürzten Gesichter ihrer Familie bemerkte, verstummte sie.

Mit laut schepperndem Geräusch knallte Maria ihr einen Pancake auf den Tisch, der in einem See von Ahornsirup schwamm. „So hast du ihn doch am liebsten, oder?"

Kate nickte. Dann sägte sie mit wenig Begeisterung an ihrem Gericht herum.

„Und er hat nichts gesagt? Keine Nachricht hinterlassen?", fragte Val mit unterdrückter Stimme, als dürfe man so etwas Schlimmes nicht laut sagen.

Kate schüttelte den Kopf.

„Ach, verdammt, so ein Mistkerl!" Kate wurde an Jessies ausladenden Busen gedrückt. „Hast du es schon auf seinem Handy versucht?" Jessie sah sie eindringlich an.

Kate schüttelte erneut den Kopf und löste sich von der Umarmung ihrer Schwester. Dann füllte sie sich den Mund mit siruptriefendem Pfannkuchen, damit sie nicht antworten musste.

„Dann wird es aber höchste Zeit", meinte ihr Vater. „Der Junge weiß offensichtlich nicht, was sich gehört."

Er deutete auf Kates Handy, das neben ihr auf dem Frühstückstisch lag, als warte sie auf eine Nachricht von Jordan. Was sie definitiv nicht tat. Immerhin besaß weder sie seine, noch er ihre Handynummer. Das konnte sie allerdings ihrer Familie nicht verraten, denn sonst müsste sie eine ganze Menge anderer Dinge erklären.

Kate stopfte sich den letzten Rest ihres Pfannkuchens in den Mund, stürzte ihren Tee hinunter und erhob sich. „Ich muss mich dringend um meinen Essay kümmern. Der ist nächste Woche fällig." Sie nickte ihrer Mutter zu. „Ich hatte dir ja gesagt, dass ich einige Zeit über meinen Studienunterlagen verbringen werde. Bis später."

Bevor jemand sie aufhalten konnte, war sie halb die Treppe hoch, hastete in ihr Zimmer und schloss die Tür hinter sich. Beim Anblick der zerwühlten Bettlaken wurde ihr elend zumute. Das Schlimmste war das bohrende Gefühl des Nichtverstehens. Wieso war er einfach abgehauen? Warum hatte er ihr keine Nachricht hinterlassen? Fragen über Fragen. Zu allem Überfluss musste sie sich darauf einstellen, niemals Antworten zu bekommen.

Mit lautem Ratschen zog sie die Vorhänge ihres Himmelbetts zu, biss die Lippen zusammen und verteilte ihre Bücher auf dem Tisch. Die beste Ablenkung war Arbeiten.

Kapitel 15

Es klopfte an der Tür. Kate seufzte. Wie sehr sie sich auch bemüht hatte, sie hatte erst wenige Zeilen zu Papier gebracht. Wieder und wieder wanderten ihre Gedanken zu Jordan.

„Kate?", vernahm sie zaghaft die Stimme ihrer Schwester. „Hast du Zeit für mich?"

Kate schloss ihren Laptop, schlurfte zur Tür und ließ ihre Schwester ohne weiteres Wort herein. Erst als sie schon im Raum war, bemerkte sie, dass Jessie geweint hatte.

„Was ist denn los?", fragte sie.

Ihre Schwester sagte nichts, hockte nur wie ein Häufchen Elend auf der Kante des Sessels, den Kate gern zum Lesen nutzte.

„Jessie?" Kate trat auf sie zu und legte ihr die Hand auf den Arm.

Endlich sah ihre Schwester zu ihr auf. Tränen glitzerten in ihren Augen. „Es ist vorbei. Brandon und ich haben uns getrennt. Endgültig."

„Was? Wieso denn?", stammelte Kate perplex.

Jessie schluchzte. „Ich habe meine ganze Zukunft auf ihn gebaut. Und plötzlich will er diesen Job in Frankreich annehmen und es interessiert ihn überhaupt nicht, was ich möchte."

„Das tut mir so leid!" Unbeholfen klopfte Kate ihr auf den Rücken.

Wenn sie ehrlich war, hatte sie Brandon nie für den Richtigen für Jessie gehalten, aber das machte die Situation natürlich nicht besser. Jessie hatte keinen großen Ehrgeiz, dafür sehnte sie sich nach Familie und Kindern. Brandon dagegen konzentrierte sich vor allem darauf, das eigene Vermögen zu mehren.

Verzweifelt suchte Kate nach den richtigen Worten, um ihre Schwester zu trösten. Allerdings fühlte ihr Kopf sich an, wie in Watte getaucht und die tröstenden Worte, die sich fand, verfehlten ihre Wirkung. Sie war erleichtert, als ihr Jessie schließlich vorschlug, gemeinsam hinunterzugehen. Doch als plötzlich ein dröhnendes Lachen an ihr Ohr schallte, bereute sie ihren Entschluss. Am liebsten wäre sie direkt umgekehrt. Was zum Teufel machte Drake schon wieder hier? Sie hatte wirklich genug von seinen Spielchen. Nach der Szene gestern im Flur hatte sie erwartet, dass er ihr wenigstens ein paar Tage aus dem Weg ging.

„Wie nett, dass du da bist", raunte ihre Mutter ihr zu. Aus ihrem sonst so ordentlichen Dutt hatten sich zwei Strähnen gelöst. „Obwohl heute der erste Weihnachtstag ist, werden wir von unseren Nachbarn förmlich überrollt. Alle wollen wissen, was mit dir und Jordan los ist und ..."

Weiter kam sie nicht, denn Greta kam auf sie zugestürzt. „Also wirklich, Kate, das Geheimnis hast du aber gut gewahrt. Wo ist eigentlich dein neuer Freund?" Sie blickte demonstrativ an Kate vorbei, als hätte Jordan sich hinter Kate verstecken können. Dabei wusste sie sicher längst, dass er verschwunden war.

„Er besucht eine Verwandte hier in der Gegend und wird gegen Abend wieder hier sein", log sie.

Aus dem Augenwinkel sah sie, wie ihre Mutter mit den Augen rollte. Kate ließ Greta stehen und wandte sich ihren Neffen zu. „Wow, hat das eine Fernbedienung?", fragte sie Anton.

Der ließ gerade so etwas wie einen Terminator durch das Wohnzimmer tigern. Begeistert erklärte der Junge ihr alle Funktionen seines neuen Spielzeugs. Dabei merkte sie, dass Drake, den sie bewusst ignoriert hatte, die ganze Zeit seinen Blick auf sie heftete, als wolle er ihre Aufmerksamkeit erzwingen.

Plötzlich stand Flynt neben ihr. „Du siehst traurig aus. Kann ich dir irgendwie helfen?"

Kate legte ihm zart die Hand auf den Arm. „Flynt, es tut mir leid, aber …"

„Schon gut", unterbrach er sie. „Ich habe verstanden. Ich vermisse meine beste Freundin. Können wir nicht wieder Freunde sein?"

Tränen stiegen Kate in die Augen. „Du weißt, dass ich dich überhaupt nicht verdient habe, oder?"

„Klar." Er grinste. „Doch da lässt sich leider nichts machen. Also: Wie wäre es mal wieder mit einem Filmabend, einfach als Freunde? Ich habe mir endlich die Gesamtausgabe der alten Sinatra-Filme besorgt. Interessiert?"

„Das wäre großartig. Aber diesmal fahre ich so schnell wie möglich zurück nach Yale. Ich sehne mich nach meinem Bett im Studentenwohnheim, kannst du dir das vorstellen?" Kate sah, wie Jessie sich einen Whiskey eingoss und in einem Schluck herunterstürzte. „Aber du könntest mir einen großen Gefallen tun. Kannst du Jessie ein bisschen aufmuntern? Brandon und sie haben sich gerade getrennt und sie wirkt so verloren. Vielleicht kannst du sie auf andere Gedanken bringen?"

Flynt sah sie verwundert an. Kate wusste sofort, dass er dachte, sie wolle ihn mit einer Aufgabe aus dem Weg haben. Stimmte ja auch, irgendwie.

Glücklicherweise zwinkerte er ihr zu. „Wenn es das ist, was du dir wünscht, Katey." Mit diesen Worten stapfte er zu Jessie herüber, die in Gedanken versunken aus dem Fenster schaute, und verwickelte sie in ein Gespräch.

„Setz dich ein wenig zu mir, Kate, ich sehe dich doch so selten", ließ in diesem Moment Granny von sich hören. Sie thronte wie Queen Mum am Kopfende des Tisches und hielt Hof. Kate kam zögernd näher. Denn direkt neben ihr befanden sich Drake und Greta in angeregtem Gespräch mit Mick und Christie.

Kate trat zu Granny und gab ihr einen Kuss auf die Wange. „Hat dir der Kuchen geschmeckt?" Sie deutete auf ein Stück Cheesecake, das halb aufgegessen auf ihrem Teller lag. Seit einigen Wochen nahm Granny nur noch süße Speisen zu sich, so dass es jetzt bei ihnen auch zum Frühstück und zum Abendessen stets Kuchen gab.

„Oh ja, sehr. Aber du weißt ja, dass ich nicht mehr so viel essen kann." Granny zuckte bedauernd mit den Schultern.

Das war eine stetige Sorge von ihnen allen. Die alte Dame war so zart geworden, dass sie kaum mehr als vierzig Kilo wog.

„Soll ich dir noch etwas holen? Die Brownies sehen sehr gut aus", bot Kate an.

Doch Granny schüttelte den Kopf. „Nein, danke, Liebes. Ich habe alles, was ich brauche. Nun erzähl mir endlich alles über deinen neuen Freund. Einen hübschen jungen Mann hast du dir da ausgesucht." Sie knuffte Kate neckisch in die Seite. „Der hätte mir zu meiner Zeit auch gut gefallen, das kann ich dir sagen!"

„Ja, genau. Erzähl uns alles", mischte Drake sich in das Gespräch. „Vor allem, wieso er seine neue Freundin so schnell wieder verlassen hat. Das ist doch eher untypisch für eine junge Liebe, oder?" Er lächelte süffisant.

Angriffslustig beugte Kate sich vor. „Ich wüsste nicht, was dich das angeht. Ist wohl eine Sache zwischen uns, oder?"

Drakes Augen verengten sich.

„Was ist denn in dich gefahren, Kate? So unhöflich kenne ich dich gar nicht." Greta legte beschwichtigend die Hand auf den Arm ihres Mannes.

„Ganz recht, Kate." Drake sah sie herausfordernd an. „So kennen wir dich doch gar nicht."

„Wen kennt ihr nicht?" Ihre Mutter kam in diesem Moment aus der Küche, wo sie vermutlich mit Maria den weiteren Ablauf des Tages geplant hatte.

„Deine Tochter Kate. Sie war grad ziemlich unhöflich zu Drake. Vielleicht tut das Studium ihren Manieren nicht so gut." Anklagend deutete Greta auf Kate.

„Vielleicht wäre es aber auch gut, wenn alle anderen ihre Manieren bedenken und nicht ständig versuchen, in meinem Privatleben herumzuwühlen!", entgegnete Kate mit blitzenden Augen.

„Boah, ein Abschleppwagen!" Mit begeisterter Miene deutete Anton auf die Szene, die man durch das breite Fenster beobachten konnte. Kates roter Buick thronte sichtlich eingedellt auf dem Rücken des Trucks.

Alle Köpfe drehten sich in die Richtung, in die er deutete. Kates Herz rutschte in die Hose. Sie hatte den Typen von der Werkstatt extra gebeten, ihr Bescheid zu sagen, wenn er in der Nähe war, damit sie ihn abfangen konnte. Doch das hatte er offenbar ignoriert. Sie zog ihr Smartphone heraus, um nachzuschauen, und bemerkte ärgerlich, dass die Batterie leer war.

„Was ist denn mit deinem Auto passiert, Kate?", fragte ihr Vater stirnrunzelnd.

„Ich hatte einen Unfall auf dem Weg hierher. Jetzt ist der Wagen wieder fit genug, um zur Uni zu fahren." Kate zuckte leichthin mit den Schultern.

„Fit genug? Hast du die Riesendelle gesehen?", mischte Val sich ein. „Was ist denn passiert?"

„Wieso hast du denn von einem Unfall nichts erzählt?" Ihre Mutter starrte sie an. „Hast du dich verletzt?"

„Nein, immer noch alles gut. Ich gehe mal raus und kümmere mich drum." Kate eilte hinaus, erleichtert, der geballten Kraft ihrer Familie für einen Augenblick zu entkommen.

„Sind Sie sicher, dass ich damit bis nach Yale komme?", fragte sie den Fahrer des Abschleppwagens, der sich mit seiner roten Knollennase auch als Rudolf das Rentier hätte bewerben können.

Die Kinder waren ihr gefolgt und umringten den Wagen, neugierig darauf zu sehen, wie das Auto heruntergelassen wurde.

„Yap, das sollte kein Problem sein. Sieht schlimmer aus, als es ist. Das Fahrwerk ist intakt geblieben. Wenn Sie es lieber in Ruhe dort reparieren wollen, ist es kein Problem." Er fischte eine Mappe aus seiner Tasche und hielt sie ihr hin. „Können Sie hier bitte quittieren? Und Ihre Kreditkarte hätte ich gern noch."

Kate zog die Karte aus ihrem Portmonee und sah zu, wie eine hübsche Summe, die für den Rest des Monats hätten reichen sollen, den Besitzer wechselte. Wenn ein paar Tage vergangen waren, würde sie Dad um Hilfe bitten. Oder ein wenig von dem Notfallfond ankratzen. Während sie noch darüber nachsann, bog ein schwarzer Pick-up auf den Hof. Sie seufzte innerlich. Das Auto kannte sie nicht. Sehr wohl aber die Person im Inneren. Melissa. Nicht gut.

„Kate! Meine Liebe! Wie schön dich zu sehen!", flötete sie ihr noch aus dem Auto entgegen. Sie sprang aus dem Pick-up und winkte Kate zu, als hätten sie sich rein zufällig getroffen.

„Ich hab grad wirklich keine Zeit." Kate deutete auf den Mann, der soeben ihr Auto vom Abschleppwagen herunterließ.

„Oh, was ist denn passiert? Hattest du etwa keine Winterreifen?" Melissa kicherte und warf geziert ihre schwarze Mähne nach hinten.

„Ein kleiner Unfall." Kate hob abwehrend die Hände. „Melissa, ich kann mir vorstellen, warum du hier bist. Ich weiß, dass es dein Job ist. Aber vielleicht könnten wir ein anderes Mal über unseren prominenten Gast sprechen. Das wäre wirklich nett von dir."

Melissa öffnete in einer gespielt erstaunten Geste den Mund. „Oh nein, deswegen bin ich gar nicht hier. Normalerweise hätte ich euch auf gar keinen Fall an den Festtagen gestört. Aber es gibt einen Notfall und ich wollte nur behilflich sein." Sie ging zur Beifahrertür herüber und öffnete diese. „Kommen Sie doch heraus."

Kate betrachtete erstaunt, wie sich ein kleiner, kugeliger Mann aus dem Auto rollte.

„Ich habe ihn vor der Kirche aufgegabelt. Er sucht Kenny. Er ist sein Manager." Melissa wirkte derart aufgekratzt, dass man hätte meinen können, der Mann wäre ihr persönliches Ticket in die weite Welt.

Im vergeblichen Versuch, seine Wildlederschuhe nicht mit der zerstörerischen Wirkung von Schnee in Verbindung zu bringen, stakste er im Storchengang auf Kate zu. „Sie müssen das Mädchen von den Fotos sein!" Ein leicht verwunderter Ausdruck trat in seine Miene, als könne er sich nicht so recht vorstellen, dass Jordan an Kate interessiert war. Dann aber besann er sich und setzte ein besonders breites Lächeln auf, als hätte er die Ehre, einem Mitglied der königlichen Familie seine Aufwartung zu machen.

Er holte gerade tief Luft, um etwas zu sagen, als der Automechaniker an Kates Seite auftauchte. „Passen Sie das nächste Mal besser auf, wenn Sie in den Bergen unterwegs sind. Bei Ihrem Unfall hatten Sie einen echten Schutzengel. Hätte übel ausgehen können. Einen schönen Tag noch!" Er tippte sich an die Mütze und verschwand, nicht ohne zuvor einen irritierten Blick auf den Mann in der knallgrünen Jacke zu werfen.

Kate dankte ihm geistesabwesend und wandte sich ihrem unerwarteten Gast zu. „Also. Wie kann ich Ihnen helfen?“

„Barry Brunswick. Guten Tag. Und Sie sind …?“

Kate schaute auf die ausgestreckte Hand und drückte sie dann mechanisch. „Kate Watson.“

„Was ist denn das hier für ein Menschenauflauf?“, erklang in diesem Moment Vals Stimme hinter ihr.

„Und das ist meine Schwester Val. Val, das scheint Jordans Manager zu sein.“ Immer noch verwundert blickte Kate auf den Mann herunter, den sie doch tatsächlich um ein paar Zentimeter überragte.

Val schien das Ganze wahnsinnig amüsant zu finden. Sie strahlte den Mann förmlich an. „Kate, was du alles für Leute kennst.“

Barry Brunswick deutete auf die Eingangstür. „Vielleicht können wir alle weiteren Gespräche nach drinnen verlegen? Es ist doch gegenwärtig recht frisch.“

„Tut mir leid. Ihr Schützling ist heute Morgen abgereist und hat mir leider nicht mitgeteilt, wohin.“ Kate schüttelte bedauernd den Kopf.

Mr. Brunswick riss die Augen auf. „Das kann doch nicht sein! Ich versuche schon die ganze Zeit, ihn ans Telefon zu kriegen, doch er geht einfach nicht ran. Wenn ich ihn nicht zufällig auf Instagram entdeckt hätte, wüsste ich überhaupt nicht, wo er steckt. Es ist dringend. Wie kann ich ihn erreichen?“

Kate tauschte einen Blick mit Val. „Das kann ich Ihnen leider auch nicht sagen. Aber er ist nicht hier.“ Sie fragte sich, was wohl so dringend sein konnte, dass Jordans Manager am ersten Weihnachtstag extra bis nach Dawsonhills gefahren war.

Barry Brunswick tippte ihr mit dem Finger gegen das Brustbein. „Können oder wollen Sie nicht? Wollen Sie mir weismachen, dass Sie an Weihnachten Ihren Freund der Familie vorstellen und dieser am nächsten Morgen abreist, ohne zu sagen, wohin? Das ist wirklich unglaubwürdig."

Kate verschränkte die Arme vor der Brust. „Und doch ist es wahr."

Barry sah sie prüfend an. Dann kam er offenbar zu dem Schluss, dass er ihr Glauben schenken musste, denn er fuhr sich in einer Geste abgrundtiefer Panik durch die Haare, so dass die sorgfältig arrangierte Föhnwelle nach beiden Seiten abstand.

„Sorry, aber hältst du uns für blöd? Wir wollen mit Kenny sprechen!" Melissas schwarze Augen sprühten Funken.

„Dass du ihn sprechen willst, kann ich mir vorstellen. Allerdings glaube ich kaum, dass er Lust hat, sich mit einer Reporterin zu treffen", entgegnete Kate.

„Das kann, das darf doch nicht wahr sein. Ich bin ruiniert." Barry schwankte. Sein Gesicht war beängstigend blass. Kate befürchtete, dass er vor Schreck einen Herzanfall bekam.

Val nahm ihn beherzt am Arm und warf Kate einen auffordernden Blick zu. Diese seufzte. „Kommen Sie mit herein." Sie wandte sich leise an Val. „Wir führen sie hinunter in die Küche, dann bekommen die Benjamins wenigstens nicht noch mehr von dem Drama mit." Sie forderte ihre Neffen auf, ihnen zu folgen. Allerdings lieferten die beiden sich gerade eine Schneeballschlacht und dachten nicht daran, ihr Spiel aufzugeben. Hilfesuchend blickte Kate sich um, doch von den Eltern war keine Spur zu sehen.

„Elijah, Anton, kommt jetzt sofort herein. Eure Eltern haben gerade erlaubt, dass ihr die Spielekonsolen testen dürft!“ Val zwinkerte Kate verschwörerisch zu.

Jubelnd stürmten die beiden Jungs in Richtung Wohnzimmer. Sie selbst bogen rechts ab und nahmen den Seitenflur zur Küche. Melissa blieb ihnen dicht auf den Fersen. Barry wankte müde hinter Val her.

In der Küche war Maria gerade dabei, einen White Cake zu dekorieren, eine der beliebtesten Weihnachtsleckereien im Hause Watson. Überrascht blickte sie auf. „Alles in Ordnung?“

„Entschuldige, Maria. Das hier ist Barry Brunswick, Jordans Manager. Er fühlt sich nicht wohl und ich dachte, bei dir ist er in guten Händen.“

Maria bat die Gäste, an der Ecke des großen Eichentisches Platz zu nehmen. „Kaffee, Tee?“, erkundigte sie sich bei Barry Brunswick, der mittlerweile schon wieder etwas rosiger im Gesicht war.

„Das ist ja ein Paradies hier!“ Er klatschte begeistert in die Hände. Urplötzlich schien es ihm erheblich besser zu gehen. „Rieche ich etwa Polvorones?“

Maria lächelte geschmeichelt. „Oh ja, kennen Sie die?“

Ein breites Grinsen erhellte Barrys Gesicht. Sein Schwächeanfall war verflogen. „Der Duft meiner Kindheit, der Geruch nach Zuhause. Wenn es Ihnen nichts ausmacht ...“

„Aber natürlich nicht." In Windeseile zog Maria einen Teller aus dem Schrank und hatte einen Stapel der duftenden Gebäckteile darauf arrangiert. Sie sah ihn erwartungsvoll an.

Er nahm einen Bissen und gab einen genießerischen Laut von sich. „Gigantisch!" Seine Augen strahlten stärker als die der Kinder vorm Weihnachtsbaum.

„Maria, kannst du Mr. Brunswick bitte bestätigen, dass unser berühmter Gast wieder abgereist ist?", mischte Kate sich ein, bevor die Stimmung in der Küche zu gemütlich wurde.

„Ja, das stimmt. Der Junge hat sich heute früh aus dem Staub gemacht", sagte Maria unbekümmert. Dann huschte ein merkwürdiger Ausdruck über ihre Miene. „Kate, kannst du mir kurz helfen, die Kartoffeln aus dem Keller zu holen? Du weißt doch, dass mir mein Rücken momentan Schwierigkeiten macht."

Kate konnte sich nicht erinnern, dass Maria jemals im Leben über Rückenschmerzen oder etwas anderes geklagt hatte. Aber sie nahm Marias auffordernden Blick wahr. „Natürlich. Entschuldigt uns einen Moment."

Als sie außer Hörweite waren, zog Maria sie beiseite. „Die alte Selma hat gerade angerufen. Sie glaubt, dass sie einen jungen Mann, den sie für deinen Freund hält, heute in aller Herrgottsfrühe an der Kirche aufgegabelt hat."

„Was?" Kate wurde blass. „Was hat er denn an der Kirche gemacht?"

„So genau habe ich das auch nicht verstanden. Die Gute ist ja mittlerweile schon 94 und verwechselt gelegentlich die Dinge miteinander. Willst du hinfahren und nachschauen?“

Die Vorstellung, Jordan doch noch einmal zu begegnen, versetzte Kates Herz in helle Aufregung. Es pochte ihr bis zum Hals.

„Nein, das hat wohl keinen Sinn.“

„Wieso nicht?“

„Er ist einfach mitten in der Nacht verschwunden. Ohne ein Wort.“ Kate verschränkte die Arme vor der Brust.

„Möchtest du nicht trotzdem wissen, wieso? Manchmal ist es dann leichter, die Dinge zu akzeptieren.“

„Nein.“

„Aber dem Manager sollten wir sagen, wo er steckt. Wenn er ihn doch so dringend sprechen muss?“

„Da geht es doch vermutlich bloß ums Geld.“ Kate zuckte die Schultern.

„Trotzdem. Vielleicht hat er Frau und Kinder, die dann auf der Straße stehen.“

„Der? Im Leben nicht.“

Maria sah sie streng an.

„Du hast ja recht“, sagte Kate schließlich. „Aber Melissa darf davon nichts erfahren. Die will nur in unserem Leben herumwühlen.“

Maria biss sich nachdenklich auf die Lippen. „Vielleicht können wir sie weglocken. Ich hätte da eine Idee.“ Sie erklärte Kate, was sie vorhatte. „Aber dann fährst du Barry hinunter, ok?“

„Kannst du nicht mitkommen?" Kate fühlte sich plötzlich wieder wie das kleine Mädchen, das Angst hatte, auf seinen ersten Kindergeburtstag zu gehen.

Zu ihrer Überraschung seufzte Maria und stimmte zu. „Wenn es unbedingt sein muss. Weil du es bist." Maria strich ihr über das Haar, wie sie es früher oft getan hatte.

Sie stiegen mit zwei Kartoffelsäcken nach oben, damit ihre Geschichte glaubwürdig aussah.

„Wow, was wird das denn Leckeres?", erkundigte Barry sich.

„Ich bereite für morgen schon mal die Tortillas vor", behauptete Maria. „Damit kann man nicht früh genug anfangen."

Bewundernd sah Barry sie an. „Und das machen Sie alles ganz allein? Sie suchen nicht zufällig eine neue Herausforderung und hätten Lust, nach Boston zu ziehen? Ich würde Ihnen das Doppelte von dem zahlen, was Sie hier bekommen!"

Mit großen Augen sah Maria ihn an. Doch dann schüttelte sie den Kopf. „Tut mir leid, das geht nicht. Ich arbeite jetzt seit mehr als zwanzig Jahren hier. Ich bin zu alt, um mich noch einmal an etwas ganz anderes zu gewöhnen."

„Das ist nicht Ihr Ernst. So alt können Sie doch nicht sein! Überlegen Sie es sich!" Barry zog eine Visitenkarte aus seiner Brusttasche. „Bitte. Rufen Sie mich jederzeit an!"

Maria errötete und steckte die Karte hastig in ihre Schürze. Täuschte Kate sich, oder hatte er soeben mit Maria geflirtet?

Melissa stieß ihn von der Seite an. „Sollten wir uns nicht langsam darum kümmern, dass wir Kenny wiederfinden?"

Gespielt heimlich nahm Kate einen Zettel aus einer Schachtel mit Papieren, die zum Notieren von Rezepten bereitstand. Sie kritzelte etwas, faltete den Zettel und achtete darauf, dass Melissa sie dabei beobachtete.

„Frag Mom bitte, wann wir essen sollen, ok?", sagte sie betont deutlich. Dann sah sie Jessie vielsagend an und drückte ihr den Zettel in die Hand. Aus dem Augenwinkel erkannte sie, wie Melissa den Köder schluckte und jede ihrer Handbewegungen beäugte.

„Ja, ja", sagte Jessie langsam. „Dann frage ich Mom mal." Dabei betonte sie das Wort ‚Mom' auf eine Art, in der klar wurde, dass es sich tatsächlich um einen anderen Adressaten handelte.

Melissa sprang auf. „Was dagegen, wenn ich mitkomme? Ich habe deiner Mutter noch gar nicht ‚Hallo' gesagt."

Als ob ihre Mutter so scharf darauf gewesen wäre, mit Melissa zu sprechen, dachte Kate bei sich. Dennoch beobachtete sie zufrieden, wie eifrig Melissa auf ihre Falle ansprang.

„Barry, kommen Sie mit? Sie wollen sich doch bestimmt im Wohnzimmer umsehen." Melissa wackelte mit den Augenbrauen.

Exakt in diesem Moment stellte Maria einen weiteren Teller mit Gebäck vor Barry ab. Er war hin- und hergerissen. „Gehen Sie schon einmal vor. Ich komme gleich nach."

Zufrieden beobachtete Kate, wie Melissa der gespielt widerwilligen Jessie folgte. Kaum hatten sie die Küche verlassen, sprang sie auf. „Los, wir müssen uns beeilen.“ Sie sah sich hektisch um. „Da, durchs Fenster!“ Sie schob ein paar Kräuterpflanzen von der Fensterbank, öffnete es und winkte Barry auffordernd zu. „Wollen Sie Kenny oder nicht?“

Barry schaute bedauernd zwischen Küchentür und Gebäckteller hin und her und hob dann einen Finger, um zu signalisieren, dass er verstanden hatte. „Aber durch das Fenster? Gibt es keinen anderen Weg?“ Er sah besorgt auf seine Beine hinab.

„Kommen Sie, das schaffen Sie schon!“ Kate kletterte voraus und hielt Barry eine Hand hin, damit er nicht stolperte, als er sich mühsam aus dem Fenster schwang.

So ungelenk er war, so gelenkig war Maria.

„Nun hätte fast noch ein Flickflack gefehlt“, kommentierte Barry bewundernd ihren eleganten Sprung auf den Boden.

Maria lächelte geschmeichelt. „Da vorn ist mein Auto.“ Sie deutete auf einen pinkfarbenen Jeep, der auf der linken Seite des großen Gebäudes parkte.

„Perfekt!“ Hastig sprangen sie in das Auto. Dann gab Maria Gas und kutschierte sie geschickt den Hügel hinunter in Richtung Stadt.

Kapitel 16

Feierlich dröhnten Kirchenglocken direkt an seinem Ohr. Jordan schreckte hoch. Wo war er? Sein Blick fiel auf ein massives Fernsehgerät, das in den achtziger Jahren ein Vermögen gekostet haben musste. Licht kämpfte sich durch die Lücken in den Fensterläden und malte helle Streifen auf altmodische Tapeten. Verwirrt kniff er die Augen zusammen. Erst langsam kehrte die Erinnerung an die vergangene Nacht zurück. Konnte all das in einer einzigen Nacht geschehen sein? Er fühlte sich wie Lysander unter dem Einfluss des Feenstaubs. Als hätte jemand einen Zauber über ihm ausgebreitet, aus dem er langsam erwachte. Erst die Erkenntnis in der Kirche, dass er möglicherweise Teil des berühmten Weihnachtswunders war. Dann die Fans vor der Krippe und schließlich ... Er versuchte, seinen Gedanken den Weg zu den übrigen Ereignissen der Nacht zu versperren, doch die Erinnerung war stärker.

Beim Gedanken an Kate meldete sich das schlechte Gewissen in ihm. Doch er hatte seine Entscheidung gefällt. Außerdem hatte er den Menschen, die er mochte, noch nie gutgetan. Ihr würde er auch nicht guttun. Es war besser so.

Siedend heiß fiel ihm das Auto ein, das er im Dunkel der Nacht vor der Kirche abgestellt hatte. Jetzt war heller Tag. Sicher würde es bald jemandem auffallen. Er musste verschwinden, und zwar plötzlich. Hastig sprang er aus dem Bett. Immerhin war das Gefühl der alles überschattenden Kälte aus seinem Körper gewichen. Mit etwas Glück blieb sein Nickerchen bei Minusgraden folgenlos.

Er war gerade in seine Schuhe geschlüpft, als aufgeregtes Bellen erklang. Die Haustür wurde geöffnet. Ob das seine Gastgeberin war? So viel zu seinem Plan, sich davonzustehlen. Kurz erwog er, heimlich aus dem Fenster des niedrigen Hauses zu klettern, verwarf den Gedanken aber gleich wieder. Er strich sich die Haare glatt und trat hinaus in die Küche. Ein Duft von Zimt und Kakao lag in der Luft.

Breites Lächeln erhellte Selmas Züge. „Bist du endlich aufgewacht? Ich dachte schon, du würdest den kompletten Weihnachtstag verschlafen. Wie fühlst du dich?" Sie deutete auf einen Küchenstuhl.

Jordan setzte sich. „Alles in Ordnung, danke."

Selma hob den Zeigefinger. „Ich erwarte, dass du in Zukunft besser auf dich achtgibst!"

Er nickte wie ein folgsamer Junge und beobachtete, wie sie zum Feuer trippelte, auf dem ein Kessel vor sich hin brodelte. Sie füllte eine Schale mit einer dampfenden Flüssigkeit. Doch bevor sie sie zum Tisch tragen konnte, sprang er auf.

„Kann ich helfen?"

„So alt, dass ich dir keine Suppe hinstellen kann, bin ich noch lange nicht. Nimm und iss. Da kommst du wieder zu Kräften."

Jordan zögerte. „Ehrlich gesagt, habe ich nicht mehr so viel Zeit."

„Papperlapapp. Fürs Essen wird ja wohl Zeit sein, auch in eurer hektischen Jugend."

Da er die alte Dame nicht kränken wollte, gab er nach. Hastig schlang er sein Gericht herunter, das ihm schmeckte, als hätte er seit Jahren nichts gegessen.

Dann erhob er sich. „Vielen Dank für alles."

„Es gibt noch mehr!" Sie deutete auf ihren Herd.

„Nein, vielen Dank. Aber es war wunderbar."

„Das freut mich. Willst du wirklich schon gehen?" Enttäuscht sah sie ihn an. In Jordan regte sich ein schlechtes Gewissen. Ob sie den Weihnachtstag allein verbringen würde?

„Es tut mir leid. Ich habe dringende Verpflichtungen vernachlässigt." Er dachte vor allem an Barry, dem er nicht einmal verraten hatte, wo er war. Dabei war er in seinem ganzen Leben die erste Person gewesen, auf die er sich rückhaltlos verlassen konnte.

„Willst du denn nicht herausfinden, wer deine Eltern sind?"

„Ehrlich gesagt, muss ich erst mal über alles nachdenken."

„Aber für einen Tee oder Kaffee mit mir ist noch Zeit, oder? Ich möchte so gern mehr darüber erfahren, wie es dir in den letzten Jahren ergangen ist." Jordan folgte ihrem Blick, der zu einer antiken Standuhr wanderte, die mit wunderbaren Holzschnitzereien ausgeziert war und runzelte die Stirn. Versuchte sie gerade absichtlich, ihn aufzuhalten?

„Das ist wirklich freundlich. Doch ich habe Ihre Gastfreundschaft bereits überstrapaziert. Sollten Sie nicht mit Ihrer Familie das Weihnachtsfest verbringen?“

Selma schüttelte den Kopf. „Ich habe nur noch meine Enkelin Amanda und ihren kleinen Sohn. Aber sie hat vorhin angerufen, dass der Junge plötzlich Fieber bekommen hat und mir ausgeredet, vorbeizukommen. Sie meint, in meinem Alter wäre die Erkrankung ihres Sohnes vielleicht gefährlich und ich solle mich lieber fernhalten, bis es dem Kleinen wieder gut geht.“

Jordan nickte mitfühlend und wollte erneut ansetzen, sich zu verabschieden, da sprach die alte Dame schon weiter.

„Weißt du, Amanda hat es nicht leicht, so allein mit ihrem Kind. Und so früh die Eltern verloren. Sie war zwölf, als sie bei mir eingezogen ist, nachdem ihre Eltern bei einem Wanderunfall in den Bergen um Leben gekommen sind. Und nun ist sie dreiundzwanzig, alleinerziehende Mutter und das Geld ist immer knapp, weil sie mit ihrem Job im Supermarkt nicht viel verdient. Nun ja“, sie blickte nach oben. „Auch für sie wird sich hoffentlich irgendwann das Blatt wenden. Sie ist so ein liebes Mädchen.“

Etwas hilflos hatte Jordan dem Redeschwall gelauscht. „Das tut mir sehr leid. Aber ich muss wirklich gehen. Vielen Dank noch einmal!“

„Moment!“, rief sie ein wenig hektisch. „Das ist doch eine lange Fahrt. Da musst du etwas zu essen einpacken. Außerdem könnte es wieder schneien. Hast du eine Thermosflasche dabei? Man braucht immer ein warmes Getränk bei Fahrten im Schnee. Stell dir mal vor, du hast einen Unfall und es dauert, bis dir jemand helfen kann."

Kurz wanderten Jordans Gedanken zu dem Augenblick, wo er Kates Wagen im Schnee stecken gesehen hatte. Wenn er in dem Moment einfach weiter gefahren wäre, wäre nichts von dem, was er erlebt hatte, geschehen.

Er schüttelte den Kopf. „Das ist nicht nötig. Danke."

Selma blickte erneut zu ihrer Standuhr und hielt seine Hand fest. „Bist du dir sicher? Hast du eine Decke dabei? Bei dem Schneetreiben muss man auf alles eingestellt sein. Soll ich dir noch eine holen?"

Jordan lächelte, gerührt über ihre Besorgnis. „Danke. Ich habe wirklich alles, was nötig ist." Sanft befreite er seine Hand aus ihrer, warf sich seine Jacke über und wandte sich zum Gehen.

In dem Moment vernahm er die Geräusche eines Motors. Ein Auto bog in die Einfahrt vor dem Häuschen. Irritiert blickte er die alte Frau an und sah, wie sie schuldbewusst, aber erleichtert ihre Miene verzog.

„Erwarten Sie Besuch?"

„Jordan, manchmal ...", begann die alte Frau. Doch weiter kam sie nicht. Denn nun erkannte er, wer in dem Auto saß.

Kapitel 17

Schon als Kate sein Auto vor der Kirche entdeckt hatte, wusste sie, dass die alte Selma recht gehabt hatte und Jordan tatsächlich bei ihr war. In ihrem Kopf drehten die Gedanken Pirouetten, doch keiner von ihnen machte Sinn. Was zum Teufel tat ein Rockstar inkognito bei einer 94-jährigen Pfarrersfrau?

Maria legte ihr beruhigend die Hand auf den Arm, wie früher wenn Kate Schwierigkeiten mit anderen Kindern gehabt hatte und sich nicht in den Kindergarten traute. „Nun wollen wir mal sehen, ob dein Jordan eine gute Erklärung für alles hat!"

Dann stieg sie aus. Ihre Augen funkelten wie die einer Löwenmutter. Kate unterdrückte ein Grinsen und kletterte ebenfalls aus dem Wagen. Sie versuchte, das unruhige Pochen in ihrem Herzen zu ignorieren. Wie Jordan wohl reagieren würde, wenn er sie sah?

Maria klopfte an die verwitterte Tür. „Selma, bist du da?"

Nach einer Weile schwang die Tür auf und die alte Selma blinzelte sie aus dicken Brillengläsern an, die ihrer Erscheinung das Aussehen einer Schildkröte gaben.

„Maria, Kate, wie schön! Ich habe euch schon erwartet. Kommt herein."

Sie wollten gerade eintreten, da rief plötzlich jemand aus dem Inneren von Marias Auto. „Hallo! Wären Sie so nett, mir hier herauszuhelfen?"

Selma kniff verwundert die Augen zusammen. „Da ist noch jemand im Auto."

Kate schlug sich vor den Mund. In der Aufregung hatte sie vollkommen vergessen, dass Jordans Manager noch im Auto saß. Mit einer entschuldigenden Geste drehte sie sich um und klappte den Vordersitz nach vorn, damit er aussteigen konnte. Ungelenk, aber erstaunlich flink schoss er hinaus.

„Wo ist er?" Erstaunt nahm er die alte Frau wahr, die vor ihm stand. Da besann er sich auf seine Manieren. „Barry Brunswick, guten Tag." Er deutete eine leichte Verbeugung an.

„Guten Tag!", erwiderte Selma würdevoll.

„Er ist auf der Suche nach Jordan. Er ist sein Manager", erklärte Kate.

„Dann kommt am besten alle herein", meinte Selma.

Jordan saß leibhaftig an Selmas Küchentisch und ließ langsam seine Tasse sinken, als er die Delegation bemerkte.

„Was sollte das, Junge, einfach so zu verschwinden, ohne Kate eine Erklärung zu gehen?" Maria stürmte auf Jordan zu, der sie wie vom Donner gerührt anstarrte, dann erstaunt aufsprang und ein paar Schritte zurückwich. Maria pikste ihm ihren Zeigefinger auf die Brust. „Tut man so etwas mit dem Mädchen, dessen Eltern man gerade kennengelernt hat, häh?"

Nun stapfte auch Barry auf ihn zu. „Jordan, was machst du da eigentlich für einen Mist?" Mit in die Hüfte gestützten Händen schaute er zu ihm auf. „Ist das jetzt tatsächlich deine Verlobte, oder was?" Er deutete hinter sich auf Kate.

Selma warf Kate einen freudig überraschten Blick zu. „Ach wirklich? Wie schön für euch beide!"

Kate ließ die Hände in den Kopf sinken. „Es ist längst nicht so, wie es aussieht."

„Unsere arme Kate hat sich heute Morgen die Augen ausgeweint, weil er ohne ein Wort verschwunden ist", wandte Maria sich anklagend an Barry. Man konnte meinen, er wäre der Vater eines ungezogenen Kindes.

Kate wünschte sich, dass sich der Boden unter ihren Füßen auftäte.

„So etwas sieht ihm überhaupt nicht ähnlich ...", entgegnete Barry abwehrend.

Wenn die Situation nicht so schmerzhaft gewesen wäre, hätte Kate in diesem Moment herzlich über Jordans Gesicht gelacht. Er klappte den Mund auf und wieder zu.

„Barry?", stammelte er schließlich. „Was zum Teufel machst du hier?"

„Ach, kennst du mich noch? Den ganzen Tag schon versuche ich, dich zu erreichen, seit ich gesehen habe, auf welchen Wahnsinn du dich eingelassen hast! Wieso hast du mir nichts von diesem Mädchen erzählt? Was ist los mit dir?"

„Wer möchte einen Tee?" Mit wackeligen Händen trug Selma ein paar Tassen an den Tisch. „Ich würde vorschlagen, dass wir alle erst mal einen guten Darjeeling trinken und uns beruhigen." Die alte Frau hatte eine erstaunliche Autorität in der Stimme. Kate konnte sich gut vorstellen, wie sie zerstrittene Eheleute an diesem Küchentisch zur Vernunft gebracht hatte.

Wie brave Kinder quetschten sich alle an den Tisch.

„Es tut mir leid, Barry, aber manchmal gibt es Dinge im Leben, die wichtiger sind als das nächste Konzert“, sagte Jordan mit ruhiger Stimme. Selma tätschelte ermutigend seine Hand.

„Glaubst du ernsthaft, dass ich deswegen hier bin? Ich will verhindern, dass diese Kate dich zum Traualtar schleppt und nach Strich und Faden ausnimmt!“

„Was wollen Sie denn damit sagen?“ Maria fuhr beinahe aus der Haut. „Ist meine Kate etwa nicht gut genug für ihn? Sie studiert in Yale!“

Nun versuchte Maria also auch noch, sie wie auf einem Basar anzupreisen. Jordan dagegen mühte sich um eine unbeteiligte Miene und tat so, als würde er sie gar nicht kennen.

„Liebe Maria, so habe ich das niemals gesagt!“ Barry hob seine Mundwinkel. Vermutlich sollte es charmant wirken. Das tat es aber nicht. Es wirkte vielmehr verzweifelt. „Ich wundere mich doch bloß, dass Jordan es versäumt hat, mir Bescheid zu sagen, wenn er so etwas Wesentliches wie eine Eheschließung vorantreibt. Ich habe mir Sorgen um ihn gemacht. Er ist beinahe wie ein Sohn für mich.“

Vorwurfsvoll sah Maria Jordan an. „Wieso haben Sie ihm denn nichts gesagt? Das wäre ja wohl das Mindeste gewesen!“

„Barry“, sagte Jordan müde. „Können wir uns vielleicht irgendwo anders unterhalten?“

„Woanders?", entgegnete Barry mit der ausladenden Geste eines Musicalstars. „Hast du mich in dieses Dorf gezwungen oder war das etwa meine Idee?" Er schüttelte theatralisch den Kopf. „Nun denn. Wir sollten ohnehin los."

Jordan erhob sich. Noch immer wich er Kates Blick aus. „Danke, Selma, für alles", sagte Jordan mit erstaunlicher Wärme zu Selma. Die beiden wirkten vertraut, als würden sie sich seit einer Ewigkeit kennen. Er nahm Selmas Hand. „Ich muss jetzt wirklich los. Ich hoffe, unsere Gespräche bleiben vertraulich."

Selma verzog ein Gesicht, als würde diese Bitte ihr nicht gefallen, nickte aber. „Selbstverständlich. Noch nie ist ein Wort dessen, was an diesem Küchentisch besprochen wurde, unerlaubt nach draußen gelangt. Pass auf dich auf, Junge!" Sie strich ihm über die Wange.

„Ok, also dann. Auf Wiedersehen!" Er hob grüßend die Hände und wandte sich ab, um hinter Barry herzugehen.

Kate konnte es nicht fassen. Er wollte wirklich ohne eine Erklärung verschwinden und das zum zweiten Mal. Sie packte ihn grob am Arm. Wut strömte durch ihre Adern. „Hast du nicht etwas vergessen?", fragte sie mit mühsam beherrschter Stimme.

Er drehte sich um mit der Miene dessen, der einer unangenehmen Situation nicht entgehen konnte. „Kate, es tut mir leid, aber ..."

„Moment mal, bitte!" Plötzlich war Barry zurück an seine Seite und schob Jordan ein Stück hinter sich, als wäre er sein Bodyguard. „Liebe Miss Watson, Sie werden doch einen kleinen Flirt nicht missverstehen, nicht wahr? Sie sind ja beide erwachsene Menschen. Ich weiß, dass Kenny manchmal ein wenig falsch verstanden wird, was seine Absichten anbelangt …" Er schenkte ihr ein schleimiges Lächeln und eine falsche Verbeugung. Dann nestelte er eine Geldklammer aus seiner Hosentasche und hielt Kate ein Bündel Scheine hin. „Falls Ihnen irgendwelche Unkosten entstanden sein sollten oder falls Sie sich etwas Schönes kaufen möchten, freut Kenny sich sehr, dafür aufzukommen."

„Verdammt, Barry!" Entgeistert riss Jordan die Augen auf und packte seinen Manager am Arm. Da war auch schon das laute Klatschen einer Ohrfeige zu hören. „Wie können Sie es wagen, meine Kate wie eine billige Hure zu behandeln? Sie sollten sich etwas schämen! Ich verfluche den Tag, an dem Sie in meiner Küche aufgetaucht sind und meine Polvorones gegessen haben!"

Maria, der Inbegriff einer Furie, stand vor Barry. Sie sprühte immer noch Funken der Wut, als Barry und Jordan um die nächste Häuserecke verschwunden waren. Dann atmete sie zischend aus. „Ich brauche jetzt eine heiße Schokolade mit einem Berg Marshmallow. Und du?"

Kapitel 18

Sechs Wochen später

Drei Uhr morgens. Sie zwangen Jordan doch tatsächlich, um drei Uhr morgens aufzustehen, um an einem Fernsehinterview teilzunehmen. Frühstücksfernsehen. Wer zum Teufel guckte so etwas? Vor allem in Zeiten des Internets? Warum konnte es nicht wenigstens eine Late-Night-Show sein?

Immerhin holte Barry ihn persönlich ab. Vermutlich hatte er Angst, dass Jordan verschlief oder schwänzte, oder beides gleichzeitig. Dabei hatte er eigentlich sein Verschwinden über Weihnachten ausreichend wieder gutgemacht. Geradezu mustergültig hatte er sich in den letzten Wochen verhalten und sogar aus seinem unerwarteten Liebeskummer eine Ballade gezaubert, die bereits in den Radios rauf und runtergespielt wurde, seit sie sie spontan in einer Fernsehsendung live zum Besten gegeben hatten. Die Leute waren absolut hingerissen gewesen.

Auch am Mittwoch, wenn sie mit fünf Tagen Verspätung endlich vor dem Bostoner Publikum auftreten würden, würden wieder alle auf den Song hoffen. Er hoffte, dass es ihnen wenigstens gute Presse bringen würde, wenn er sich in der Talkshow zum Narren machte. Über die unglücklichen Umstände, die zum Verschieben der Show geführt hatten, war in der Presse schon ausreichend gestichelt worden.

Jordan schlüpfte in die Klamotten, die ihm seine Stylistin gestern hingelegt hatte: eine kunstvoll zerfetzte Lederjeans und ein absurd teures Rüschenhemd, das ihn wie eine Mischung aus Glamrocker und Vampir aussehen ließ. Da passten seine tiefen Augenringe ja perfekt.

Er stellte sich vor, wie Kate sein Outfit wohl finden würde. Vermutlich würde sie ihre kleine Nase rümpfen und die Augen verdrehen. Kaum hatte er diesen Gedanken zu Ende gedacht, schimpfte er innerlich mit sich. Er musste aufhören, sich andauernd vorzustellen, wie Kate dies oder das finden würde. Denn das führte zu nichts. Sie waren nie zusammen gewesen und würden es auch nie sein.

Außerdem hatte er jede Chance gründlich verbockt, das war ihm auch klar. Deshalb hatte er auch nie die Nummer angerufen, die er nach ein wenig Recherche im Internet herausbekommen hatte. Was sollte er auch sagen? Sie hatte schon genug Mist mit ihren Männergeschichten gehabt und verdiente Ruhe und jemanden, der nicht so gestört war wie er. Sie verdiente es auch, nicht dasselbe mit ihm zu erleben wie Ally. Denn er war einfach nicht in der Lage, eine Beziehung durchzuziehen. Viel zu viel Angst schwang immer mit dabei. Dabei war Ally immerhin von Anfang an klar gewesen, auf was sie sich einließ, als sie sich nach dem Konzert in Washington auf einen Drink von ihm hatte einladen lassen wie so viele Groupies vor ihr. Das hatte aber auch nichts daran geändert, dass es letztlich nicht funktioniert hatte.

„Du weißt schon, das Schlafentzug Folter ist, oder?", brummte er, als er zu Barry ins Auto stieg. Der wartete wie ein guter Chauffeur vor dem Eingang des Hotels.

„Ich habe mindestens genauso wenig geschlafen wie du", versetzte Barry. „Aber du weißt genau, warum die Show heute so wichtig ist. Luis und Aaron sind dann übermorgen Abend dran."

Jordan seufzte. „Hast du nichts Besseres zu tun, als mich durch die Gegend zu fahren?"

„Oh doch." Barry warf ihm einen ernsten Blick zu. „Aber ich habe leider in einer wesentlichen Sache auf das falsche Pferd gesetzt und kann grad jeden Dollar gebrauchen. Also reiß dich bitte zusammen!"

Verwundert sah Jordan ihn an. Er konnte sich nicht erinnern, dass Barry je zugegeben hatte, bei irgendetwas Probleme zu haben. Doch bevor er etwas darauf antworten konnte, räusperte Barry sich vernehmlich.

Wie auf Knopfdruck machten die Sorgenfalten seinem professionellen Gesichtsausdruck Platz. „Du wirst das heute rocken, da bin ich mir sicher. Ich habe deinem Wunsch entsprochen und ihnen verboten, dich nach deinem Liebesleben und insbesondere dieser Kate zu fragen."

Jordan schnaubte. Er hatte kein Liebesleben mehr, seit er Dawsonhills verlassen hatte. Einmal hatte er es mit einem Mädchen aus dem Backgroundchor versucht, aber bereits der Kuss hatte nach nichts geschmeckt, so dass es gar nicht erst zu mehr gekommen war.

„Du weißt, wie sehr ich Interviews hasse."

„Das weiß ich, und genauso gut weiß ich, dass du nach dem, was du geleistet hast, vor niemandem Angst zu haben brauchst. Lass die Leute denken, was sie wollen. Du bist Kenny, Mitglied einer erfolgreichen Band, der ein paar Millionen auf dem Konto hat und seiner Plattenfirma satte Einnahmen verschafft. Du schreibst tolle Songs, die eure Fans lieben. Auch und vermutlich genau deshalb, weil du bist, wer du bist. Mach dir keine Sorgen."

Überrascht sah Jordan ihn an. Das Lob verwunderte ihn. Diese Art von weicher Seite zeigte sein Manager sonst nicht. Er fragte sich, wie stark Barrys Probleme tatsächlich waren, wenn er plötzlich so emotional wurde.

Seine Gedanken wanderten zu dem Tag, als sie sich kennengelernt hatten. Jordan hatte mit seiner Gitarre in irgendeiner Nebenstraße Manhattans gestanden und sogar ein paar Zuschauer angesammelt. Eben hatte er einen Nirvana-Song beendet, als sich ein teuer gekleideter, kleiner Mann vorbeugte. Jordan hoffte schon auf einen ordentlichen Schein.

Stattdessen hatte der Typ ihm eine Visitenkarte in den Indiana-Jones-Hut gelegt, der als Kasse fungierte. „Du hast eine phänomenale Stimme. Wenn du hier raus willst und ein bisschen Disziplin hast, mache ich dich zu einem Star. Überleg es dir und ruf mich an."

Verwundert hatte Jordan ihm nachgesehen. Erst einige Augenblicke später, als der merkwürdige Kerl längst im Getümmel der Menschen verschwunden war, hatte er die Karte aus dem Hut genommen und in der Hand gedreht. Ob der Anzugträger es ehrlich meinte?

Die Sache hatte ihm keine Ruhe gelassen. Gleich am nächsten Tag suchte er die angegebene Adresse auf. Beinahe überrascht war er gewesen, dass das imposante Gebäude mitten in Manhattan tatsächlich eine Plattenfirma beherbergte. Versuchsweise betrat er die Lobby. Allerdings wurde er direkt von dem vierschrötigen Pförtner abgefangen, der ihn abfällig musterte. „Was willst du hier?“

Jordan kannte den Blick. Den Blick, mit dem Leute ihm sagten, dass er nichts wert war. Diesen Blick hatte er sein Leben lang gesehen und sich dagegen gewappnet. Trotzig schob er das Kinn vor. „Ich möchte Mr. Barry Brunswick treffen.“

Der Pförtner lachte. „Den kann man nicht einfach so treffen. Glaub mal nicht, dass hier jeder mit der Gitarre reinspazieren und ein Star werden kann.“

Jordan hatte genug gehört. Den Mann von der Visitenkarte kannte man hier. Er änderte seine Strategie und warf ein paar Münzen in einen der letzten Münzfernsprecher in einer schmuddeligen Ecke der U-Bahn und machte einen Termin mit Barrys ausnehmend freundlicher Sekretärin. Der Rest war Geschichte.

Er nahm sich vor, einen guten Auftritt in der Show hinzulegen und der Charme in Person zu sein. Er verdankte Barry quasi sein gesamtes Dasein und auch, wenn ihn dessen invasive Art manchmal zur Weißglut brachte, wusste er doch, dass er ohne ihn niemals diesen Erfolg gehabt hätte.

Die Moderatorin Donna Parker besuchte ihn mit einem Notizbuch bewaffnet in seiner Garderobe, während ihm die Visagistin alle Spuren von Übernächtigung und Schweiß aus dem Gesicht puderte.

„Kenny, wie schön, Sie heute bei uns zu haben. Können wir einmal die Fragen durchgehen?“ Geziert fuhr Donna sich durch die Haare und grinste ein blendend weißes Lächeln. Für die Morgenstunden war sie extrem stark geschminkt.

Sie einigten sich darauf, dass sie sich über die neuen Songs, die Tour und natürlich die unglückliche Verschiebung der lange angekündigten Show unterhalten würden. Als alles besprochen war, verschwand die Moderatorin wieder.

Barry klopfte ihm aufmunternd auf die Schulter. „Du machst das schon. Ich bin im Publikum.“

Jordan folgte einer jungen Aufnahmeassistentin, die die Augen nicht von ihm wenden konnte und bei jedem Satz an ihn errötete, in das Studio. Sie war nicht der Typ, auf den er sonst stand. Aber sie hatte ein schüchternes Lächeln und ihre Haare schimmerten beinahe so rot wie Kates. Er überlegte, ob es einen Versuch wert wäre, sie auf einen Drink einzuladen. Vielleicht könnte sie ihm helfen, seine ständigen Gedanken an Kate in ihre Schranken zu weisen.

„Einen Moment noch.“ Sie deutete auf ihren Kopfhörer und lauschte den Stimmen in ihrem Ohr. Die Moderatorin kündigte ihn an. „Jetzt.“

Jordan verwarf den Gedanken an ein Date wieder, marschierte herein und nahm auf einem Sofa Platz, das die obligatorische rote Farbe hatte. Waren in Fernsehstudios eigentlich alle Sofas rot? Er hatte schon einige Sofainterviews gegeben und in seiner Erinnerung immer auf rotem Leder gesessen.

„Kenny, Traum aller Mädchen!“, flötete Donna Parker. „Ich wüsste ja zu gern, wer von unseren jungen Zuschauern sich heute extra einen Wecker gestellt hat, um hier live dabei zu sein.“ Sie zwinkerte direkt in die Kamera. „Liebe Eltern, Sie dürfen den Senderchef darum bitten, dass Kenny hier morgens um fünf Dauergast wird, damit Ihre verschlafenen Teenager schnell aus dem Bett kommen!“

Mit der Faszination des Grauens beobachtete Jordan, dass sich beim Sprechen nur ihr Mund bewegte, während die Augenpartie in der festgefrorenen Schönheit einer Sphinx verharrte.

„Kenny, verraten Sie mit bitte, was führt Sie heute hierher?“

Jordan verschluckte sich fast an dem Wasser, an dem er gerade genippt hatte. Als wäre er freiwillig hier und zufällig vorbeigekommen. „Wenn ich ehrlich bin, wir haben darum gewettet, wer dieses frühe Interview machen muss und ich habe leider verloren.“ Nun blickte er in die Kamera, die ihm am nächsten war. „Jungs, wenn ich zurückkomme, wecke ich euch mit einem Eimer Wasser, nur damit ihr es wisst!“

Aus dem Publikum, das vorwiegend aus Frauen mittleren Alters bestand, kamen vereinzelte Lacher. Jordan konnte nicht umhin sich zu fragen, wer allen Ernstes mitten in der Nacht aufstand, um Zuschauer in einer Frühstückssendung zu sein.

Donna Parker kniff die Lippen zusammen und er ahnte, wie es hinter der Botoxwand brodelte. Vermutlich überlegte sie, ob das eine versteckte Beleidigung für ihre Sendung war. Dann aber schob sie entschlossen ihr Lächeln zurück in ihr Gesicht und schlug die Beine übereinander.

„Das habe ich mir gedacht. Ihr Rockstars seid typische Nachtmenschen, da passt jedes Klischee, oder?" Dabei neigte sie sich vor und sah ihm vielsagend in die Augen. Er kannte diesen Blick und die unverhohlene Einladung darin.

„Selbstverständlich", antwortete er mit seiner samtigsten Stimme, rückte aber ein wenig von ihr weg. „Wenn ein Konzert um 23 Uhr endet, ist man meist so voller Adrenalin, dass es ein Ding der Unmöglichkeit ist, früher schlafen zu gehen."

„Könnte es sein, Kenny, dass Sie mir eigentlich einen anderen Grund nennen wollten, warum Sie hier sind? Meinen Informationen nach hätte das Konzert in Boston heute Abend stattfinden sollen, nicht wahr? Was ist passiert?"

Jordan zuckte bedauernd die Schultern. „Im Grunde genommen lag alles an einem Presslufthammer." Er machte eine Kunstpause, um die Spannung zu steigern. Er hatte vorher mit Barry genau besprochen, wie er es sagen würde. „Ein Bauarbeiter wollte vor der Boston Concert Hall bloß ein neues Schild aufstellen und hat dabei versehentlich eine Wasserleitung getroffen. Mit dem Ergebnis, dass die Concert Hall komplett unterspült ist."

„Und jetzt?", fragte die Moderatorin mit gespielter Spannung.

„Jetzt habe ich paar freie Tage in Boston, bis unsere Jungs die Show stattdessen im Congress Center aufgebaut haben. Danke übrigens an die Veranstalter, die das so unkompliziert möglich gemacht haben. Wir wollten unsere Fans ja nicht enttäuschen."

„Die ist dann am Mittwoch, richtig?"

„Genau! Wir hoffen natürlich, dass es alle schaffen, an dem neuen Termin zu erscheinen."

„Als kleine Entschädigung habt ihr euch noch ein paar Sachen für die Fans ausgedacht, oder? Ich habe gehört, dass der Gewinner der lokalen Ice-Bucket-Challenge sich über ein Meet and Greet mit euch freuen kann?"

Das hatte Jordan schon wieder vergessen. Er unterdrückte ein Schmunzeln darüber, was für verrückte Dinge manche Menschen tun würden, um ihren Schwarm zu treffen.

„Ja, wir sind sehr gespannt, auf wen wir da treffen werden", entgegnete er so neutral wie möglich.

Das Interview plätscherte voran. Dann brachte ihm jemand eine Gitarre und er sang einen Ausschnitt aus dem neuen Song „Missing under the Mistletoe", den es bislang nur als Liveaufnahme gab. Grade wollte er sich wieder auf das Sofa setzen, da kreischte eine hohe Frauenstimme „Kenny, Kenny!"

Eine der Zuschauerinnen pfefferte ihm ein rotes Bündel entgegen, das er gerade noch so fangen konnte. Er blinzelte überrascht und erkannte, dass es sich um ein Set aus Spitzenunterwäsche handelte, das um ein stabförmiges, silbernes Ding gewickelt worden war und das eine der Besucherinnen ihm zugeworfen hatte.

Selbstverständlich wurde sofort ein Scheinwerfer auf das Publikum gerichtet, um die Werferin gut mit ins Bild zu bekommen. Als sein Blick sich mit dem der Frau kreuzte, erblickte er zu seinem Schrecken ein Gesicht, das ihm aus seinem letzten Besuch in einem Bostoner Nachtclub nur allzu bekannt vorkam. Böse blitzten die Augen ihn an. Sie schien ihre Begegnung leider nicht nur in guter Erinnerung zu haben.

Überrascht blickte die Moderatorin in an. „Ist alles in Ordnung?"

Hastig ließ er das silberne Spielzeug zwischen die Ritzen des Sofas gleiten und hielt stattdessen den roten Spitzen-BH in die Höhe. „Natürlich. Ich glaube, ich habe mal wieder ein besonders freundliches Geschenk bekommen." Er wandte sich gespielt galant an die Zuschauer. „Vielen Dank."

Donna Parker lachte. Er grinste in typischer Sonnyboymanier und schwor sich innerlich, den bestimmten Club nie wieder aufzusuchen.

„Kenny, Kenny, Sie sind aber auch ein Charmeur. Ich glaube, Sie haben vor ein paar Wochen unzählige Frauenherzen gebrochen, als Ihre Beziehung mit dieser Studentin bekannt wurde."

Jordan versteifte sich. Alarmiert blickte er zu Barry hinüber.

Der zuckte mit den Schultern und bat ihn mit einer Geste, die Ruhe zu bewahren.

„Beziehung? Ich denke, da haben ein paar Leute etwas falsch verstanden." Betont gelassen lehnte Jordan sich auf dem Sofa zurück. Er gratulierte sich innerlich dazu, durch das Leben auf der Straße sein Pokerface perfektioniert zu haben, eine Fähigkeit, die ihm jetzt sehr willkommene Dienste leistete. Denn tatsächlich erschien vor seinem inneren Auge sofort der Moment, als er sie das erste Mal geküsst hatte. Was sie jetzt wohl tat? Dachte sie noch gelegentlich an ihn oder hatte sie die

Geschichte, die ihn immer noch beschäftigte, längst ad acta gelegt und sich einen passenderen Mann gesucht, der beim nächsten Weihnachtsfest in Dawsonhills dabei sein würde?

„Sicher? Ich würde ja beinahe sagen, da sprechen die Fakten für sich!" Donna Parker kicherte süffisant und gab der Regie ein Zeichen.

Auf dem Monitor hinter ihnen, der die gesamte Breite des Sets einnahm, erschienen eine Aufnahme von ihm und Kate draußen vor der Kirche. Kates Wangen waren von der Kälte gerötet. Die langen Wimpern umschatteten ihre Augen wie ein Schleier. Er dachte daran, wie sie ihn erschrocken angestarrt hatte, als er an die Autoscheibe geklopft hatte. An das Funkeln in ihrem Blick, als er bei ihrer Familie in der Tür stand. Die Art, wie sie auf der Unterlippe kaute, wenn sie verlegen war. In Kate Gegenwart hatte er sich wohl gefühlt. Hatte das Gefühl gehabt, sie schon eine Ewigkeit zu kennen. Durch die Rolle, die sie ihm zugedacht hatte, war er sich unbeschwert und frei vorgekommen. Es war, als hätte sein Leben auf einem unbeschriebenen Blatt neu begonnen und er konnte sein, wer er wollte. Nicht der, den alle von ihn erwarteten.

„Darf ich rekapitulieren", begann die Moderatorin mit diesem falschen Lächeln. „Sie besuchen an Weihnachten eine junge Frau, gehen mit der gesamten Familie zum Gottesdienst, als wäre sie Ihre Verlobte. Und jetzt sagen Sie – was? Dass das alles nichts zu bedeuten hat? Dass das nicht auf eine offizielle Beziehung hindeutet?"

Sie beugte sich vor, so dass er einen guten Blick auf ihre Brüste hatte, die ihm aus einem engen Top quasi entgegensprangen und die prüde Kostümjacke, die sie darüber trug, unnütz machte. „Mir können Sie es sagen, Kenny: Hat etwa Ihr Manager etwas damit zu tun? Man hört immer wieder von Knebelverträgen und einem offiziellen Verbot von Beziehungen.“

Wut stieg in ihm auf, erst allmählich, dann stärker und stärker. Er kannte dieses Gefühl genau. Es war das Gefühl, mit dem er sich Ärger einhandelte. Es kochte hoch, wenn jemand versuchte, ihn zu manipulieren. Ein Überbleibsel aus seiner Zeit im Heim und in den Pflegefamilien. Das war schon immer das Problem bei Interviews gewesen.

Er versuchte, tief ein- und auszuatmen und vermisste sein Medaillon, das ihm früher in einer solchen Situation geholfen hatte. Seit er es verloren hatte, überfiel ihn die Unruhe viel stärker.

„Das müssen Sie am besten meinen Manager fragen, der kennt sich mit meinen Verträgen besser aus als ich“, sagte er mit mühsamer Beherrschung.

Leider dachte Donna Parker nicht daran, ihr Opfer vom Haken zu lassen.

„Mir können Sie es doch sagen: Hat man Sie gezwungen, Ihre große Liebe im Stich zu lassen?“

Er sprang auf. Dass das Wasserglas vor ihm dabei scheppernd zu Boden ging, war ihm egal. Er hatte genug und würde es nicht zulassen, dass sie Kate in den Dreck zog. „An der Geschichte war nie etwas dran, wann kapiert ihr das endlich? Ich habe und hatte nie eine Beziehung mit diesem Mädchen aus dem verdammten Dawsonhills.“

Mit diesen Worten stürmte er aus dem Studio. Er musste hier raus, bevor er noch mehr sagte, was er bereuen würde. Ein Kameramann stellte sich ihm in den Weg und versuchte, ein Close-up von seinem Gesicht zu machen. Jordan rannte so nah an ihm vorbei, dass er ins Taumeln geriet. Die Aufnahmeassistentin starrte ihn mit offenem Mund an. Eine Gruppe Kabelträger klatschte Beifall. In der Garderobe schnappte er sich sein Zeug und schaffte es fast bis zum Ausgang, als Barry neben ihm auftauchte.

„Jordan, verdammt!" Wenn sie unter sich waren und Barry besonders aufgebracht war, sprach er ihn mit seinem normalen Namen an, damit Jordan nicht vergaß, wo er herkam und wem er es zu verdanken hatte, wo er jetzt war. „Das gibt einen Skandal!"

Jordan schüttelte die Hand ab, die ihm Barry auf den Arm gelegt hatte, und rannte den Gehweg entlang. Sein Fluchtinstinkt hatte die Führung übernommen. Er musste weg. Dringend weg von allem und jedem. Doch Barry ließ nicht locker. Mit erstaunlicher Kondition keuchte der kleine, korpulente Mann neben ihm her.

Plötzlich blieb er schnaufend stehen. Jordan drehte sich zu ihm um. Barry war kreidebleich und atmete schwer. Schlechtes Gewissen flutete Jordan. Wenn Barry jetzt einen Herzanfall bekam, würde er es sich nie verzeihen. Barry war in einem desolaten körperlichen Zustand. Er musste dringend etwas für seine körperliche Fitness tun.

„Barry, was machst du denn! Du sollst mir doch nicht hinterlaufen!"

„Und du sollst nicht wütend durch die Stadt rennen. Am Ende läufst du noch vor ein Auto!", entgegnete sein

Manager keuchend. „So langsam reicht es mir mit dem ständig nach dir Suchen!"

Machte Barry sich etwa tatsächlich Sorgen um ihn als Person? Plötzlich fiel die Wut von ihm ab und wich Beschämung. Immerhin hatte er sich für heute mustergültiges Verhalten vorgenommen. Das hatte er ja wieder toll hingekriegt.

„Entschuldige bitte", sagte Jordan zerknirscht. „Komm, wir gehen zu deinem Auto."

Als sie im Auto saßen, hatte Barrys Gesicht eine rosigere Farbe angenommen. „Was hältst du davon, heute mit zu mir zu kommen? Du scheinst mir sehr aufgebracht und ein bisschen Ablenkung tut dir vielleicht gut."

Ablenkung in Form von kleinen Kindern und turbulentem Familienleben brauchte Jordan eigentlich nicht. Doch er wollte sicherstellen, dass Barry heile zuhause ankam und auf Paparazzi hatte er heute auch keine Lust mehr. Deshalb nahm er die Einladung an.

Es dämmerte, als sie auf den Highway einbogen. Reste des Schnees der vergangenen Wochen säumten den Rand der Fahrbahn. Hupend drängten die Pendler auf die überfüllte Straße.

Kapitel 19

Barrys Haus lag in dem Teil von Boston, in dem die wohlhabenderen Familien wohnten. Hübsche, mehrstöckige Einfamilienhäuser, pittoreske Straßen und zudem unweit des breiten Sandstrandes. Momentan hatte sein Manager allerdings wenig Sinn für die Schönheit seiner Umgebung. Während sie unterwegs waren, tippte Barry unablässig auf seinem Handy herum, ignorierte dafür einige Anrufe und fluchte ein paarmal laut vor sich hin. Dabei wurden die Sorgenfalten auf seiner Stirn immer größer.

„Nicht gut, wirklich nicht gut", murmelte er.

Jordan versuchte, sein schlechtes Gewissen zu ignorieren. Er war noch nie gut mit Interviewterminen gewesen. Sein Temperament ging einfach zu schnell mit ihm durch. Barry wusste das. Wieso hatte er ihn in die Show gedrängt? Was auch immer er damit bezweckt hatte, es war nach hinten losgegangen.

Als er einen vorsichtigen Blick auf sein Smartphone warf, merkte er mit sinkendem Mut, dass die Reaktionen im Internet nicht auf sich warten ließen. Es war alles zu lesen, von Applaus darüber, dass endlich einmal jemand der Moderatorin die Meinung gegeigt hatte, bis zu aberwitzigen Spekulationen über Jordans Geisteszustand und die Frage, welche Sorte Drogen er nahm. Immer wieder wurde die Szene abgespielt, in der er im Studio aufsprang und wütend gestikulierte, während auf der Leinwand im Hintergrund der Kuss zu sehen war.

Da machte er in der Tat keinen guten Eindruck. Die Angelegenheit ging ihm augenscheinlich zu nahe, was die Gerüchteküche nur noch weiter ankurbeln würde. Nicht ohne Grund hatte er sich im Vorfeld jede Frage zu Kate verbeten. Er wusste schlichtweg nicht, wie er zu der Sache stand. Überraschenderweise glitten seine Gedanken immer wieder zu den Ereignissen in Dawsonhills. Kate beherrschte sie in einer Weise, die er zuvor nicht erlebt hatte. Zu allem Überfluss konnte er mit niemandem darüber reden. Seine Jungs hätten sich weggeschmissen bei der Vorstellung, dass er einer Frau nachweinte, die er gerade mal vierundzwanzig Stunden lang gekannt hatte.

Doch es gab ein weiteres Problem. Über kurz oder lang musste er nach Dawsonhills zurück. Denn er war sich mittlerweile sicher, dass er sein Medaillon in ihrem Zimmer verloren hatte. Er hatte es noch nie abgelegt. Wohin auch immer er ging, es war dabei. Immerhin war es seine einzige Verbindung zu seiner Vergangenheit. Er musste es in der Nacht mit Kate verloren haben.

Kaum hatten sie Barrys Wagen in der Einfahrt geparkt, wurde die Tür aufgerissen.

„Wo sind Sie gewesen? Ich bin nicht der Babysitter für Ihre kleinen Teufel!" Eine schwarzhaarige Frau mit Küchenschürze redete wild gestikulierend auf Barry ein. Sie wirkte erschöpft. Der Dutt auf ihrem Kopf war zerrupft.

Barry machte eine beschwichtigende Geste. „Bitte beruhigen Sie sich, Faye! Ich bin ja jetzt wieder hier. So lang sind die Jungs doch sicher noch nicht auf den Beinen."

„Ich habe genug. Ich kündige!"

„Wie kommen Sie denn auf so etwas! Faye, ich bitte Sie. Wir kennen uns doch schon eine Ewigkeit und sind gut miteinander angekommen. Wie wäre es mit einem Zuschlag für die zusätzliche Mühe?"

Die Frau wedelte abwehrend mit ihren Händen. Dann verzogen sich ihre Mundwinkel verächtlich. „Ich habe ein wirklich gutes Angebot von Mrs. Huber. Ohne Kinder. Einen schönen Tag noch!"

Sie zerrte sich die Schürze über den Kopf und pfefferte sie Barry vor die Füße. Dann holte sie ihre Handtasche und stolzierte hoch erhobenen Hauptes und grußlos an ihnen vorbei.

Einen Augenblick lang fürchtete Jordan, dass Barry zusammenbrechen würde. Doch dann fischte er bloß die Schürze vom Boden und wankte die drei Stufen zum Eingang hoch.

Jordan riss die Augen auf, als sie hineingingen. Das Haus war in einem Zustand derartiger Verwüstung, als hätte es einen Einbruch gegeben. Doch – wie Jordan wenig später verstand – war es kein Einbruch, sondern vielmehr einen Ausbruch gewesen. Einen Wutausbruch von zwei kleinen Jungs, die alles dafür gegeben hatten, die Frau von vorhin loszuwerden.

Der Geruch nach Verbranntem stieg ihm in die Nase. „Kocht da was auf dem Herd?"

Barry stürzte in die Küche und versenkte einen Topf, der bereits gefährlich rauchte, in der übervollen Küchenspüle. Überall stapelte sich das Geschirr.

Jordan rutschte auf einem ausgegossenen Jogurt aus und konnte sich gerade noch am Tisch festhalten. Was war hier bloß los? Barry war einer der bestverdienenden Musikagenten der Ostküste. Wieso sah es hier so aus?

„John? Paul? Wo seid ihr, ihr Satansbraten?", rief Barry. Suchend schlich er durch das Wohnzimmer, auf dessen Polsterlandschaft eine dicke Schicht weißer Daunen den Eindruck erweckten, draußen im Schnee zu sein. Mehrere aufgeschlitzte Kissenhüllen ließen den Verdacht aufkommen, dass hier eine Kissenschlacht eskaliert war.

Jordan, der bemerkt hatte, dass Barrys Gesicht wieder eine ungesunde rote Farbe angenommen hatte, folgte ihm auf dem Fuß, besorgt, dass es doch noch auf einen Herzanfall hinauslaufen könnte.

„John? Paul?", rief Barry erneut. Nun zeigte sich ein Anflug von Sorge in seiner Stimme. „Wo stecken die beiden bloß?"

Das Rätsel löste sich, als sie ein luxuriöses Marmorbad erreichten. In einer Wolke aus duftenden Schaum plantschten zwei dürre, nackte Kindergestalten, die kleinen Körper voll mit rot-schwarzen Zeichnungen. Offenbar hatten sie einen Schminkkoffer gefunden und sich damit verschönert.

Als die beiden ihren Vater erblickten, grinsten sie ertappt. Dann sprangen sie mit einer Begeisterung auf ihn zu, die Barry sämtliche Wut aus den Segeln nahm.

„Papa, spielen wir heute Fußball? Können wir draußen ein Baumhaus bauen?" Die beiden vielleicht sechs und achtjährigen Rabauken schlangen bittend ihre Arme um Barrys Hals, der mit einem Ausdruck totaler Erschöpfung auf den Wannenrand gesunken war.

Jordan hatte Barry noch nie so gesehen. So erschlagen, so besorgt, so – menschlich. Bislang war Barry immer derjenige gewesen, der jedes Problem gelöst hatte, sei es groß oder klein.

„Barry, willst du mir nicht sagen, was los ist?", fragte Jordan.

Aus Barry war nichts herauszukriegen, auch nicht auf die Frage, wo eigentlich seine Frau steckte. Er starrte nur blicklos an die Badezimmerdecke. Nur manchmal entlockte ihm eines der Kinder ein müdes Lächeln. Jordan überlegte, was er tun konnte. Als Erstes zog er den Stöpsel aus der Badewanne, um die Schaumparty im Badezimmer aufzulösen. Dann schnappte er sich die beiden Jungen und duschte ihnen die Spuren der Farbschlacht vom Körper. Währenddessen schaute Barry ihm nur stumm und mit mildem Interesse zu. Jordan fragte sich, ob er vielleicht unter Schock stand.

„Wo ist denn eigentlich eure Mom?", erkundigte er sich bei Paul oder John, nachdem er sie in zwei Jogginganzüge gesteckt hatte.

Glücklicherweise hatte er aufgrund seiner vielen Pflegefamilien einige Erfahrung mit Kindern.

„Auf Bali", lispelte der Größere von beiden. Mehr war aber aus ihnen nicht herauszukriegen.

„Wir haben Hunger", sagte der Kleinere. Jordan dachte an die verbrannte Milch auf dem Herd. Hätte das ihr Essen werden sollen?

„Hm", machte Jordan, nachdem er den Kühlschrank inspiziert hatte, „ich habe einen Vorschlag: Ich mache ein paar Pancakes, dafür schnappt ihr euch den Staubsauger und räumt das Wohnzimmer auf."

Die beiden Kleinen schauten ihn überrascht an. Dann rief der eine: „Ja, Staubsaugen!" und gemeinsam machten sie sich fröhlich quiekend ans Werk.

„Wer sind Sie, die Supernanny?", erklang Barrys Stimme hinter ihm, als er bereits das Meiste der Unordnung in der Küche beseitigt und nebenbei einen Berg Pancakes gebacken hatte.

„Und du? Wieder bei den Lebenden angekommen?" Jordan grinste.

Barry fuhr sich mit der Hand über die Stirn. „Tut mir leid, ist grad alles etwas viel. Und als dann auch noch meine Haushälterin die Schürze geschmissen hat ..." Er seufzte.

„Du bist blass. Brauchst du nicht vielleicht doch einen Arzt?"

„Es geht schon – räumen meine beiden Jungs grad allen Ernstes auf?"

„Sind ganz liebe Kinder, oder?"

„Bis auf die Tatsache, dass sie zehn Babysitter in vierzehn Tagen verschlissen haben."

„Ernsthaft? Wieso steckt denn deine Frau auf Bali?"

„Wer hat dir das erzählt?"

Jordan deutete auf die lieben Kleinen, die mit der dritten Runde Saugen soeben fertig waren.

„Ich erzähle dir gleich die ganze Geschichte, ok? Ich setze mich bloß ganz kurz auf das Sofa."

Wenige Augenblicke später war er eingeschlafen. Jordan fütterte die beiden Jungs mit Pancakes, bis sie fast platzten und ließ sich dann zu einer Runde Fußball im Garten überreden, die sie erst abbrachen, als dicke Schneeflocken ein erneutes Eintreten des Winters verkündeten. Zwischendurch überprüfte Jordan, ob Barry noch atmete, denn ihm bereitete das tiefe Schlafen seines Managers am helllichten Tag langsam aber sicher Sorgen. Doch erst das Klingeln des Pizzabotens am Abend riss Barry endlich aus dem Schlaf.

„Um Gottes Willen, es ist ja schon dunkel!" Mit weitaufgerissenen Augen starrte Barry Jordan an. „Entschuldige, ich bin wirklich tief eingeschlafen."

„Es scheint, dass es nötig gewesen ist."

„Papa, du Schlafmütze!" John boxte seinen Vater an den Arm.

„Jordan hat mit uns Fußball gespielt und Verstecken!", verkündete Paul.

„Wer will Pizza?" Jordan platzierte Stücke der bereits vorgeschnittenen Pizza auf Tellern und reichte sie den Kindern.

Barry starrte ihn an. „Seit wann kannst du so gut mit Kindern?"

Jordan lachte. „Du ahnst nicht, wie oft ich früher auf meine Geschwister aufpassen musste. Das verrate ich aber nicht jedem."

„Also, falls du einen neuen Job brauchst …"

„Und ich dachte, du brauchst mich und die Band als Cash Cow!"

Hungrig häufte Barry sich Pizza auf seinen Teller. „Hm, hast du heute gut bestellt, Schatz!", witzelte er.

Kurze Zeit später brachte Barry zwei müde Kinder ins Bett und setzte sich danach zu Jordan, der es sich auf der Sofalandschaft bequem gemacht hatte. „Willst du auch ein Bier?", fragte er.

„Ich trinke nicht, das weißt du doch!", entgegnete Jordan.

„Stimmt. Ich bin grad etwas durch den Wind." Barry trank durstig einen großen Schluck direkt aus der Flasche. „Am Besten, du bleibst dabei. Vermutlich brauche ich dich noch eine ganze Weile als Cash Cow. Mir steht nämlich eine verdammt teure Scheidung bevor."

Nun hatte er die Katze aus dem Sack gelassen.

„Scheidung? Ich habe mich schon die ganze Zeit gefragt, was Belinda auf Bali macht. Tut mir echt leid, Mann!"

„Mir auch! Besonders, dass sie es sich jetzt mit ihrem neuen Lover auf meine Kosten gut gehen lässt. Aber vermutlich bin ich selbst schuld. Ich habe einfach zu viel gearbeitet und meine Frau vernachlässigt. Schicksal würde ich es nennen."

„Aber wieso lässt sie ihre Kinder zurück?"

„Ach, sie meinte, dass sie die ganze Zeit zurückgesteckt hat und es jetzt einfach mal meine Aufgabe sei, für alles zu sorgen. Wenn du also eine zuverlässige Nanny kennst, die sich von meinen zwei Satansbraten nicht abschrecken lässt – immer mal hier damit!" Er ließ die Schultern hängen. „Was bin ich bloß für ein Manager. Da lasse ich meinen besten Künstler auf meine Kinder aufpassen, während ich auf dem Sofa schlafe! Dabei wollte ich dich doch auf andere Gedanken bringen!"

Jordan lachte. „Das ist dir gelungen. Wenn man versucht, die beiden von allzu viel Blödsinn abzuhalten, kann man gar nicht mehr wirklich grübeln. Insofern ist dein Plan aufgegangen."

„Was ist denn eigentlich bei dir los? Ich hätte nicht gedacht, dass dir diese Kate irgendetwas bedeutet hätte, aber mir scheint, dass du seit der Reise nach Dawsonhills nicht mehr derselbe bist. Hast du dich etwa doch verliebt?"

Gefühle waren eine Sache, über die er nicht gern sprach. Besonders, weil er sich diese Frage auch schon gestellt hatte, ohne zu einem Ergebnis gekommen zu sein. Er war vernünftig genug, zu wissen, dass man sich nicht in einer derart kurzen Zeit verlieben konnte, dass das, was er für Kate empfand, eigentlich nur in einem seltsamen Überschuss an Testosteron wurzeln konnte.

Sicher, Kate war interessant und attraktiv. Aber das waren viele andere junge Frauen ebenfalls und von Ally einmal abgesehen, hatte er noch nie den Wunsch verspürt, sich häufiger mit jemandem zu treffen. Bislang hatte er guten Sex durchaus von Gefühlen unterscheiden können und mehr war es nicht gewesen. Oder doch?

Vielleicht war er einfach in einer derartigen emotionalen Ausnahmesituation gewesen, dass er sich jetzt an den Strohhalm von Liebe klammerte, wo er bei der Suche nach seinen Eltern gescheitert war. Nachdem er die Geschichte mit Ally derart an die Wand gefahren hatte, hatte er sich vorgenommen, um Gefühle einen noch größeren Bogen zu machen, außer wenn er sie sich für seine Musik zunutze machen konnte.

„Wir kannten uns kaum, wie soll ich mich da verliebt haben?", gab er zurück. „Vielleicht bin ich etwas durch den Wind, weil ich meinen Glücksbringer verloren habe.“

„Dein Amulett? Wo hast du es denn verloren?“

Jordan blickte auf seine Finger. „Vermutlich in Kates Zimmer.“

Barry rieb sich vielsagend das Kinn. „Verstehe. Aber dann solltest du es doch zurückbekommen können. Hast du sie mal angerufen und gefragt, ob sie es gefunden hat?“

Jordan zuckte die Achseln. „Da bin ich irgendwie nicht zu gekommen.“

Barry schlug die Hände über dem Kopf zusammen. „Nicht zu gekommen? Irgendwie verstehe ich diese Geschichte zwischen euch immer weniger.“

„Vielleicht liegt es daran, dass du nur einen Teil der Geschichte kennst.“ Jordan berichtete ihm mit knappen Worten, wieso er wirklich in Dawsonhills gewesen war und was dort geschehen war.

Als er damit fertig war, funkelten die Augen seines Managers aufgeregt. „Und du bist dir sicher, dass du das Weihnachtswunder warst?“

Misstrauisch blickte Jordan ihn an. „Oh nein, das wirst du nicht für irgendeine Kampagne missbrauchen. Das ist meine Privatsache.“

„Bei einem Star ist nichts privat. Das ist wirklich eine krasse Geschichte. Ehemaliges Straßenkind entpuppt sich als leibhaftiges Weihnachtswunder. Stell dir mal vor, wie deine Fans auf diese Story reagieren? Sie werden euch eure Songs förmlich aus den Händen reißen.“

„Nein, nicht, auf gar keinen Fall, Barry, und das meine ich völlig ernst.“

Barry rieb sich über die Stirn. „Willst du gar nicht wissen, was damals wirklich geschehen ist?“

„Vermutlich ist es das Beste, wenn ich mit der Sache abschließe.“

„Aber wie willst du mit etwas abschließen, wenn du die Fakten nicht vollständig kennst? Du musst noch einmal mit Selma sprechen.“

Jordan seufzte. „Das habe ich auch schon gedacht. Nur leider geht sie nicht ans Telefon.“

„Dann musst du hinfahren. Dabei kannst du gleich deinen Glücksbringer wieder einsammeln.“

„Du bist lustig. Wir sind gerade auf Tour.“

„Genau. Das nächste Konzert ist erst am Mittwoch. Wir können problemlos morgen hinfahren, wenn die Jungs ihr Hockey-Training hinter sich haben, und Dienstagabend spätestens wieder entspannt in Boston sein, kein Problem. Und dann schreibst du ein paar tolle Balladen darüber.“

„Wir?“

„Nun ja, vielleicht kann ich Maria ja doch überreden, für mich zu arbeiten. Damit wäre ich ebenfalls aus dem Schneider.“

Jordan konnte es nicht fassen, aber am nächsten Tag saß er tatsächlich mit Barry im Auto auf dem Weg nach Dawsonhills. Doch nicht nur mit ihm.

„Die beiden nehmen dir auf der langen Strecke das Auto auseinander“, hatte Jordan zu Bedenken gegeben, als er die zwei mürrischen Kinder auf die Rücksitzbank bugsiert hatte.

„Keine Sorge, ich habe da schon eine Idee“, hatte Barry geantwortet.

So war das letzte Mitglied zu ihrer Reisegruppe gestoßen. Stella, ein vielleicht siebzehnjähriges Nachbarmädchen, das Barry mit der Aussicht auf einen echten Star überredet hatte, an der Reise teilzunehmen und sich um die Kinder zu kümmern.

Das würden heitere vier Stunden werden. Allerdings hatte er da noch nicht mit dem Schnee gerechnet.

Kapitel 20

„Flora Danilovic, ich gratuliere Ihnen ganz herzlich! Ihr Artikel ist genommen worden."

Ein Raunen ging durch die Menge der Studenten im altehrwürdigen Vorlesungssaal der Bingham Hall Library. Einige von ihnen hatten wochenlang an einem passenden Text gefeilt und ebenfalls gehofft, für das „Journal of Literature" infrage zu kommen. Nun blickten sie mit leichtem Neid auf die zu allem Überfluss auch noch langbeinige Schönheit Flora, der diese Ehre nun zuteilwurde.

Kate versuchte, sich für die Kommilitonin zu freuen, es gelang ihr aber nicht so recht. Denn bis dato hatte stets sie selbst als vielversprechendste Studentin des Jahrgangs gegolten. Tief in ihrem Inneren hatte sie es geahnt. Trotzdem sie so viel Zeit investiert und Nächte lang über den richtigen Wörtern gegrübelt hatte, hatte sie keinen Zugang zu dem Artikel gefunden.

Das lag zum Teil an den Unruhen in ihrem Leben. Das vergangene Weihnachtsfest hatte sie zu so etwas wie einer lokalen Berühmtheit gemacht. Denn das Foto mit Jordan, den die anderen ja nur als Kenny kannten, war unablässig in den sozialen Medien geteilt worden. Sie hatte nicht im Entferntesten geahnt, wie berühmt ihr Pannenhelfer war. Sogar ein paar Journalisten hatten ihr aufgelauert, als sie wieder in Yale angekommen war und versucht, ihr ein Statement zu ihrer vermeintlichen Beziehung mit ihrem Rockstar zu entlocken.

Auch der Neugierde der anderen Studenten hatte sie kaum entgehen können. Alle wollten wissen, was genau mit Kenny gelaufen war. Doch die Wahrheit war so absurd, dass es ihr ohnehin keiner geglaubt hätte. Immer noch fragte ständig jemand, was er gerade tat, wann das neue Album herauskäme oder ob die Band bald ein Konzert in der Nähe hatte. Das wusste sie so wenig wie alle anderen.

Seit dem Augenblick, als er mit Barry gegangen war, hatte sie nichts mehr von ihm gehört. Abgesehen von dem was das Internet so hergab. Sie hasste sich selbst dafür. Aber es hatte genug schwache Momente gegeben, wo sie jedes Fitzelchen an Informationen über ihn aufgesogen hatte.

Dabei musste man den Wahrheitsgrad der Instagram-Meldungen durchaus infrage stellen. Wenn man den Usern Glauben schenkte, hatte er seit Weihnachten mindestens zehn One-Night-Stands gehabt, zwei potenzielle Babys gezeugt, für George Clooneys Zwillinge ein Geburtstagsständchen gespielt und die Hauptrolle in einer Netflix-Serie ergattert.

Nachdem Floras Erfolg gebührend gewürdigt worden war, beendete Professor Kalsofsky seine Vorlesung. Eilig packten alle Notizbücher und Tablets ein und stürmten aus dem Saal. Den meisten Studenten hier war eines gemeinsam: Sie waren ständig in Eile. Die

Zeit war stets knapp, um zwischen den einzelnen Unterrichtseinheiten etwas zu essen und zu den nächsten Stunden zu hetzen. Oft musste man gut und gern zwanzig Minuten Fußweg zwischen den Vorlesungsorten einplanen. Es gab zwar einen Bus, mit dem man von einem Ende des weitläufigen Campus zum anderen fahren konnte, Kates Erfahrung nach fiel dieser aber gern ausgerechnet dann aus, wenn man es eilig hatte.

Auch sie wollte sich grad mit den anderen durch die Tür zur Dining Hall drängen, als Professor Kalsofsky sie zurückhielt.

„Kate, haben Sie einen Augenblick Zeit?" Sie seufzte innerlich. Sie ahnte, dass er mit ihr über den misslungenen Artikel sprechen wollte. Im Moment konnte sie sich eigentlich nichts Unangenehmeres vorstellen. Möglichst gefasst trat sie zu ihm.

Professor Kalsofsky, ein kleiner, zarter Mann, dessen Gesicht immer noch den rosig-weißen Teints eines hübschen Jungen hatte, obwohl er die sechzig längst überschritten hatte, fuhr sich mit der Hand durch die dunklen Locken.

„Tut mir leid. Ich hatte wirklich gedacht, dass Sie eine gute Chance haben."

Kate senkte den Kopf. „Es kommt für mich nicht überraschend. Ich bin nicht so richtig in das Thema hereingekommen."

Mitleidig legte Professor Kalsofsky ihr die Hand auf die Schulter. „Ich verstehe das." Schwermütig sog er die Luft ein. „Die Liebe ist eine Macht, die einen in den Himmel erheben und in die Erde versinken lässt. Versuchen Sie es das nächste Mal einfach wieder, wenn Sie Ihren Liebeskummer überwunden haben."

Kate starrte ihn an. Hatte sie da richtig gehört?

Ein unlesbarer Ausdruck glitt über das Gesicht ihres Professors. Er zuckte die Schultern. „Kann ja mal vorkommen. Es klappt das nächste Mal sicherlich eher, wenn Sie Ihre persönliche Situation wieder im Griff haben.“

Ruckartig hob Kate den Kopf und starrte ihn an. „Wie meinen Sie das?“ Was wusste er über ihre persönliche Situation?

Er nestelte an seiner Mappe herum und räumte seine Unterlagen herein. „Nun ja, Ihre unglückliche Liebes zu diesem Boygroupjungen ist doch ein offenes Geheimnis, oder? Professor Perkins hatte mich darauf hingewiesen, dass man auf Instagram ziemlich viel über seine Studenten erfahren kann. Schließlich ist ja hilfreich, zu wissen, wo Sie gerade so stehen.“

Kate war sprachlos. Dass sogar einer ihrer Professoren sich an den Gerüchten um ihre Liebesgeschichte ergötzte, hätte sie nicht im Entferntesten erwartet.

Professor Kalsofsky sah sie wissend an. „Das Leben spielt uns manchmal die seltsamsten Streiche. Oft wissen wir nicht, wieso bestimmte Dinge uns geschehen. Doch oft bringen sie uns persönlich weiter.“ Er seufzte theatralisch. „Ich selbst hatte zu meiner Zeit eine äußerst unglückliche Liebe zu verzeichnen. Monatelang habe ich mir die Augen ausgeweint, weil sie nichts mehr von mir wissen wollte. Doch sehen Sie, wohin es mich letztes Endes gebracht hat.“

Er deutete mit einer großen Geste auf den imposanten Vorlesungssaal. „Ohne eine tragische Liebesgeschichte hätte ich nie das wahre Wesen von Lord Byrons Literatur verstehen können und vermutlich nie die Ehre erlangt, in Yale zu lehren. Das sollten Sie sich immer vor Augen halten." Er zwinkerte ihr zu. „Ihre nächste Chance zu glänzen kommt sicher bald. Nun trauern Sie noch ein wenig und dann frisch ans Werk!"

Benommen legte Kate den Weg zu ihrem College zurück. Ihr war die Lust auf Gesellschaft genauso vergangen, wie der Hunger auf ein Mittagessen, seit die Sprache auf Jordan gekommen war. Ständig wurde sie auf die Geschichte mit ihm angesprochen und wusste nie, was sie darauf sagen sollte. Das Problem dabei war, dass sie immer noch viel zu häufig an ihn dachte und sich fragte, ob sie irgendetwas anders hätte machen können, oder ob es doch noch eine Chance gab, ihn wiederzusehen. In ihrem Träumen stand er plötzlich vor ihrer Tür, mit Blumen in der Hand und diesem Zwinkern in den Augen, das ihren Herzschlag beschleunigte. Aber natürlich war sie vernünftig genug zu wissen, dass das niemals geschehen würde.

Sie musste die Sache abhaken und sich auf das Studium konzentrieren. Doch das war leichter gesagt, als getan.

Außerdem wäre sie für einen Rockstar wirklich die falsche Freundin. Sie verabscheute Menschenmengen und zu viel Aufmerksamkeit. Sie kannte sich in der Branche kaum aus, weil sie bislang ganz andere Musik gehört hatte, auch wenn sie zugeben musste, dass sie sich inzwischen einige von Jordans Songs besorgt hatte. Es war definitiv besser so, wie es war.

Ein eisiger Wind pfiff durch die Gassen und sie zog ihren Parka fest um sich. Noch machte der Winter keine Anstalten, dem Frühling endlich das Feld zu räumen.

Das Leah-Chapper-College, in dem ihr Zimmer lag, befand sich im alten Teil des Campus, wo traditionell die meisten der neuen Studenten untergebracht waren. Als sie das erste Mal den Weg von der Bibliothek zu ihrem Zimmer gegangen war, hatte sie das Gefühl gehabt, in Hogwarts zu leben. Überall umrahmten sie mittelalterlich anmutende Gebäude mit unzähligen Erkern, Giebeln und Türmen.

Ihr eigener Raum lag in einem solchen Giebel, der von außen wie ein Teil des Schlosses eines Raubritters aussah. Im Inneren dagegen dominierte die Bauweise der 1970er Jahre mit viel Linoleum und einem Fahrstuhl, der sich nicht immer bequemte, Kate tatsächlich die sechs Stockwerke zu ihrer Wohnung hinauf zu transportieren. Dafür blieb es ihnen erspart, die Toilettenräume mit einem ganzen Stockwerk teilen zu müssen. Man musste Prioritäten setzen.

Da die meisten Studierenden um diese Zeit zum Essen in eine der Dining Halls gingen, erwartete sie, die Wohnung für sich zu haben, die sie sich sonst mit fünf anderen jungen Frauen teilte. Doch als Kate den Flur betrat, schallten ihr unmissverständliche Geräusche entgegen. Claire, ihre Zimmergenossin war zuhause und das offensichtlich nicht allein.

Kate ließ die Eingangstür mit einem lauten Krach zufallen, um auf sich aufmerksam zu machen. Schlagartig verstummten die Geräusche. Kurz danach streckte Claire den Kopf durch die Tür, die ihr gemeinsames Schlafzimmer vom Eingangsbereich trennte. Ihre sonst immer so ordentlich geföhnten Haare standen ihr wirr vom Kopf und ihr Gesicht zierte eine verräterische Röte.

„Was machst du denn schon hier? Ich dachte, du würdest erst heute Abend wiederkommen?" Sie grinste verlegen und deutete mit dem Kopf hinter sich. „Ist grad irgendwie schlecht."

„Hast du jetzt nicht eine Vorlesung?"

„Ich erzählte dir alles später, versprochen!", formten Claires Lippen tonlos, dann zog sie die Tür wieder hinter sich zu. Kurz darauf hörte sie zwei Stimmen miteinander kichern. Dann folgten erneute Liebesgeräusche. Kate ging ins Wohnzimmer, schloss die Tür hinter sich und stellte den Fernseher an, um nicht mehr zu hören, was Claire mit ihrem Besuch anstellte.

Unentschlossen sah sie sich um. Kurz erwog sie, doch in eine der Dining Halls zu gehen, doch ihr war gegenwärtig überhaupt nicht nach Gesellschaft. Dann zuckte sie die Schultern und bereitete sich einen Tee zu.

Sie nahm den Text zu einem Theaterstück heraus, das sie in der Drama-Klasse bearbeiteten, aber sie konnte sich nicht konzentrieren. Immer wieder wanderten ihre Gedanken zu dem Gespräch mit ihrem Professor zurück. Da schallte ihr plötzlich eine wohl bekannte Stimme ins Ohr. Wie vom Blitz getroffen, fuhr sie hoch. Da saß er. Jordan. Lächelnd auf einem roten Sofa. Die Sendung war eine Wiederholung aus dem heutigen Frühstücksfernsehen.

Wie gebannt starrte sie auf die Szenerie, lauschte seinen Worten und dem Song, in dem er von etwas sang, das er Weihnachten verloren hatte. Sie wollte nicht hinhören, wollte nicht schon wieder seine samtige Stimme hören, die sie daran erinnerte, wie er ihr in ihrem Zimmer „Oh Holy Night" vorgesungen hatte. Sie kannte sein neues Lied bereits auswendig, hatte es an einem schwachen Abend rauf und runtergespielt. Hatte die Zeilen versucht, zu interpretieren wie Lord Byrons Liebeslyrik, auch wenn der Titel bloß „Missing under the Mistletoe" lautete. War mit ihrer Seele der Melodie gefolgt, die sich immer mehr hinaufschraubte bis zu einem Höhepunkt, der musikalisch sehr geschickt eine Hommage an das Weihnachtslied einschob, nur ein paar Töne lang, doch man hörte förmlich, wie eine zweite Stimme über die Engel sang. War der Song eine Botschaft an sie oder bildete sie das alles nur ein?

Vordergründig besang das Lied die Sehnsucht eines Erwachsenen nach der unbeschwerten Weihnachtsstimmung der Kindheit. Das war wohl das, was die meisten hören würden. Hörte man aber genauer hin, gab es noch eine zweite Ebene, die etwas ganz anderes enthielt. Hier erzählte jemand von einer wahrhaft „göttlichen" Nacht, eine Nacht, in der man „die Engel singen" hörte. Eine Liebesnacht? Ihre?

Sie war so versunken in die Bilder vor sich, dass sie gar nicht bemerkte, wie Claire den Raum betrat.

„Oh, da ist ja dein Kenny." Kate schrak hoch und ärgerte sich im selben Moment darüber, dass ihr die Röte ins Gesicht schoss.

„Nein, das ist nicht meiner." Hastig schaltete sie den Fernseher aus, auch wenn sie die Antwort auf die nächste Frage brennend interessiert hätte. Da ging es nämlich um sein Liebesleben. „War er noch nie."

Forschend blickte ihre Freundin sie an.

„Und wenn da jemals etwas war, dann ist es seit Wochen Geschichte", fügte Kate trotzig hinzu. Dass sie es sich anders wünschte, würde sie niemals zugeben.

„Du hast grad bei seinem Song mitgesungen und mit glasigen Augen auf den Bildschirm geschaut. Wem willst du etwas vormachen?“

„Was soll ich denn deiner Meinung nach machen? Ja, er ist toll, und ja, ich habe es verbockt. Können wir die Sache jetzt einfach mal darauf beruhen lassen?“

Claire sah sie betroffen an. Sofort bedauerte Kate ihren Ausbruch. „Tut mir leid. Du hast es ja nur gut gemeint.“

„Mir tut es leid. Ich wollte es für dich nicht noch schlimmer machen!“

Beide schwiegen einen Moment lang betroffen.

„Aber wer war denn das eben?“, erkundigte Kate sich, um das Thema zu wechseln.

Nun wurde Claire rot. „Ich weiß nicht, was du meinst!“

„Ihr wart nicht zu überhören.“

Die Röte in Claire Gesicht vertiefte sich, dann breitete sich ein glückliches Grinsen aus. „Liam.“

Schon seit Beginn des Studiums war Claire in ihn verliebt gewesen. „Ich will jedes Detail hören!“

Claire berichtete, wie es zwischen den beiden endlich vorangekommen war. Dann lächelte sie verlegen. „Aber ich muss dir ja nicht die ganze Zeit mein Glück unter die Nase reiben. Was hast du morgen denn vor?“

„Nichts Besonderes.“

„Nichts Besonderes?“ Claire sah sie prüfend an. „Du wirst doch nicht schon wieder allein im Wohnzimmer abhängen. Es ist Wochenende!“

„Nein, das habe ich nicht vor. Ein ganz besonderer Gentleman und ich haben eine Verabredung. Earl Grey und Gedichte, klingt das nicht romantisch?“

Claire sah sie mit offenem Mund an. „Wirklich? Wer ist es? Los sagt schon, ich platze vor Neugierde."

Kate stöhnte. „Solltest du dich nicht gerade schön machen? Schicke Nägel, Beine rasieren, irgendetwas?"

Claire warf ein Kissen nach ihr.

„Gnade!", rief Kate und hob gespielt flehend ihre Hände. Dann seufzte sie ergeben. „Lord Byron."

Ihre Freundin sah sie verständnislos an.

„Lord Byron ist mein Date. Er und ich, wir werden es uns gemütlich machen und über die Liebe philosophieren. Was könnte man an einem Samstagnachmittag Schöneres tun?"

Claire sah sie an, als wäre sie verrückt geworden. „Du bist wirklich ein hoffnungsloser Fall!"

Kapitel 21

„Tu nichts, was ich nicht auch tun würde!" Mit diesen Worten verabschiedete Kate ihre Freundin am nächsten Tag, als diese nach einem zweistündigen Duschmarathon endlich bereit für ihr Date war.

„Oh doch!", entgegnete Claire. „Falls du deine Meinung änderst und den Samstagabend gerne in Gesellschaft verbringen würdest: Einer der süßen Drittsemester aus meinem Chinesisch-Kurs hat mich nach deiner Nummer gefragt. Ich könnte dir heute noch eine Verabredung arrangieren."

„Nein, vielen Dank!" Kate winkte ab. „Mir ist grad überhaupt nicht nach Gesellschaft."

Sie war erleichtert, als Claire endlich gegangen war und sie das Zimmer für sich hatte. Nicht immer war es für sie einfach, ständig in einem Doppelzimmer zu wohnen und nie allein zu sein. Sie hatte sich bewusst für das günstige Studentenwohnheim entschieden, auch wenn ihre Eltern ihr etwas Teureres hätten leisten können, denn sie wollte möglichst authentisch am Studentenleben teilnehmen. Außerdem war es ihr als gute Gelegenheit erschienen, neue Kontakte zu knüpfen. Mit der unkomplizierten und offenherzigen Claire hatte sie großes Glück. Zumindest wenn man von der Tatsache absah, dass sie manchmal am Nachmittag Herrenbesuch mitbrachte.

Leider war das Wohnzimmer momentan von Ankita, einer indischen Jurastudentin, belegt, die sich ganz auf sich selbst und ihr Studium konzentrierte und die anderen Bewohnerinnen selbstvergessen ignorierte. Also machte Kate sich eine Kanne heißen Tees auf dem Teewagen und setzte sie sich an ihren Schreibtisch.

Sie arrangierte ihre Unterlagen möglichst platzsparend um sich herum, wobei sie sowohl den schmalen Fenstersims, als auch das direkt an ihren Arbeitsplatz angrenzende Bett von Claire mitbenutzte und strich mit der Hand über die Schreibtischplatte. Seit Schulzeiten war dies ihr Ritual, um sich auf kreative Arbeit einzustellen. Dann las sie die letzten zwei Seiten ihres bisherigen Textes. Sie hatte kaum ein paar weitere Zeilen zustande gebracht, als die Gegensprechanlage aufdringlich klingelte. Vermutlich bekam jemand ihrer Mitbewohner Besuch. Die Regeln waren hier sehr streng. Wenn ein Besucher das Wohnheim betreten wollte, musste er sich am Empfang anmelden. Der rief in der Wohnung an, um denjenigen anzukündigen.

Als niemand von den anderen es für nötig hielt, das Telefon anzunehmen, schlurfte sie schließlich herüber. Sie erwartete keinen Besuch und hasste es, beim Arbeiten gestört zu werden. „Ihre Geschwister sind hier. Soll ich Sie heraufschicken?", erkundigte sich eine weibliche Stimme und ließ Kate perplex zurück. Was machten ihre Geschwister einfach so in Yale? Es war ja nicht mal eben um die Ecke. Hoffentlich war nichts Schlimmes passiert.

Wenig später klopfte es an der Tür.

„Jessie!"

„Überraschung!" Jessie breitete die Arme aus, als wäre sie Moderatorin einer Quizshow und Kate hätte eine Waschmaschine gewonnen.

Verdattert, aber auch erleichtert, da es sich offenbar um eine spontane Überraschung handelte, ließ Kate die Begrüßung über sich ergehen. Jessie hatte sich seit Weihnachten rar gemacht und war kaum je ans Telefon gegangen, wenn Kate angerufen hatte. Sie hatte sich schon gefragt, ob ihre Schwester sauer auf sie war.

„Die ist dir gelungen. Schön dich zu sehen", sagte Kate und meinte es auch so. Sie hatte ihre Schwester vermisst. „Wir haben uns viel zu lange nicht mehr richtig unterhalten."

Jessie grinste verlegen. „Das stimmt." Sie knetete ihre Hände. „Deshalb bin ich ja jetzt hier und wollte dich überraschen. Ich habe sogar noch jemanden mitgebracht." Mit großer Geste trat sie zur Seite.

„Flynt?", fragte Kate. Da der Empfang ihre Geschwister angekündigt hatte, hätte sie George oder Mick erwartet, aber nicht ihn.

„Hey, Kate, schön dich zu sehen." Ihr Ex-Freund hob verlegen einen Mundwinkel.

Hitze schoss Kate in den Kopf. Immer noch fühlte sie sich befangen in seiner Gegenwart.

„Noch so eine Überraschung!" Sie begrüßte sie ihn herzlich wie einen Jugendfreund, den man lange nicht gesehen hatte. Er erwiderte die Umarmung ein wenig steif. Ihr schien, als wäre ihm nicht wohl bei dem Besuch. Irgendetwas kam Kate merkwürdig vor. Plötzlich wurde ihr klar, was es war. Flynt hatte sie zum ersten

Mal in ihrem Leben bei ihrem normalen Namen genannt. Sonst war sie immer Katey für ihn gewesen.

„Nicht wahr?“ Flynt lachte verlegen und tauschte einen vielsagenden Blick mit Jessie.

„Ich hatte das Gefühl, dass ich dringend mal wieder meine kleine Schwester sehen muss. Also habe ich Flynt überredet, mich herzufahren.“ Jessie kicherte überdreht, als hätte sie einen besonders guten Scherz gemacht.

Plötzlich fiel Kate auf, dass sie immer noch im Eingang standen. „Entschuldigt, kommt doch bitte rein. Wollt ihr Tee? Ich habe gerade einen gekocht.“

„Das passt gut. Wir haben dir nämlich etwas mitgebracht.“ Jessie streckte Kate einen Kuchen entgegen.

„Mandelkuchen!“, rief Kate begeistert.

„Genau. Maria lässt dich grüßen. Wir sollen dir ausrichten, dass du dich bald mal wieder zu Hause blicken lassen sollst. Sie vermisst ihre kleine Chica.“

Ein warmes Gefühl durchströmte Kate. Maria war immer die Seele des Hauses gewesen und hatte mit ihrer Anwesenheit dafür gesorgt, dass ihre Mutter sich problemlos ihren vielen Hobbys widmen konnte.

„Mom und Dad lassen dich natürlich auch herzlich grüßen“, fügte Jessie eilig hinzu, „und fragen, wie es mit dem Studium vorankommt.“

Kate seufzte. „Ich war die letzten Wochen etwas neben der Spur.“ Hastig wandte sie sich um. „Hier ist unser gemeinsames Wohnzimmer. Scheint, als hätten wir es im Moment für uns allein.“ Nur eine leere Kekspackung erinnert daran, dass hier eben noch Ankita gewesen war. Interessiert inspizierten Jessie und Flynt Kates Wohnung.

„Und du wohnst wirklich mit einem anderen Mädchen im selben Zimmer? Ich weiß ja nicht, ob ich das könnte. Was ist denn da mit der Privatsphäre?“

Kate lachte. „Manchmal nervt es ein bisschen. Aber meist ist es ganz schön. Man ist eben auch nicht allein.“

Sie ging ihren unerwarteten Gästen voran und holte Teller und Becher hervor.

Sie verteilte Teller und Tee, nahm sich ein Stück von dem Kuchen und schloss genießerisch die Augen. „Mhhm, einfach großartig!“

„Was meintest du damit, dass du neben der Spur warst? Hat es etwas mit Jordan zu tun?“

Kate errötete unter ihrem Blick. Es war ihr unangenehm, dass Flynt dieses Gespräch mithörte. „Nicht direkt. Aber irgendwie schien jeder die Geschichte zwischen ihm und mir mitbekommen zu haben. Ständig werde ich gefragt, wann mich mein berühmter Freund denn endlich mal besucht. Sogar Professor Kalsofsky glaubte, mir Tipps gegen Liebeskummer geben zu müssen.“

Mitleidig legte Jessie ihr eine Hand auf den Arm. „Und, hast du Liebeskummer, Kitty-Kat?“

Kates Augen glitten kurz zu Flynt, der konzentriert in seine Hände starrte.

„Vermutlich nicht ganz so, wie du denkst. Aber ich habe ihn das letzte Mal zusammen mit dir gesehen.“

„Ich wusste gleich, dass das ein Arschloch ist. War doch klar. So ein Rockstar eben.“

„Dabei habe ich wirklich gedacht, dass ihm etwas an mir liegt.“ Dieser Satz war Kate so rausgerutscht und sie schlug sich betroffen vor dem Mund.

„Wo habt ihr euch überhaupt kennengelernt? Wenn wir telefoniert haben, hast du nie von ihm erzählt."

Hitze stieg in Kates Nacken hoch. Eigentlich hätte sie sich denken können, dass Jessie irgendwann diese Fragen stellen würde. Sie war schließlich alles andere als naiv.

„Tut mir leid. Brandon und du, ihr hattet Probleme zu der Zeit. Da fand ich es nicht so passend." Kate war erleichtert, dass ihr immerhin noch diese Erklärung eingefallen war. Bevor ihre Schwester weiter nachbohren konnte, wandte sie sich an Flynt. „Wie geht es denn deiner Mutter?"

Der zuckte mit den Schultern. „Alles wie immer. Sie hat mal wieder unser Haus komplett auf den Kopf gestellt und neu gestaltet. Letzte Woche hat Dad sie auf einen Shoppingtrip nach Paris geschickt, damit sie auf andere Gedanken kommt."

Obwohl sie nie viel für Greta Benjamin übriggehabt hatte, regte sich das schlechte Gewissen in Kate. Früher hatten sie sich oft über die merkwürdige Angewohnheit von Flynts Mutter lustig gemacht, in regelmäßigen Abständen das Haus komplett neu zu gestalten. Mittlerweile aber wusste sie es besser. Immer dann, wenn Drake um eine andere Frau buhlte, versuchte Greta mit besonders viel Elan, ein perfektes Heim zu gestalten.

Wenn er sie jetzt in den Urlaub geschickt hatte, um freie Füße zu haben, hatte vermutlich das nächste weibliche Wesen seinen Jagdinstinkt herausgefordert und würde nach allen Regeln der Kunst umgarnt werden. Sie konnte nicht verstehen, wie jemand so sein konnte und für sein persönliches Vergnügen in Kauf nahm, die Menschen, die ihn liebten, zu verletzen.

Aber vielleicht waren die meisten Männer bloß auf den Nervenkitzel der Eroberung aus. Schließlich war es ja auch mit Jordan nicht anders gewesen, der ihr erst das Gefühl gegeben hatte, die Geschichte zwischen ihnen wäre etwas ganz Besonderes, und der dann nicht schnell genug wieder hatte verschwinden können.

„Aber eigentlich wollten wir mit dir über etwas anderes sprechen", hob Flynt plötzlich mit fester Stimme an.

„Autsch!", schrie Jessie in diesem Moment auf. „Der Tee ist aber verdammt heiß!" Sie hatte ihre Tasse umgestoßen und einen Teil über die Hand gekippt.

„Brauchst du etwas zum Kühlen?", fragte Kate besorgt.

„Ich glaube, ein anständiger Kaffee wäre mir lieber. Willst du uns bei der Gelegenheit nicht mal ein bisschen mehr von deiner Uni zeigen? Flynt und ich waren schließlich noch nie hier."

Entschieden erhob Jessie sich. Kate blickte ein wenig verwundert von ihrem Kuchenstück auf. Auch Flynt runzelte die Stirn. Irgendetwas stimmte nicht mit ihrer Schwester. Es war ziemlich untypisch für sie, derart nervös zu sein.

Kapitel 22

Wenig später befanden sie sich in der Mitte des Parks, an den das College angrenzte. In der warmen Jahreszeit war hier alles mit Studenten bevölkert, die auf Decken oder an die Bäume gelehnt saßen und lernten. Gelegentlich ertappte man Touristen dabei, wie sie sich ein Buch auspackten und exakt den Baum suchten, an dem Rory Gilmore in der Fernsehserie stets lesend anzutreffen war. Dabei war die Serie an einem Filmset in Kalifornien gedreht worden.

Bei den eisigen Temperaturen sah man höchsten hier und da jemanden in Richtung Vorlesung huschen. Der Rasen war übergefroren und gelegentlich war an den Seiten noch Reste des Schnees zu sehen, der vor ein paar Wochen gefallen war. Momentan machte das Ganze eher einen trostlosen Eindruck.

Beiläufig deutete sie auf die hübsch verschnörkelten Gebäude rings herum. „Dies ist der alte Teil der Universität, in dem heutzutage meist die Frischlinge untergebracht werden. Die älteren Semester gründen irgendwann eigene WGs und suchen sich eine Wohnung im Umkreis. Aber wenn man neu ist, ist es nicht schlecht, wenn viele der anderen ebenfalls frisch dabei sind. Das macht es leichter."

Seit sie losgegangen waren, lag zwischen Jessie und Flynt etwas Unausgesprochenes in der Luft. Kate machte es nervös, wenn sie nicht wusste, was los war. Also tat sie, was sie in so einer Situation häufig tat: Sie geriet ins Plappern und durchforstete ihr Gehirn nach sämtlichen Details über ihre Universität, an die sie sich aus ihrer ersten Campusführung erinnerte. Gäste fanden die alten Gebäude meist beeindruckend. Immerhin gab es in den USA nur wenige wirklich alte Häuser. Sie selbst hatte noch nie eines gesehen, das früher als im 17. Jahrhundert gebaut worden war.

Irgendwann vergaß man im Trubel der Vorlesungen und Prüfungen allerdings, welches Privileg es war, an so einem schönen Ort zu studieren. Manchmal war es also gar nicht so schlecht, wenn man Besuch bekam.

„In diese Richtung geht es zur Beinecke Bibliothek. Die ist wirklich unglaublich und enthält eines der weltweit größten Archive seltener Bücher. Gefühlt findet man dort absolut alles. Die haben sogar ein Exemplar der Gutenberg-Bibel. Die wird jeden Tag eine Seite weiter geblättert, damit ..."

Mit offenem Mund unterbrach Kate ihre Erklärungen. Sie waren an einer schmalen Seitenstraße angelangt, die Kate täglich auf dem Weg zu den Vorlesungen nahm und an deren Seite sich kleine Parkbuchten mit Parkuhren befanden. Doch die Beschaulichkeit der Szenerie, die selten etwas Hektisches an sich hatte, wurde jäh gestört. Von einem pinkfarbenen Jeep Cherokee, der mit quietschenden Bremsen um die Ecke bog. Er schoss mit so viel Schwung in die letzte verfügbare Parkbucht, dass es an ein Wunder grenzte, dass keines der übrigen Autos in Mitleidenschaft gezogen wurde.

Doch die rüpelhafte Fahrweise des Fahrers war nicht das, was Kate und ihre beiden Begleiter mit offenem Mund auf die Szenerie starren ließ. Sie kannte das Auto ziemlich gut, denn als Kind hatte sie häufig ihre Kekskrümel auf der Rücksitzbank verteilt. Sie war sogar dabei gewesen, als die lange Schramme an der Beifahrerseite entstanden war, weil auf dem Walmart-Parkplatz urplötzlich neue Poller aufgestellt worden waren. In Grunde genommen grenzte es an ein Wunder, dass es immer noch zu derart rasanten Fahrmanövern in der Lage war. Andere Cherokees aus der Generation hatten längst ihre ewige Ruhe gefunden.

„Maria?", sagten alle drei so gleichzeitig, als hätten sie es für eine Theateraufführung eingeübt.

Wie vom Teufel persönlich gejagt, sprang ihre langjährige Haushälterin, die sie bislang nicht als Verkehrsrowdy kennengelernt hatten, aus dem Wagen und blickte sich hektisch um. Dann zog sie ihr Handy heraus, studierte die Karte und fegte los in Richtung Branford College.

Sprachlos wurden sie Zeugen, wie die kleine, energische Frau an ihren vorbeirauschte, ohne sie zu bemerken. Sie war schon fast um die nächste Häuserecke gebogen, als Flynt seine Sprache wiederfand.

„Maria? Suchst du etwas?"

Sie schien ihn nicht zu hören und hastete weiter. Doch Flynt holte sie in wenigen Schritten ein und legte ihr die Hand auf die Schulter. „Maria?", wiederholte er. „Suchst du etwas?"

Mit weitaufgerissenen Augen sah sie ihn an, erst erschrocken, als wäre er ein Räuber, den es abzuwehren galt. Dann endlich erkannte sie ihn.

„Oh, Flynt! Was machst du denn hier?"

Er öffnete den Mund und schloss ihn wieder, offenbar zu perplex, um zu antworten.

Jessie kam ihm zur Hilfe. „Maria, du hast uns doch den Kuchen für Kate gebacken, schon vergessen? Die Frage ist eher, was du hier machst!"

Marias Augen flackerten hin und her. Hektisch hob und senkte sich ihr Brustkorb.

Kate hatte sie noch nie in einem derartigen Zustand erlebt. „Ist alles in Ordnung?"

Sie betete, dass Maria keine schlechten Nachrichten aus Dawsonhills im Gepäck hatte. Was konnte sie schon dazu gebracht haben, so offensichtlich in Hektik ins Auto zu springen und bei diesem Wetter mehrere Stunden bis nach Yale zu fahren? Ihre Haare hingen ihr zottelig im Gesicht und sie trug immer noch ihre Küchenschürze.

„Kate, ich muss dringend mit dir reden", brachte Maria heraus. Ihr Unterkiefer zitterte, als wäre sie den Tränen nahe.

„Natürlich, was ist denn los?", fragte Kate mit einem immer mulmiger werdenden Gefühl in der Magengrube. Schließlich hätte Maria sie jederzeit telefonisch erreichen können. Da fiel ihr auf, dass Maria keine Winterjacke trug und ziemlich bleich im Gesicht aussah.

„Lass uns erst mal reingehen. Du holst dir hier sonst noch den Tod.“

Das Wohnzimmer war leider inzwischen von Brittany, einer Medizinstudentin aus Kalifornien, und einigen ihrer Freunde belegt, so dass sie sich notgedrungen in Kates Zimmer quetschten. Sie drückte Maria eine Tasse Tee in die Hand und legte eine Decke um ihre Schulter. Beinahe fühlte sie sich, als wäre sie nun die Ältere, die sich um jemanden Schutzbedürftiges kümmerte.

„Also?“, fragte sie schließlich, als Maria eine Weile in ihre Teetasse gestarrt hatte, ohne von selbst das Gespräch zu beginnen.

Maria stellte die Tasse beiseite, ohne auch nur einen Schluck daraus getrunken zu haben, und sah sie ernst an. „Momentan geht es eher ruhig im Haus zu. Da habe ich die Zeit genutzt, um alle Zimmer einmal gründlich zu putzen. Als ich dein Bett beiseitegeschoben habe, habe ich etwas gefunden. Eine Kette.“

„Augenblick mal. Du fährst mehrere Stunden mit dem Auto, vergisst, im Winter bei Minusgraden eine Jacke anzuziehen, um mich nach einer Kette zu fragen?“ Völlig perplex starrte Kate sie an. Flynt und Jessie schüttelten ebenfalls die Köpfe. „Du hättest mich doch auch einfach anrufen können.“

„Das war nicht nur irgendeine wertlose Kette. Sondern ein Medaillon der Maria von Guadalupe, der Schutzheiligen aller Mexikaner. Ich hatte auch so eine. Meine Großmutter hat sie mir zu meiner Kommunion geschenkt. Sie sollte immer auf mich aufpassen.“ Ihr Blick verlor sich ins Leere. Ein bitterer Zug schlich sich in ihre Miene, als hätte ihre Heilige ihre Aufgabe nicht immer erfüllt.

Kate fragte sich, woher die Traurigkeit in ihrem Gesicht rührte.

„Hast du die Kette noch?", erkundigte sie sich sanft und tauschte erneut einen Blick mit Jesse. Die zuckte ratlos mit den Schultern.

Manchmal erschien es ihr, als wäre ihre Ziehmutter wie ein unbeschriebenes Blatt zu ihnen gekommen, denn sie hatte Maria noch nie über etwas reden hören, was vor ihrer Zeit bei den Watsons gewesen war. Auch die Tatsache, dass sie zuvor bei den Benjamins gearbeitet hatte, erwähnte sie nie.

Maria blickte sie an und eine Träne rann aus ihrem rechten Auge. „Nein, leider habe ich sie nicht mehr."

Kate verstand. An dem Erbstück hingen viele Erinnerungen. Der plötzliche Fund musste eine Woge an Emotionen hochgespült haben. Maria war als junges Mädchen zum Arbeiten und Englisch lernen nach Vermont gekommen, wie so viele Mexikanerinnen vor und nach ihr. Was mochte sie bewogen haben, zu bleiben und nicht zurückzukehren, um in der Heimat eine Familie zu gründen? Was bewegte ein Mädchen mit Anfang 20 dazu, sich um die Kinder anderer Leute zu kümmern und dabei auf eigene Kinder zu verzichten?

Beschämt stellte Kate fest, wie wenig sie über die Frau wusste, die wie eine zweite Mutter für sie gewesen war. Vielleicht hätte sie hartnäckiger nachfragen sollen. Schweigen legte sich wie eine dunkle Decke über den Raum. Von Maria ging eine derart tiefgreifende Traurigkeit aus, dass Kate einen Kloß in der Kehle bekam.

„Könnte es sein, dass du die Kette selbst in meinem Zimmer verloren hast?", fragte sie.

Maria schüttelte den Kopf. „Ich habe die Kette nicht verloren, sondern jemandem geschenkt. Vor etwas mehr als vierundzwanzig Jahren. Und diese hier ist unzweifelhaft dieselbe. Denn auf der Rückseite sind zwei verschlungene Herzen zu sehen. Die Gravur hat mein Großvater eigenhändig für meine Großmutter gemacht."

Während sie das sagte, fuhren ihre Hände unablässig einen Rosenkranz entlang, den sie in der Hand hielt. Ihre Augen glitten in eine ferne Vergangenheit und sie verlor sich in ihren Erinnerungen.

„Wie kann das sein?", fragte Flynt.

„Genau das möchte ich von Kate wissen."

„Wem hast du die Kette geschenkt, Maria?", erkundigte sich Jessie. „Weißt du das noch?"

Maria richtete den Blick wieder auf sie. „Ob ich das noch weiß? Selbstverständlich. Wie könnte ich das jemals vergessen. Ich habe sie einem Neugeborenen geschenkt, das eiskalt und dem Tode nahe in einer Krippe gefunden worden war. Am Heiligabend."

Marias Worte schlugen ein wie eine Bombe. Niemand wagte mehr zu atmen. Man hätte eine Schneeflocke auf dem Boden aufschlagen hören können, so still war es plötzlich. Maria hatte etwas mit dem Weihnachtswunder zu tun?

„Du warst die geheimnisvolle Frau, die dem Findelkind das Amulett geschenkt hat? Wieso hast du uns das nie erzählt?" Jessie sprach aus, was Kate dachte.

Noch eine Träne fand den Weg aus Marias Augenwinkel über ihre Wange und hinterließ einen dunklen Fleck auf ihrer Bluse.

„Draußen vor der Kirche scharrte sich eine Menschenmenge um Selma. Sie hielt ein Bündel im Arm. Ein Neugeborenes, das stumm, reglos und bleich wie ein Gespenst in ihrem Arm lag."

Kate trat auf die Frau zu, die sie ihr Leben lang kannte und die doch plötzlich wie eine Fremde auf sie wirkte. „Oh, Maria, das tut mir so leid!"

Doch Maria beachtete sie gar nicht. Wie in Trance glitten ihre Finger über den Rosenkranz. „Jemand weinte. Plötzlich wusste ich, was ich tun musste. Ich nahm das Medaillon ab, das meine Großmutter mir geschenkt hatte, und legte die Maria von Guadalupe in die winzigen Hände, damit sie die kleine Seele auf dem Weg in die Ewigkeit begleite. Das war der letzte Moment, an dem ich die Kette gesehen habe, bis ich sie in Kates Zimmer wiederfand."

Kate fand als erstes ihre Stimme wieder. „Ich verstehe das nicht. Wieso hat denn nie jemand erwähnt, dass du die Frau mit dem Medaillon gewesen bist? Es müssen dich doch Leute erkannt haben."

„Ich weiß es nicht. Vielleicht lag es an dem Tuch, das ich wegen des Schnees tief in die Stirn gezogen hatte."

„Du denkst also, dass die Kette, die du in meinem Zimmer gefunden hast, eine Verbindung zu dem Findelkind ist?", fragte Kate nach einem Moment der Stille. „Aber ich verstehe immer noch nicht, wieso du deswegen hier bist."

„Ich schon", entgegnete Jessie. „Du bist die Mutter, nicht wahr?"

Marias Gesicht verlor jede Farbe, aber sie nickte.

„Das stimmt doch nicht. Du würdest so etwas niemals tun!" Kate sah Maria eindringlich an. Sie konnte sich nicht vorstellen, dass Maria so eine Schuld auf sich genommen hatte.

„Und schuldig bin ich trotzdem, weil ich nicht wahrhaben wollte, was um mich herum los war. Mein Kind ist beinahe gestorben und in der Fremde aufgewachsen. Vierundzwanzig Jahre lang wusste ich nicht, was aus ihm geworden war. Ob es überhaupt noch lebt. Und dann liegt da plötzlich dieses Medaillon in Kates Zimmer."

Behutsam legte sie den Rosenkranz auf ihren Schoß und zog etwas aus ihrer Schürzentasche. „Hast du das hier schon einmal gesehen?" Sie streckte eine Hand aus, in der sich ein silbernes Schmuckstück befand. Es musste recht alt sein, denn das Silber war stark angelaufen und dunkel geworden.

Kate nahm die Kette in die Hand, um sie genauer zu mustern. Plötzlich erschien ein Bild vor ihren Augen. Flügel, die über eine männliche Brust bis zum Hals emporrankten und eine silberne Kette mit einem Anhänger. Bei dieser Erinnerung vibrierte etwas in ihr und sie schluckte. Konnte das wirklich wahr sein? Sie sah die Frau an, die sie ihr Leben lang kannte. Fassungslos. Erschüttert.

„Du glaubst, Jordan könnte dein Baby sein?"

„Das wäre doch irgendwie ein bisschen viel des Zufalls, oder?", meinte Jessie zweifelnd. Damit sprach sie genau das aus, was Kate dachte.

„Oder es ist das Wunder, um das ich seit vierundzwanzig Jahren bete", entgegnete Maria. „Schon als ich ihn das erste Mal gesehen habe, fühlte ich etwas merkwürdig Vertrautes an ihm."

In genau diesem Moment klingelte erneut die Gegensprechanlage. Doch diesmal beschloss Kate, das Klingeln zu ignorieren. Nichts und niemand konnte jetzt wichtiger sein, als die Menschen, die gerade vor ihr saßen.

Maria flüsterte etwas auf Spanisch und küsste ihren Rosenkranz. „Ich muss ihn sehen. Heute noch. Ich brauche Gewissheit." Flehend sah sie Kate an, als hätte diese die Macht, Jordan auf der Stelle herzuzaubern.

„Tut mir leid, da kann ich dir auch nicht weiterhelfen. Ich habe seit Weihnachten keinen Kontakt mehr zu ihm." Bedauernd schüttelte Kate den Kopf.

„Aber du musst doch eine Telefonnummer von ihm haben!", meinte Jessie.

„Nein, ich ... wir ...", stammelte Kate. Wie sollte sie ihr auch zu diesem Zeitpunkt erklären, warum sie von Jordan keine Nummer besaß. „Er hat nach Weihnachten die Nummer getauscht", behauptete sie das Erste, was ihr sinnvoll erschien. „Das ist so ein Rockstarding, fürchte ich." Mit Erleichterung bemerkte sie, dass die anderen ihr glaubten.

Maria ließ sich wieder auf das Bett sinken und knetete ihre Hände. Kate wünschte, sie könnte ihr etwas Besseres sagen. Sie konnte verstehen, dass Maria jetzt so schnell wie möglich herausfinden wollte, ob ihr Verdacht der Wahrheit entsprang.

Flynt legte ihr die Hand auf den Arm. „Solche Promis sind immer gut abgeschirmt. Aber wir finden einen Weg. Vielleicht können wir seinem Manager schreiben und versuchen, so einen Kontakt herzustellen."

Verzweiflung legte sich auf Marias Miene. „Das kann ja ewig dauern. Wer weiß, wie viele Nachrichten dieser Manager bekommt und ob er die überhaupt weitergibt."

Schon wieder klingelte das Telefon. Wo waren denn ihre Mitbewohner? Genervt fuhr Kate sich durch die Haare. Da fiel ihr Blick auf den Fernseher und plötzlich erinnerte sie sich an die Talkshow mit Jordan, die sie gestern gesehen hatte.

„Er ist in Boston!", rief sie aufgeregt.

Die anderen schauten sie verwundert an.

„Woher weißt du das auf einmal?", wollte Jessie wissen.

„Es kam gestern im Fernsehen. Wegen eines technischen Problems ist die Show verschoben und sie spielen dort erst am Mittwoch."

„Wer weiß, wo er in der Zwischenzeit steckt", zweifelte Flynt.

„Außerdem: Wie sollen wir an ihn herankommen?", gab Kate zu bedenken.

„Hätte ich bloß die Karte von Barry noch. Er wollte mir ja einen Job anbieten. Aber ich habe sie leider direkt in den Mülleimer geworfen." Maria ließ den Kopf in die Hände sinken.

„Hah", machte Jessie, nachdem sie ein wenig in ihrem Handy herumgedrückt hatte. „Wir müssen bloß bei einer ‚Ice Bucket Challenge' mitmachen. Dann gewinnen wir ein Meet and Greet für Fans und voilà!"

„Ist das nicht das, wo man sich einen Eimer mit Eiswasser über den Kopf schüttet?" Kate hob abwehrend die Hände.

„Ok, lass uns fahren!" Maria klatschte entschlossen in die Hände.

„Jetzt?" Die Vorstellung, Jordan möglicherweise wieder über den Weg zu laufen, sandte Schauer über Kates Rücken und sie wusste nicht, ob vor Freude oder Angst.

„Ich habe mehr als vierundzwanzig Jahre darauf gewartet, mein Baby in die Arme schließen zu können. Da werde ich nicht noch einen einzigen Tag warten, wenn es nur eine kleine Chance gibt, dass es stimmt." Maria erhob sich energisch.

„Kate, bist du da?", rief es in dem Moment von der Eingangstür her. „Du bist nicht an die Gegensprechanlage gegangen, aber ich wette, dass du dir diesen Besuch nicht entgehen lassen möchtest. Dein Valentinstag ist gerettet, würde ich sagen!"

Plötzlich erschien das Bild vor ihrem inneren Auge, wie Jordan die Finger hinter ihrem Rücken verschränkte und sie an sich zog. Wie er sie küsste und sie das Gefühl hatte, am Himmel begannen Engel zu singen. Konnte es sein? Konnte ihre irrwitzigste Hoffnung sich erfüllen, dass Jordan am Valentinstag plötzlich vor ihrer Tür stünde, um ihr zu sagen, dass er seit Wochen nur an sie denken musste?

Die Tür zu ihrem Zimmer öffnete sich und Brittany steckte grinsend den Kopf herein. „Oh", sagte sie verlegen, als sie die anderen sah.

„Lass mal", dröhnte eine tiefe Stimme hinter ihr. „Ich kann mich auch sehr gut selbst ankündigen."

Mit diesen Worten schob sich ein gigantischer Blumenstrauß durch die Tür, gefolgt von ... Drake! Wie vom Donner gerührt schauten alle sich an. Kate hatte

das Gefühl, dass eine eiserne Faust ihr in den Magen ge-
boxt hatte.

Flynt fand als Erster seine Sprache wieder. „Dad?"

Kapitel 23

„Sag, dass das nicht wahr ist", krächzte Flynt nach einer Ewigkeit des Schweigens, während der niemand auch nur zu atmen wagte. Er war aufgesprungen, kaum dass er seinen Vater erkannt hatte. Kalkweiß im Gesicht und mit geballten Fäusten blickte er ihn an. Die ganze Haltung ein stummer Verwurf. Ungewöhnlich stark stachen die Adern an seinem Hals hervor. „Sag mir, dass es nicht das ist, wonach es aussieht!"

Drakes Mund klappte auf und zu wie der eines Karpfens, doch kein Laut kam aus seiner Kehle, während er zwischen den Anwesenden hin und herblickte. Wäre es nicht so ein unpassender Moment gewesen, hätte Kate sich darüber gefreut, diesen selbstgefälligen Kerl einmal sprachlos zu sehen. Wieso auch konnte er nicht ein einziges Mal eine Niederlage akzeptieren?

„Madre de Dios", wisperte Maria. Haltsuchend griffen ihre Finger nach dem Silberkreuz, das sie an einer Kette um den Hals trug. Dann sackte sie auf das Bett.

Für Kate war es, als hätte irgendeine Droge ihre Wahrnehmungskraft zu einer Superpower gemacht. Kein Blick, kein Atemzug, kein Zucken der Wimpern entging ihr, während es in ihrem Kopf ratterte und sie

verzweifelt nach einer Lösung aus dieser Situation
suchte.

Verwirrt musterte Brittany die Anwesenden. Sie versuchte offenbar vergeblich, zu erraten, in was sie hier hereingeraten war. Ihre Miene war ein einziges Fragezeichen. Jessie dagegen war schockstarr. Wenn Kate gehofft hatte, von einer der beiden Hilfe zu bekommen, konnte sie das vergessen.

Flynt hatte zwei und zwei zusammengezählt. Als Kate Schluss gemacht hatte, war sie so dumm gewesen, zuzugeben, dass es einen anderen gab, in den sie sich verliebt hatte. Was nicht stimmte, ihr aber damals als die schonendste Umschreibung der Tatsache erschienen war, dass sie seinen Vater geküsst hatte. Ja, sie hatte geglaubt, der Boden unter ihr müsste sich auf tun, wenn er das jemals herauskriegte. Leider tat ihr der Boden diesen Gefallen nicht.

Wie zu erwarten, gewann Drake am schnellsten seine Fassung wieder. „Was meinst du damit?“ Seine Verblüffung war derart gut gespielt, dass Kate sie ihm beinahe selbst abgekauft hätte. „Darf ich Kate nicht besuchen, wenn ich gerade in der Nähe bin?“ Dabei lächelte er so harmlos, als wäre er für Kate wirklich bloß der Vater eines Freundes.

Kate sah ihn konsterniert an. Er glaubte tatsächlich, dass er sich mit dieser Masche aus der Affäre ziehen konnte. Vermutlich tat er schon sein Leben lang nichts anderes. Es war Zeit, reinen Tisch zu machen.

„Es tut mir leid, dass ich dich angelogen habe, Flynt. Du hast recht. Dein Vater ist der Grund, warum ich mit dir Schluss gemacht habe. Ich wollte dich eigentlich nur schützen, aber ich merke, dass ich damit alles bloß schlimmer gemacht habe."

„Kate", fuhr Drake dazwischen. „Sag nichts, was du später bereust."

Doch sie hob die Hand, um ihn am Reden zu hindern. „Ich kann diese Lügen nicht mehr ertragen. Dieser Kuss war nicht richtig und wenn ich nicht so sauer gewesen wäre, weil Flynt mich versetzt hat, wäre es vermutlich nie dazu gekommen. Aber ich will hier keine Ausflüchte machen. Für einen Moment habe ich diesen elenden Kuss erwidert, weil ich wütend auf dich war, Flynt, und es wäre das Beste gewesen, es dir sofort zu gestehen."

Flynt sah von ihr zu Drake. „Wieso warst du denn wütend auf mich?"

„Du hattest kaum Zeit für mich. Entweder warst du mit deinem Waldprojekt beschäftigt, oder du hattest Dinge für deine Mutter zu tun. Ich hatte das Gefühl, dass du dich kaum noch für mich interessierst." Kate zuckte unglücklich die Schultern. „Und dann hast du unseren Jahrestag vergessen, obwohl wir verabredet waren."

„Aber das stimmt doch gar nicht. Ich hatte dir doch geschrieben, warum ich keine Zeit hatte."

Kate schüttelte den Kopf. „Ich habe nie etwas von dir bekommen."

„Kinder, ist das nicht Schnee von gestern?", mischte Drake sich ein. „Sollten wir nicht vielleicht alle zusammen eine Kleinigkeit essen gehen, um dieses unkonventionelle Zusammentreffen zu feiern?"

Kate ignorierte ihn und trat stattdessen auf Flynt zu. Dieses Gespräch hätte sie schon viel früher führen sollen. „Ich habe extra dein Lieblingsessen gekocht und du hast noch nicht einmal abgesagt. Was erwartest du von mir?"

„Das stimmt doch nicht. Ich musste kurzfristig nach New York. Meine Mom hatte zum Geburtstag Karten für die Metropolitan Opera bekommen und war furchtbar traurig, weil Dad beruflich nach Boston musste. Also musste ich mit. Das habe ich dir geschrieben!"

Sie kniff die Augen zu. „Und du sprichst wirklich vom 8. Juni?"

Flynt schnaubte. „Ja. Ich weiß schließlich, wann wir zusammengekommen sind."

Kate sah zwischen ihm und Drake hin und her. Plötzlich wurde ihr klar, dass jemand sie eiskalt manipuliert hatte, bloß um eine Eroberung zu machen. Wut stieg in ihr auf.

Drake schien zu ahnen, was sie dachte, denn er wich einen Schritt zurück und hob abwehrend die Hände. „Es ist nicht so, wie du denkst."

„Was ist nicht so, wie sie denkt?", fragte Flynt.

„Du elender Intrigant!" Bevor Drake es hatte kommen sehen, hatte Kate die Hand gehoben und ihm eine schallende Ohrfeige gegeben.

„Au!", protestierte er und rieb sich die Wange.

„Ich fasse es nicht, dass du mich so hereingelegt hast!" Sie wandte sich an Flynt. „Er hat behauptet, dass er rein zufällig an der Hütte vorbeigekommen ist. Mir war es so unangenehm, dass er mich in eurer Hütte ertappt hat, wie ich vergeblich auf dich wartete. ‚Weißt du nicht, dass er in New York ist‘?, hat er mich ganz unschuldig gefragt!“

„Ich fürchte, die liebe Kate ist etwas durcheinander. So etwas habe ich nie gesagt. Ich würde doch nie …“

„Ach nein?“ Geballte Wut ging von Maria aus, als wäre sie Salome, die den Kopf des Johannes forderte. „Bist du dir sicher, dass du hier weiterreden solltest? Du hast deine Frau von Anfang an betrogen und lässt doch immer noch nicht die Finger von den Mädchen, besonders von denen, die zu schüchtern sind, sich zu wehren, da bist du ganz der Papa!“

„Du verdammtes Arschloch. Du hast mich nach New York geschickt, um dich an meine Freundin ranzumachen?“ Mit geballten Fäusten wollte Flynt auf seinen Vater losgehen, doch Jessie hielt ihn zurück.

„Diesmal bist du zu weit gegangen, Drake Benjamin, Gott ist mein Zeuge!“, verkündete Maria mit wilder Entschlossenheit in den Augen. „Wir fahren nach Boston, sofort. Ich muss dir jemanden vorstellen.“

„Ich fahre nirgendwohin“, dröhnte Drake, auch wenn seine Stimme nicht mehr ganz so laut und überzeugt klang wie sonst.

Da jedoch trat vor Flynt ihn. Die beiden Männer waren in etwa gleichgroß. Doch nun wirkte es zum ersten Mal so, als wäre Drake der Kleinere von beiden. Vor dem wilden Blick seines Sohnes zog er die Schultern ein.

„Flynt, das ist eine ganz furchtbare Intrige gegen mich“, wisperte er.

Flynt war kreideweiß im Gesicht. „Wenn du nicht willst, dass das ganze County von dieser Geschichte erfährt, dann gibst du mir sofort deinen Autoschlüssel. Wir fahren los."

Während der Fahrt redeten sie nur das Nötigste und ignorierten Drake, den sie auf den Kindernotsitz im Kofferraum seines eigenen Wagens verbannt hatten, des einzigen Autos, das groß genug war, die ganze Reisegruppe aufzunehmen.

Nach den ganzen Enthüllungen war es erstaunlich still im Wagen. Als würde niemand die fragile Ruhe stören wollen, wurde jede mögliche Konversation ausgespart. Sie unterhielten sich nur knapp über die Strecke – der direkte Highway hatte eine Großbaustelle, weshalb sie sich für die Küstenstrecke entschieden hatten – und das Wetter. Sie hofften, dass es nicht erneut schneien würde. Momentan waren die Straßen gut geräumt. Aber bei Neuschnee könnten sich bald schon schlimme Staus bilden und die Fahrt bis in die Abendstunden ziehen. Komischerweise hatte es niemand infrage gestellt, dass sie fuhren. Von dem Moment an, als Maria angekündigt hatte, dass sie nun zu Jordan fahren würden, hatten sie ihr die Führung überlassen, wie früher als Kinder.

„Oh je, es beginnt zu schneien", bemerkte Maria, die den Ehrenplatz vorn neben Flynt bekommen hatte.

„Wird schon nicht so schlimm", meinte Jessie. Dennoch blickte sie besorgt auf den sich verdunkelnden Himmel. Eigentlich hätte es noch hell sein sollen, doch die sich zusammenziehenden Wolken ließen die Dämmerung früher aufziehen. Immer zahlreicher fielen die

Flocken auf die Windschutzscheibe, bislang blieb aber nur wenig auf der Straße liegen.

„Alles in Ordnung", sagte Flynt. Er hatte sich seit ihrem Geständnis nicht mehr am allgemeinen Gespräch beteiligt. Kate fragte sich, woran er jetzt wohl dachte. Sie alle hingen ihre Gedanken nach. Für Flynt aber war am meisten geschehen. Sie hoffte, dass er mit dem, was er heute erfahren hatte, irgendwie würde umgehen können.

„Ich würde über die 44 zur 90 fahren", ließ sich Drake von hinten vernehmen. „Wenn es schneit, ist die 84 immer recht schnell voll mit Trucks, die sich quergelegt haben, weil die Strecke stärker über Hügel führt."

„Ich brauche deinen Rat nicht", erwiderte Flynt. „Bis nach Boston sind es nur noch eineinhalb Stunden, das schaffen wir schon."

Doch tatsächlich waren sie lediglich weitere dreißig Minuten gefahren, als der Verkehr dichter wurde.

„Was ist da vorne los?" Jessie deutete auf eine Reihe von Blaulichtern, die man in der Ferne sehen konnte.

„Das sieht nicht gut aus", entgegnete Flynt. Besorgt zog er seine Augenbrauen zusammen. „Wenn das da ein Stau ist, sollten wir vorher vielleicht besser rausfahren."

„Ich hatte doch gesagt, dass sich auf dieser Interstate die Trucks reihenweise querstellen, wenn es glatt wird", kommentierte Drake.

Leider war keine Ausfahrt in Sicht. Es blieb ihnen nichts weiter übrig, als darauf zu hoffen, dass der Stau möglichst schnell ein Ende nahm. Doch bis sie sich durch die nur noch einspurige Straße am Stauende vorbei geschlängelt hatten, verging beinahe eine Stunde.

An der nächstmöglichen Ausfahrt setzte Flynt den Blinker und verließ die Autobahn.

„Was tust du da, wir sind doch längst noch nicht in Boston?", erkundigte Jessie sich.

„Nein, aber ich habe keinen Tropfen Treibstoff mehr im Wagen. Wenn wir nicht bald eine Tankstelle finden, werden wir liegen bleiben. Ich habe wenig Lust, bei Schneesturm mit einem Kanister über die Interstate zu ziehen."

„Ein paar Kilometer können wir trotzdem fahren", sagte Drake. Allerdings zeigte das Display nur noch drei Meilen Reichweite an.

„Nicht noch ein Stau!" Jessie stöhnte.

Sie waren nicht die Einzigen, die sich entschieden hatten, hier die Autobahn zu verlassen. Direkt vor ihnen reihten sich die roten Rücklichter der Wagen zu einer leuchtenden Kette auf. Es hätte hübsch sein könnten, wenn es nicht eine erneute Verzögerung bedeutet hätte. Wenn sie jetzt ohne Treibstoff liegen blieben, würde es Maria bei der Suche nach Jordan nicht weiterbringen.

Jordan. Beim bloßen Gedanken an ihn rumorte ein Gefühl in Kates Bauch, das sie am ehestens an das erinnerte, wenn sie zu viele reife Kirschen gegessen hatte. Ein Teil von ihr sehnte das Wiedersehen mit ihm herbei. Sie hoffte, dass sie durch eine Aussprache die verwirrende Weihnachtszeit besser würde abschließen können. Doch ein anderer Teil war einfach nur panisch, aufgeregt, wie ein Teenager vor dem Date mit dem großen Schwarm. All das war natürlich kompletter Blödsinn. Wie sollte es schon werden, wenn sie ihn nach all der Zeit wieder traf. Vermutlich hatte er sich längst ein anderes Betthäschen zugelegt.

„Habt ihr das gehört?" Jessie hob ihr Handy hoch. „Sie erwarten einen Schneesturm. Kein Wunder, dass die Leute versuchen, schnellstmöglich irgendwo Unterschlupf zu finden."

Kate stöhnte. Der letzte Schneesturm hatte zu einem 70 Kilometer langen Stau auf der 95sten geführt. Die Menschen hatten 20 Stunden ausgeharrt, bis sie weiterfahren konnte.

„Ohne Benzin wird das gar nicht so einfach." Flynt wirkte nun ernsthaft besorgt. „Wenn wir nicht bald eine Tankstelle finden, haben wir ein Problem."

„Wenn wir da vorn abbiegen, soll nach zwei Meilen eine kommen. Meinst du, wir schaffen das noch?"

„Dafür können wir nur beten", erwiderte Flynt. Trotz des starken Zweifels in seiner Stimme nahm er die Abzweigung, die Jessie vorgeschlagen hatte.

„Ich bin ja gespannt, ob wir heute noch ankommen", sagte Kate zu Maria.

Die aber blickte mit einem zuversichtlichen Lächeln nach vorn und presste das Medaillon an ihre Brust. „Oh, doch. Wir werden ankommen. Mein Herz sagt mir, dass ich ihn heute noch in meine Arme schließen werde."

Kate wagte nicht, ihr zu widersprechen. Sie mochte sich kaum vorstellen, wie sich die vergangenen Jahre für Maria angefühlt hatten. Wie sollte sie da eine erneute Enttäuschung verkraften?

Mühsam quälte der Wagen sich den Hügel hinauf. Immer wieder geriet er ins Schlittern. Kate vermutete, dass der Schnee auf eine Eisfläche gefallen war und auf diese Weise ihre Reise unberechenbar machte. Sie versuchte, ihre aufkeimende Angst wegzudrücken und darauf zu vertrauen, dass es ein ziemlich fieser göttlicher Scherz wäre, wenn sie ausgerechnet jetzt ihr unrühmliches Ende bei einem Schneeunfall fänden.

Ihre Gedanken glitten zu ihrem letzten Unfall und der ersten Begegnung mit Jordan. Was für eine merkwürdige Wendung des Schicksals es doch gewesen war. Hatte sie Jordan bloß getroffen, damit eine Mutter und ihr verlorener Sohn sich wiederfinden konnten?

Der Radiosender, der sie in der letzten Stunde mit einer entspannenden Hillbillymischung versorgt hatte, begann zu rauschen und erstarb dann vollends. Jessie beugte sich vor, um einen anderen zu suchen. Doch es schien nirgendwo Empfang zu geben. Der Suchlauf drehte eine komplette Runde ohne Erfolg.

„Jetzt ist auch noch das Radio tot!" Jessie seufzte, als wäre dies der letzte Tropfen auf einem üblen Tag.

„Nicht nur das Radio." Flynt deutete auf das Navigationssystem, das sich plötzlich aufgehängt hatte und nicht weiter die Straße anzeigte.

„Mein Gott, nutz dein Telefon", meldete sich Drake von hinten. „Ich habe nächste Woche einen Werkstatttermin, weil irgendwas mit dem Multimediasystem nicht stimmt. Wenn ich geahnt hätte, was für ein Trip mich erwartet, hätte ich das Auto deiner Mutter genommen."

Jessie hatte längst ihr Telefon aus der Tasche genommen, schüttelte aber den Kopf. „Also ich habe keinen Empfang. Kann einer von euch mal nach der Strecke gucken?"

Kate öffnete ebenfalls die App auf ihrem Handy. Doch die Karte baute sich nur in Minischritten auf. „Irgendwie lädt es nicht. Vielleicht ist ein Sendemast defekt."

„Nicht so schlimm. Die Tankstelle muss gleich kommen. Die können wir gar nicht verpassen und dann fragen wir nach dem Weg", sagte Jessie mit einem zuversichtlichen Lächeln.

„Meinst du etwa die dort drüben?", fragt Drake aus dem Kofferraum. Alle blickten in die Richtung, in die er zeigte.

„Oh nein!" Jessie ließ den Kopf in die Hände sinken.

Neben der altmodischen, verrosteten Zapfsäule hatte sich bereits ein kleiner Baum durch den Zement gekämpft. Hier war schon lange kein Treibstoff mehr geflossen.

In dem Moment stotterte der Wagen, verlangsamte sich und blieb stehen. Flynt schaffte es gerade noch, ihn auf einen Seitenstreifen zu lenken.

„Na, fein! Was machen wir jetzt?", fragte Jessie.

Flynt öffnete die Autotür, stieg heraus und kniff die Augen zusammen. „Da vorn ist ein Diner."

Das ehemals weiße Gebäude sah aus, als wäre es zur gleichen Zeit erbaut worden wie die mittlerweile geschlossene Tankstelle. Vielleicht in den Sechzigern. Es hatte jedenfalls eines dieser früher einmal beliebten Tonnendächer. Außen hingen Lichterketten, die vermutlich von Weihnachten übrig geblieben waren. Was aber viel wichtiger war: Im Innern brannte Licht.

„Hätte schlimmer kommen können." Mit einer Miene absoluter Gelassenheit kletterte Maria aus dem Auto.

„Denkst du immer noch, dass wir heute ankommen?", fragte Drake spitz.

Flynt schnaubte. „Vielleicht hältst du in den nächsten Stunden einfach den Mund, wenn du nichts Produktives beizutragen hast.“

Das Diner hatte schon bessere Tage gesehen. Dafür aber war es warm und beinahe leer bis auf eine Familie mit zwei kleinen Kindern, die sich lauthals darüber mokierten, dass sie keinen zweiten Nachtisch bestellen durften.

„Wir müssen dringend weiter, sonst können wir gleich die Nacht hier verbringen“, sagte ein Mann, der mit dem Rücken zu ihnen saß, zu den Kleinen.

Hinter dem Tresen stand die älteste Kellnerin, die Kate je gesehen hatte. Auf einem stumm geschalteten Fernseher rechts von ihr liefen Talkshows.

„Gibt's ja nich'. So'n Schneesturm hat echt sein Gutes. So voll war es hier nicht mehr, seit Bush Senior die Wahl gewonnen hat!“, sagte die Kellnerin, auf deren Brust ein Namensschild verkündete, dass sie Mary-Sue hieß.

Sie warteten gerade auf ihre Getränke, als Kate wie angewurzelt auf den Fernseher starrte. Auch Maria und Jessie hatten es bemerkt.

„Scheiße, nicht schon wieder der!“, sagte Drake.

„Könnten Sie eventuell den Ton anstellen?“, bat Kate die Kellnerin. Sie trat näher an den Tresen, um das Bild besser erkennen zu können.

„Klar, kein Problem.“ Die Frau ging einigermaßen wackelig auf ihre Zehenspitzen und erreichte gerade so den Lautstärkeregler des vorsintflutlichen Gerätes.

Es handelte sich um eines dieser Promimagazine, die die neuesten Nachrichten aus der Welt der Stars brachte.

„Einen kleinen Skandal haben gestern die Zuschauer des Frühstücksfernsehens bei Donna Parker erlebt. Frauenliebling und Rockstar Kenny von ‚Six Feet Tall' ist seinem Ruf mal wieder gerecht geworden. Erst kam er vermutlich direkt von einer Drogenparty in die Frühstücksshow", der Sender machte ein Close-up von Jordans Augenringen, „und gab sich einigermaßen leutselig. Doch seht, was passierte, als er auf diese Studentin angesprochen wurde, die er um Weihnachten rum gedatet hat." Die Moderatorin im Studio drehte sich zur Seite und deutete auf einen Ausschnitt, der jetzt größer gezoomt wurde, bis er die ganze Fläche einnahm.

Kate erkannte die Sendung. Einen Teil hatte sie am gestrigen Tag gesehen, bis Claire aufgetaucht war.

Jordan saß auf einem roten Sofa, neben ihm die Moderatorin. Dahinter plötzlich das Foto aus Instagram, das Kate offenbar nie wieder loswurde. Ihr Kuss. Mit verzerrter Miene sprang Jordan auf. „An der Geschichte war nie etwas dran, wann kapiert ihr das endlich? Ich habe und hatte nie eine Beziehung mit diesem Mädchen aus dem verdammten Dawsonhills!" Dann stürmte er aus dem Studio. Man sah, wie er einen Kameramann beinahe umrannte und verschwand.

Wie ein Messer stachen Jordans Worte in ihrer Brust.

„Die Arme. Das hat die junge Frau sich vermutlich anders gedacht." Die Moderatorin kicherte affektiert. „Und nun zu Robbie William. Der hat doch tatsächlich …"

Jessie legte Kate vorsichtig den Arm um die Schulter. Die starrte immer noch auf den Fernseher, als könnte irgendetwas die bösen Worte von Jordan ungeschehen machen. Reglos stand sie da. Spürte einen ungeheuren Schmerz, aber auch eine überbordende Wut in sich aufsteigen. Dieser egoistische Mistkerl. Wie konnte er es wagen, in aller Öffentlichkeit so über sie zu sprechen.

„Wenn ich den in die Finger kriege, dann gnade ihm Gott!", stieß sie zwischen den Zähnen hervor. In diesem Moment wurde ihr eines klar. Wären sie und Jordan tatsächlich zusammen, würden diese Sticheleien in der Öffentlichkeit sie wahnsinnig machen. Sie sollte froh sein, dass er aus ihrem Leben verschwunden war. Nun musste das nur noch ihr Herz verstehen, das an diesem unmöglichen Kerl irgendwie einen Narren gefressen hatte.

Mit einem polternden Geräusch schob Mary-Sue ihnen ihre Getränke über den Tresen, die sie trotz der Kälte draußen großzügig mit Eiswürfel gespickt hatte. „Ich will mich ja nicht einmischen, Kindchen. Aber die Chance könnten Sie früher kriegen, als Sie denken."

Verständnislos sah Kate sie an. Plötzlich spürte Kate einen scharfen Schmerz am Hinterkopf. Ein Gummigeschoss hatte sie getroffen. Darauf folgte wildes Kinderjubeln und das Fluchen eines Mannes.

„Hör sofort auf, John! Mit euch kann man ja wirklich nirgendwo hingehen!" Kate drehte sich um und sah sich zwei kleinen Jungs mit schokoladenverschmierten Mündern entgegen, die mit zwei Gummi-Maschinenpistolen im Diner versuchten, einen Tarantino-Film nachzudrehen.

„Hey, das tut weh!" Mit zusammengezogen Augenbrauen sah sie die kleinen Übeltäter an. „Wer von euch war das?"

Die beiden starrten sich an.

„Paul war's!" Mit ausgestrecktem Finger deutete der kleinere auf den größeren.

„John war's!", kam es empört zurück. Beide zuckten mit Unschuldsmiene die Schultern. Dafür fingen sie an, sich gegenseitig mit Gummigeschossen zu attackieren, bis der Mann am Tisch aufsprang und ihnen die Waffen aus den Händen riss.

„Kein Fernsehgerät! Für ein ganzes Jahr!", schrie er mit großer Verzweiflung, packte die beiden Jungs am Kragen und wandte sich entschuldigend an Kate. „Jetzt entschuldigt euch!"

„Barry?", fragte Kate perplex. „Was machen Sie denn hier?"

„Barry?" Maria drehte sich zu ihnen um und schlug die Hände vor den Mund.

Barry starrte sie an, als wäre sie eine Erscheinung aus einem Märchenbuch. „Maria!"

Einen Moment lang stand die Welt um die beiden still und sie sahen sich bloß mit großen Augen an. Nun fehlte nur noch sentimentale Geigenmusik.

Kate wurde das Gefühl nicht los, das irgendjemand da oben sich grad einen großen Spaß mit ihnen machte. Was würde wohl noch alles geschehen?

„Was für ein Glück, dass wir Sie hier treffen. Wir müssen unbedingt mit Jordan sprechen. Können Sie uns seine Nummer geben?", mischte Jessie sich ein.

Barry starrte zwischen ihnen hin und her, als könnte er es nicht fassen, dass sie sich ausgerechnet hier begegneten. „Äh, was haben Sie gesagt?"

Das wilde Heulen eines der Kinder fesselte kurzzeitig seine Aufmerksamkeit und überdeckte Jessies Antwort.

Kate fasste ihn am Arm, um seinen Fokus wieder auf sich zu richten. „Wir müssen wirklich dringend mit Jordan sprechen und brauchen seine Telefonnummer."

„Telefonnummer? Das wird nicht nötig sein." Barrys Blick glitt zu dem Tisch, an dem er gegessen hatte und an dem immer noch eine junge, blonde Schönheit mit einem Mann saß. Kate folgte dem Blick und ein ganz ungeheurer Gedanke wuchs in Kate. In dem Moment wandte er den Kopf und alles in Kate gefror zu Eis.

Kapitel 29

Sie war genauso schön, wie er sie in Erinnerung hatte. Aber leider schien sie auch höllisch wütend auf ihn zu sein.

„Kate?", fragte er und fühlte sich im gleichen Moment unsagbar dumm. Wie gebannt sah er sie an. Wollte sie um Verzeihung bitten und direkt in die Arme schließen. Sein Mund öffnete und schloss sich, doch er fand nicht die richtigen Worte. Innerlich fluchte er. Wenn er Musik machte, konnte er eloquent und weltgewandt sein. Aber ohne Musik war er in zwischenmenschlichen Beziehungen ein echter Honk. Daran war im Grunde genommen auch seine letzte und einzige Beziehung zerbrochen. Er fand nicht die richtigen Worte.

Für einen Moment glomm so etwas wie Freude in Kates Augen auf, doch dann bildete sich zwischen ihren Brauen eine steile Falte. Da erst merkte er, dass sie nicht allein war. Ein hochgewachsener Mann erschien an ihrer Seite und funkelte ihn hochmütig an. Drake. Leichter Schwindel ergriff Jordan. Sie waren beinahe gleich groß, hatten eine ähnliche Statur. War der Mann vor ihm tatsächlich sein Vater oder hatte er sich die ganze Sache bloß eingebildet?

Egal wie es war. Er sehnte sich danach, diesem Kerl seine hochmütige Fresse zu polieren. Diesem Kerl, der jetzt auch noch besitzergreifend seine Hand auf Kates Arm legte.

Zu allem Überfluss stand plötzlich Flynt neben ihr und flüsterte ihr beruhigend ins Ohr. In Kates schönen Augen bildeten sich Tränen. Sie wandte den Kopf ab. Flynt zog sie an sich, so dass sie ihren Kopf an seiner Schulter barg.

Nun wurde Jordan alles klar. Sie war wieder mit Flynt zusammen und das nach allem, was geschehen war. Auch wenn die Sache mit Kate schon ein paar Wochen her war, machte es ihm überraschend viel aus. Ob Flynt inzwischen die Geschichte mit Drake kannte?

„Was für ein interessanter Zufall!" Er hoffte, dass seine Miene wirklich unbeteiligt war und sich nicht das wilde Brodeln seiner Gefühle in ihr spiegelte. Gerade hatte er sich noch für seinen Fernsehauftritt, für seinen ungeschickten Abgang, eigentlich für alles bei ihr entschuldigen wollen. Doch das konnte er sich nun sparen. Sie sollte nicht wissen, dass ihm ihre Begegnung stärker unter die Haut gegangen war. Eine unerwartete Bitterkeit machte sich in ihm breit. Oder war das sogar Eifersucht?

„Kenny, willst du mich nicht vorstellen?" Plötzlich war Stella an seiner Seite und lehnte leicht den Kopf an seine Schulter. Ein Geschenk des Himmels. Einem Impuls folgend legte er den Arm um sie, auch wenn sie für seinen Geschmack viel zu jung war. Die Siebzehnjährige versteifte sich kurz, dann warf sie ihm einen wissenden Blick zu und schmiegte sich an ihn. Offenbar kannte sie das Spiel.

„Wir haben uns mal bei einer Feier getroffen“, entgegnete er. Dabei ließ er Kate nicht aus den Augen.

In dem Moment rissen John und Paul, die beiden Teufel, sich von Barry los und setzten ihre wilde Jagd durch das Restaurant fort, bis die Kellnerin sich ihnen in den Weg stellte. „Hier wird nicht gerannt!“

Da stand Maria hinter den beiden und legte ihnen jeweils eine Hand auf den Arm. „Na ihr beiden, wer seid ihr denn?“

Verwirrt durch die plötzliche Aufmerksamkeit sahen sie sie an.

„John und Paul“, antwortete einer der Jungs.

„Oh, vielleicht wie John Lennon und Paul McCartney?“, fragte Maria interessiert.

„Papa ist ein großer Beatles-Fan und unsere Namen sind eine Ehre“, erklärte der Rotschopf ihr.

„Wir müssten mal in Ruhe reden.“ Maria deutete hinter sich. „Aber ich sehe, dass ihr euch langweilt. Habt ihr vielleicht Lust, ein Kartenspiel zu spielen?“ Sie zog etwas aus ihrer großen Handtasche. „Und dann setzt ihr euch da drüben hin? Das wäre echt toll.“

Zu aller Überraschung nahmen die Jungs das Kartenspiel, als wäre es die neueste Spielekonsole und setzten sich brav in eine Ecke.

„Maria, Sie sind ein Wunder. Sie suchen nicht zufällig doch einen neuen Job?“ Barry strahlte, als hätte er eine göttliche Offenbarung gehabt.

Maria schüttelte nur den Kopf und heftete ihren Blick auf Jordan.

Jessie gab Maria einen Schubs. „Wir sind eigentlich hier, weil wir dringend etwas mit dir besprechen müssen.“

Jordan sah sie überrascht an. Das klang fast so, als hätten sie ihn absichtlich besucht und nicht, als hätten sie sich rein zufällig in dieser Kaschemme getroffen. Er lächelte zögernd. „Ich verstehe nicht so recht."

Verwirrt blickte er zwischen den anderen hin und her. Die Gruppe vor ihm tauschte vielsagende Blicke und er hatte keine Ahnung, was gespielt wurde.

„Wir wollten dich in Boston besuchen. Wie praktisch, dass wir uns hier begegnen, auch wenn die Umstände etwas seltsam sind", sagte Jessie mit fester Stimme.

„Wie kommt ihr dazu, Jordan zu suchen? Was ist denn los?" Dann blickte Barry zu Kate und schlug die Hand vor den Mund. „Jetzt sagen Sie nicht, dass Sie schwanger sind." Kopfschüttelnd stieß er Jordan in die Seite. „Jordan, kann es sein, dass du das Mädchen geschwängert hast?"

Kates Mund öffnete sich vor Überraschung. Doch sie sagte nichts. Es war, als hätte man eine Stecknadel fallen hören können. Jordan starrte sie an. Konnte das sein? Ihm wurde heiß und kalt und er hatte das Gefühl, das Panik seinen Brustkorb zuschnürte. Wollten sie Geld von ihm?

Wie immer, wenn eine Situation brenzlig wurde, breitete sich ein gewaltiger Fluchtreflex in ihm aus, möglicherweise ein Überbleibsel aus seiner Zeit auf der Straße. Er wünschte, er hätte nie an dem Diner angehalten. Aber sie hatten eine Ewigkeit im Stau gestanden, weil wenige Meter vor ihnen einer dieser gigantischen Lkw mit einem alten klapprigen Wohnmobil kollidiert war und sich einmal quer über die Fahrbahn gedreht hatte. Natürlich hatten sie da die letzte Ausfahrt längst hinter sich gelassen.

Irgendwann hatten die Kinder so sehr über Hunger gejammert, dass Jordan die Umleitung verließ, um eine Möglichkeit zum Anhalten zu suchen. Das heruntergekommene Diner war ihre einzige Option in einer menschenleeren Gegend gewesen.

„Nun sag schon, Mädel, hast du einen Braten in der Röhre?" Die Kellnerin hatte sich interessiert vorgebeugt.

„Du täuschst dich. Ich muss dringend mit dir reden." Maria trat vor und sah ihn aus ihren dunklen Augen unergründlich an. Sie zog etwas aus ihrer Tasche. Dann hielt sie ihm sein Medaillon hin, das er schon verloren geglaubt hatte.

Sein Herz hüpfte. Dafür hatte sich die Reise gelohnt. „Vielen Dank!" Er wollte nach dem Medaillon greifen, doch Maria zog ihre Hand weg.

Plötzlich fiel ihm auf, wie merkwürdig es war, dass sich diese Gruppe auf den Weg gemacht haben sollte, bloß um ihm sein Amulett wiederzubringen.

„Dann gehört die Kette dir?", fragte Maria.

„Ja", entgegnete Jordan abwartend. „Ich muss sie in Kates Zimmer verloren haben." Erneut streckte er die Hand danach aus und diesmal überließ sie es ihm. Er strich über das vertraute, angelaufene Silber und das Marienbild darauf. Dann verstand er plötzlich, wieso sie ihn so ansah. Er starrte auf die kleine, dunkelhaarige Frau mit den lebendigen Augen hinunter und hatte das Gefühl, dass der Boden unter ihm schwankte. War sie etwa seine Mutter? Er wich einen Schritt zurück und stieß gegen Barry, der die Szene mit weitaufgerissenem Blick beobachtete. Barry drückte ermutigend seine Hand. Jordans Herz pochte wie wild.

„Woher hast du das Medaillon?", fragte Maria mit bebender Stimme.

„Ich wurde als Neugeborenes ausgesetzt und trug bloß diese Kette."

In Marias Augen sammelten sich Tränen. Ihr Gesichtsausdruck schwankte zwischen Freude und Schmerz und da wusste er es. Hatte er es nicht die ganze Zeit gewusst?

„Mein Emilio!" Sie stürzte auf ihn zu und presste sich schluchzend an ihn. Sie roch nach Zimt und Vanille. „Ich habe mein Leben lang nach dir gesucht!" Ein Schwall spanischer Worte prasselte auf ihn herunter. War er selbst jetzt ein Mexikaner? „Du trägst den Namen deines Großvaters!" Immer wieder sah sie ihn an, strich über sein Gesicht und küsste seine Wangen, strich ihm über die Haut. Auch ihm traten Tränen in die Augen und es war ihm gleichgültig, dass die anderen das sahen.

Dann aber fiel ihm auf, dass etwas ganz und gar nicht stimmte. Wenn sie ihn ihr Leben lang gesucht hatte, wieso hatte sie ihn dem sicheren Tod ausgesetzt? Er schob sie ein wenig von sich.

„Was ist damals geschehen?"

Kapitel 25

Mit gesenktem Kopf betrachtete Kate im Spiegel des Linoleumbodens die Schemen der beiden Menschen, die sich so unerwartet wiedergefunden hatten. Von den Ereignissen des heutigen Tages schwirrte ihr der Schädel.

Die widerstrebendsten Emotionen kämpften in ihr. Als sie Jordan erkannt hatte, war ihr erster Impuls gewesen, auf ihn zuzustürmen, ihn an sich zu drücken und nicht mehr loszulassen. Allein die Tatsache, dass es diese Empfindung in ihr gab, machte ihr Angst. Noch nie in ihrem Lebe war sie derart unvernünftig gewesen. Das passte nicht zu ihr und so hatte sie sich auch in den Zeiten, als die Beziehung mit Flynt gestartet war und alles wundervoll war, nicht gefühlt. Nicht so, als müsste man jedwede Bedenken über Bord, jeden Ärger vergessen und einfach und allein um genau diesen einen Menschen kämpfen, koste es, was es wolle.

Auf jeden Fall aber war sie dankbar dafür, dass ihre Überraschung groß genug gewesen war, um sie einen Moment lang innehalten zu lassen. So hatte sie glücklicherweise gerade noch rechtzeitig die elfenhafte, junge

Frau neben ihm erkannt, die offenbar seine neue Begleitung war. Bittere Eifersucht benebelte ihre Sinne, wenn sie nur daran dachte.

Doch wenn sie das innere Leuchten sah, das Maria ergriffen hatte, war sie trotz allem froh, dass sie Jordan heute tatsächlich getroffen hatten, auch wenn sie sich ursprünglich vorgestellt hatte, dass dieses Treffen eher in einem Hotel statt in diesem Diner im Nirgendwo stattfinden würde, wenn es ihnen denn gelang, ihn aufzuspüren.

Sie hoffte, dass Maria eine gute Erklärung für alles hatte und tatsächlich eine Beziehung zu ihrem verlorenen Kind aufbauen konnte. Wie musste sie all die Jahre gelitten haben. Dabei hatte Kate nie etwas gemerkt.

Maria setzte sich an einen der Tische und wischte mit einer Serviette gedankenverloren einen Mayonnaise-Klecks weg, der darauf prangte. Vermutlich musste sie sich sammeln. Jordan nahm ihr gegenüber Platz. Jessie stieß Kate mit dem Ellenbogen an und deutete auf eine weiter entfernt liegende Sitzecke. „Sollen wir uns da hinübersetzen?"

„Das, was ich zu erzählen habe, könnt ihr alle hören", sagte Maria. „Es ist längst Zeit, dass endlich die Wahrheit ans Licht kommt. In gewisser Weise geht es euch alles etwas an, besonders dich, Drake."

„Was willst du damit sagen?", brauste Drake auf.

Doch Maria schaffte es überraschenderweise, ihn mit einer bloßen Geste zum Schweigen zu bringen.

Kate sah zwischen den beiden Männern hin und her und ahnte, auf was Maria hinauswollte. War etwa Drake Jordans Vater? Dann wären Flynt und er Brüder. Der Knoten in ihrem Magen wuchs zu einem Tornado und ihre Knie begannen zu zittern. Sie warf einen Blick zu Flynt, dessen kalkweißes Gesicht zeigte, dass er gerade denselben Gedanken hatte. Unwillkürlich streckte sie Hilfe suchend die Hand nach ihrem Sandkastenfreund aus und nahm erleichtert wahr, wie er sie an sich zog und ihr Sicherheit gab bei dem, was jetzt herauskommen würde.

Maria faltete ihre Hände in den Schoß und drehte den Rosenkranz in ihnen, den sie in letzter Zeit selten loszulassen schien.

„Es sollte ein besonderes Jahr für mich werden. Ich war gerade 17 geworden und weil ich noch nicht wusste, was ich einmal beruflich machen wollte, habe ich mich als Au-pair-Mädchen bei einer amerikanischen Familie beworben. Es konnte ja nicht schaden, gutes Englisch zu lernen. Auf jeden Fall bin ich auf die Weise bei den Benjamins gelandet.“

Aus dem Augenwinkel sah Kate, wie Mary-Sue, die zuvor eine gefühlte Ewigkeit den Nebentisch abgewischt hatte, um nichts zu verpassen, nun leise einen Stuhl heranzog und sich setzte.

„Flynts Schwester Xenia war gerade geboren“, fuhr Maria fort. „Ich sollte auf sie aufpassen und mich ein bisschen im Haushalt einbringen. Doch viel mehr hatte ich für Theo und Norma, Drakes Eltern, zu arbeiten. Die beiden bewohnten ja den rechten Flügel des Hauses. Sie sahen in mir eine günstige Arbeitskraft, die sie rund um die Uhr durch die Gegend jagen konnten. Zunächst war alles in Ordnung. Bloß ...“, sie stockte, „... bloß waren da die Blicke, die Andeutungen, die Berührungen, die immer mehr wurde. Und dann öffnete sich eines Nachts meine Schlafzimmertür und ...“ Sie schluchzte auf. „Ich habe eine ganze Weile gebraucht, bis ich erkannt habe, dass das nicht meine Schuld war. Dass ich ihn nicht irgendwie herausgefordert hatte. Aber ich war ja noch so jung."

Plötzlich sprang Jordan auf. Mordlust stand ihm ins Gesicht geschrieben und bevor ihn jemand aufhalten konnte, hatte er Drake auf den Boden geschleudert und ihm mit der Faust ins Gesicht geschlagen. Seine Hände lagen an seinem Hals und drückten ihm die Luft ab. „Ich bringe dich um, du Mistkerl. Ich bringe dich um!"

Drake war trotz allem gut im Training. Er traf sich regelmäßig mit seinem Personaltrainer, wie Kate wusste. Auf jeden Fall schaffte er es, Jordan ein Knie in den Bauch zu rammen und ihm seinerseits ins Gesicht zu schlagen. Jordans Lippe sprang auf. Die beiden Kämpfer rappelten sich wieder auf. Flynt und Barry versuchten erfolglos, dazwischen zu gehen.

„Hört auf!", schrie Kate, doch keiner der beiden schenkte ihr Beachtung.

Die Blondine quietschte erschrocken, als Jordan Drake um einen Tisch herumtrieb. Der schubste Jordan einen Stuhl entgegen. Das hielt seinen Gegner allerdings nicht davon ab, ihm zu folgen. Mit wilden Flüchen trieb Jordan Drake durch das Restaurant. Eine Vase mit uralten Kunstblumen ging zu Bruch, dann noch eine.

„Aufhören, oder ich rufe die Polizei!", kreischte Mary-Sue. Drohend hob sie einen Wischmopp in die Höhe.

Kate nahm ihre Cola und kippte sie Jordan über den Kopf. „Aufhören!", schrie sie. Doch auch das half nichts.

Schließlich kniete Jordan auf Drake und würgte ihn, bis er schon fast blau anlief.

Maria, die aufgeregt hinter den beiden hergelaufen war, schaffte es endlich, Jordan am Arm zu fassen. „Hör auf damit!"

„Du hast mir gar nichts zu sagen!", fauchte er. „Jahrelang habe ich darauf gewartet, meinem elenden Erzeuger die Fresse zu polieren."

Drake wand sich unter ihm. „Spinnst du?", schnaubte er und schaffte es noch einmal, Jordan von sich wegzustoßen. „Hat jemand die Polizei gerufen? Der Irre hier will mich umbringen!"

Nun hielten Barry und Flynt Jordan fest und Maria stellte sich vor ihn. „Jordan, Drake ist nicht dein Vater!"

Überrascht sah Jordan sie an. Er keuchte vor Anstrengung und schien kaum zu begreifen, was sie ihm sagen wollte. „Was sagst du da? Hast du nicht gerade erzählt, dass Drake ..."

Vorsichtig, als wagte sie es nicht, ihn zu berühren, legte sie ihm eine Hand auf den Arm. „Drake ist nicht dein Vater. Er ist dein Bruder!"

Totenstille trat in diesem Moment in den Raum.

„Was ist er?", fragte Jordan tonlos, während Drake ihn fassungslos anstarrte.

„Dein Bruder." Maria schluckte. „Sein Vater, Theo, er ..."

Kate nahm Maria in den Arm. „Du musst nicht weitersprechen, wir verstehen schon."

Maria streckte ihre Schultern. „Irgendwann habe ich festgestellt, dass ich ein Kind erwartete." Sie schluchzte. „Ich hatte Angst, dass man mich wieder nach Hause schickt. Meine Familie wäre durchgedreht." Maria atmete schwer. Hastig stolperten die Worte aus ihrem Mund. „Also habe ich versucht, es zu vergessen. Ich habe nicht allzu viel zugenommen, daher hat es kaum jemand bemerkt. Und dann ..." Ihr Blick glitt in die Ferne. „Es war damals ein ziemlich kalter Winter. Der kälteste meines bisherigen Lebens. Vielleicht war es deshalb so einfach, die Tatsache zu verstecken, dass ich ein Baby trug."

Ihr Blick fiel auf Jordan. Ein zärtliches Lächeln erschien in ihrem Gesicht und sie streckte ihre Hand nach ihm aus.

Doch er hob abwehrend die Hand. „Es gibt Hilfsangebote für ledige Mütter. Das weiß ich ziemlich gut, weil ich jedes Jahr eine ziemlich hohe Summe für eine solche Organisation spende. Niemand muss sein Kind aussetzen."

Die Verzweiflung in Marias Blick brach Kate fast das Herz.

„Das habe ich auch nicht", sagte Maria leise. „Trotzdem tut mir alles wahnsinnig leid. Aber ich wusste einfach nicht, was ich tun sollte."

Sie barg den Kopf in den Händen und sah ihn bittend an. „Als die Wehen losgingen, hat Norma mich gefunden. Sie hat sofort gewusst, was los war, und sich um mich gekümmert. Ich weiß noch, wie sehr mich das überrascht hat. Ich dachte, sie jagt mich sofort aus dem Haus." Maria lachte bitter auf. „Die Geburt war leichter, als befürchtet. Dann hat sie mir gesagt, ich solle mich ausruhen und hat mir etwas zum Schlafen gegeben. Doch als ich ein paar Stunden später wieder aufwachte, war mein Baby verschwunden."

„Du solltest vorsichtig sein, was du da andeutest, Maria! Ich werde es nicht zulassen, dass du den guten Namen meiner Familie in den Dreck ziehst!" Drake war aufgesprungen und funkelte sie an.

„Lass sie ausreden!", befahl Flynt seinem Vater.

Maria richtete sich auf. „Ich habe lange genug geschwiegen! Ein Test wird Theos Vaterschaft bestätigen, das wirst auch du nicht verhindern können. Hast du nicht selbst genug angerichtet?" Sie atmete einmal tief durch und wandte sich wieder an Jordan.

„Norma sagte mir, ich solle mein Kind vergessen und den Mund halten, wenn ich nicht ins Gefängnis wollte. Was sie damit meinte, habe ich erst später verstanden. Sie hatte mein Baby in der Krippe ausgesetzt. Ein genialer Plan. Ihr Wort gegen meines. Wer würde mir, einer Ausländerin, schon glauben?" Eine Träne sammelte sich in ihrem Augenwinkel, während ihr Blick tief in die Vergangenheit gerichtet war. „Wie alle anderen hielt ich es für tot. Das Einzige, was ich tun konnte, war, meinem Kleinen mein Amulett zu geben, damit die Jungfrau Maria es erkennen möge und zu sich nähme. An dem heftigen Fieber, das ich danach bekam, bin ich beinahe selbst gestorben. So erfuhr ich zu spät, dass mein Baby überlebt hatte und alle Versuche, es zu finden, endeten in einer Sackgasse. Jordan, das musst du mir glauben!"

Während ihrer Erzählung hatte niemand zu atmen gewagt. Mary-Sue war die erste, die ihre Sprache wiederfand. Sie ging auf Maria zu und drückte sie an sich. Tränen liefen über ihre Wangen. „Mein erstes Baby hat mir die Fürsorge genommen. Ich war erst fünfzehn, aber ich werde sie mein Leben lang im Herzen tragen."

Einen Moment lang drückten die beiden Frauen sich aneinander. Dann wandte Maria den Blick zu Jordan. In ihren Augen stand eine jahrzehntelange Sehnsucht. In Jordans Miene spiegelten sich die widersprüchlichsten Emotionen. Endlich sprang er auf und sie lagen sich in den Armen.

„Na, wenn das nicht ein Grund zum Feiern ist!", meinte Mary-Sue.

Sie schoben die Tische zusammen. Bald bogen die sich unter allem, was das Diner noch hergab. Mary-Sue hängte ein „geschlossene Gesellschaft"-Schild an die Tür. Die alte Jukebox steuerte Partymusik bei und das wiedergefundene Mutter-Sohn-Paar wurde gefeiert. Bloß Drake saß mit versteinerter Miene an einem Tisch in der Ecke. Vermutlich fragte er sich, ob er einen Teil seines Erbes abgeben müsste, jetzt, da ein unbekannter Bruder aufgetaucht war. Kate gönnte es ihm.

Kurze Zeit später erhoben Jordan und Maria sich. „Maria kommt für eine Weile mit zu mir. Wir haben eine Menge nachzuholen!" Er lächelte sie strahlend an. Dann wurde sein Blick wieder ernst. „Es war schön, dich wiederzusehen, Kate. Ich wünsche dir, ich meine, euch, alles Gute." Er deutete auf Flynt, der neben Kate stand.

Kate überlegte kurz, ob sie ihn darüber aufklären sollte, dass sie und Flynt kein Paar waren. Doch sie wusste nicht, was das für einen Sinn gehabt hätte. Schließlich hatte er ja seine kleine, blonde Freundin dabei. „Danke, dir auch", sagte sie nur.

Maria räusperte sich und legte Jordan eine Hand auf den Arm. „Hast du nicht etwas vergessen?"

Verwundert drehte er sich zu ihr um. „Was denn?"

Sie stemmte die Hände in die Hüften. „Hast du eine Ahnung, wie der erste Weihnachtstag für Kate war, nachdem du einfach so verschwunden bist? Du solltest dich bei ihr entschuldigen!"

Ein seltsamer Ausdruck glitt über Jordans Gesicht. Kate hatte das Gefühl, wieder ein kleines Kind zu sein, das sich mit einem Spielgefährten gestritten hatte. Jordan schien es ähnlich zu gehen. Ein leichtes Funkeln erschien in seinen Augen, als würde er es genießen, jetzt eine Mutter zu haben, die ihn auf Fehlverhalten hinweisen konnte. Er streckte förmlich die Hand aus. „Entschuldige, Kate. Ich wollte dich nicht verletzen."

„Entschuldigung angenommen", entgegnete sie.

Seine Hand fühlte sich warm in ihrer an. Sehnsucht breitete sich in ihr aus. Am liebsten würde sie seine Hand gar nicht mehr loslassen. Vielleicht ging es ihm ähnlich. Er hielt ihre Finger einen Moment länger als nötig. Seine Augen suchten ihren Blick.

Dann aber besann er sich zu ihrem Bedauern auf die umstehenden Menschen. Er räusperte sich. „Man sieht sich."

„Das wäre schön", sagte Kate.

„Kannst du vielleicht mein Auto zurück nach Hause fahren?", wandte Maria sich an Jessie.

Die nickte. „Natürlich. Was soll ich denn meinen Eltern sagen? Was denkst du, wann du wiederkommst?"

Maria tauschte einen Blick mit Jordan und zuckte mit den Schultern. „Keine Ahnung, wir haben so viel nachzuholen. Ich möchte alles über ihn erfahren. Wie es ihm gegangen ist. Du weißt schon." Sie lächelte glücklich. „Deine Eltern werden das verstehen. Und wenn nicht gerade ihre gesamten Kinder und Enkelkinder zu

Besuch sind, werden sie mit ihrem Haus auch alleine klarkommen."

„Na, dann wollen wir mal." Barry war von der Szene vor ihm mehr als gerührt. Sein Gesicht zierten verräterische rote Flecken.

Flynt wischte sich mit der Hand über den Nacken. „Dann erst mal gute Heimreise – Onkel Jordan."

Jordan grinste. „Pass auf Kate auf. Und euch auch eine gute Heimreise."

„Das versuche ich." Flynt räusperte sich. „Allerdings werden wir nicht weit kommen. Unser Tank ist nämlich komplett leer."

„Mit Treibstoff kann ich euch behilflich sein", mischte Barry sich ein. „Zufällig befindet sich ein gefüllter Kanister in meinem Kofferraum. Wenn ich mit den Kindern unterwegs bin, bin ich gern vorbereitet."

„Super, dann kann es ja losgehen", sagte Kate mit gespielter Fröhlichkeit und schnappte sich ihre Handtasche.

Gemeinsam gingen sie nach draußen und Barry holte einen großen Kanister aus seinem Kofferraum. Kate musste fast lachen. Barry fuhr beinahe denselben breiten Geländewagen wie Drake. Immerhin würde auf diese Art die Wahl des Treibstoffs passen.

„Vielen Dank", sagte Flynt zu Barry.

Sie beobachteten, wie Maria mit dem Strahlen einer frischverliebten Braut auf dem Beifahrersitz Platz nahm und Barry das Auto startete.

„Pass auf dich auf, Maria", rief Kate. Die Windschutzscheibe fuhr herunter und Maria winkte fröhlich lachend heraus. Ein Kloß machte sich in Kates Kehle breit.

Jessie legte Kate den Arm um die Schulter. „Schon komisch, es ist plötzlich so, als würde Maria uns nicht mehr gehören. Beinahe bin ich ein bisschen eifersüchtig auf Jordan. Maria war für mich auch immer so etwas wie eine Mutter."

Kate verstand, was Jessie meinte. Es schien ihr, als wären Maria und Jordan auf einer Party eingeladen, wo sie selbst nichts zu suchen hatte. Sie fühlte sich ausgeschlossen. Außerdem hatte sie die Möglichkeit verstreichen lassen, Jordan zu fragen, wieso er damals ohne Antwort gegangen war. Hätte sie ihm sagen sollen, dass sie gar nicht mit Flynt zusammen war?

„Jetzt guck nicht so traurig." Flynt legte den Arm um Kates Schultern. „Ich habe so ein Gefühl, als würden wir meinen neuen Onkel in Zukunft häufiger mal bei uns in Dawsonhills sehen."

Kapitel 26

15 Monate später

„Beeil dich. Wir sind ganz schön spät dran!" Jessie hob mahnend ihren Zeigefinger, als sie einen kurzen Blick in Kates ehemaliges Kinderzimmer warf. Jessie bot einen interessanten Anblick, denn sie hatte eine dicke weiße Gesichtsmaske aufgetragen und trug genau drei Lockenwickler, jeweils einen auf beiden Seiten und einen oben mittig. Außerdem eine beigefarbene Feinstrumpfhose, die in alten pinken Schlappen in Schweinchenform stecken, sowie eines dieser Figur formenden Shirts, die den Bauch weg und den Busen hochdrückten.

Doch mit Jessies Aussehen konnte sich Kate momentan eigentlich nicht befassen. Ihre Schwester hatte durchaus recht. Es war schon viel zu spät. Allerdings gab es noch ein altes blaues Band, das ihrer Großmutter gehört hatte, das sie unbedingt finden musste. Sie hatte das Gefühl, dass der Tag ohne dieses Band womöglich in einem Unglück enden würde. Seit Tagen schon plagten sie seltsame Vorahnungen.

„Ich bin ja schon fast fertig!" Wo hatte sie es bloß hingelegt? Sie war sich sicher, dass sie es vor gar nicht langer Zeit in der Hand gehabt hatte. Vielleicht, als sie nach Yale gegangen war und vorher ihr Kinderzimmer gründlich ausgemistet hatte. Eigentlich dachte sie, dass sie das Band in ihrer Erinnerungskiste verstaut hatte, in der Erwartung, es eines Tages für ihre Hochzeit zu nutzen. Doch da war es leider nicht. Ob es hinter die Schubladen der alten Kommode gerutscht war?

Mittlerweile war Jessie schon weitergehastet und wurde durch ihre andere Schwester ersetzt. „Wie siehst du denn aus? Du musst dich beeilen, sonst warten noch alle auf dich!" Val war bereits äußerst glamourös, ungefähr so, als wäre sie zur Hochzeit von Catherine und William eingeladen. Es war ein Wunder, dass sie mit dem ausladenden Hut, der auf ihrer hochgesteckten Haarpracht prangte, überhaupt durch die Tür passte und ihn nicht verlor, als sie zu Kate hereinlugte.

„Nur noch einen Moment!" Kate zog die schweren Schubladen heraus. Alles voller Socken und Unterwäsche. Irgendwo musste das Band doch sein! Fluchend kippte sie den gesamten Inhalt auf den Boden. Würde sie eben nach der großen Feier alles nochmal aufräumen.

„Ach Kate, Liebes!" Nun stand auch ihre Mutter in der Tür. „Ist alles in Ordnung mit dir?" Sie kam herein und legte Kate den Arm um die Schultern. „Suchst du etwas Bestimmtes?" So verständnisvoll hatte sie ihre Mutter schon lange nicht mehr erlebt. Vielleicht lag es daran, dass ihre Eltern seit der ausgedehnten Kreuzfahrt, die sie unternommen hatten, einen zweiten Frühling erlebten.

„Ein blaues Band von Granny. Damit habe ich sowohl etwas Altes, etwas Blaues und etwas Geliehenes. Das hätte ich fast vergessen."

Ihre Mutter tätschelte ihre Wange. „Mach dich doch nicht verrückt! Das ist bloß ein Aberglaube. Viel wichtiger ist, dass du pünktlich bist." Sie lächelte aufmunternd und sah auf die Uhr. „Ich muss los und deinem Vater die Fliege binden. In all den Jahren hat er es nicht gelernt, das selbst zu tun, ist es zu fassen?"

Weg war sie. Dafür aber hatte Kate das Glück, in der untersten Schublade ihrer Kommode tatsächlich das gesuchte Band zu finden. Nun konnte hoffentlich nichts mehr schief gehen. Sie musste nur noch Maria auftreiben.

Kapitel 27

Auch das Wetter hatte seinen Hochzeitsanzug angezogen. Die Sonne strahlte von einem wolkenlosen Frühsommerhimmel. Pink und Rosa blühten die Bäume entlang des Weges, säumten den Pfad, den die Braut in die Kirche nehmen würde. In ihrem Inneren war sie mit frischen Blüten geschmückt. Es sah aus, als wären die Blumen direkt von einer Frühlingswiese gekommen.

Die Einwohner von Dawsonhills hatten ebenfalls nicht an Blumenkleidern aller Variationen gespart und damit den Wünschen der Braut Folge geleistet. Die Menschenmenge sah aus wie ein einziges Blütenmeer. Auch den Männern war die Farbe schwarz strikt verboten worden. Sie trugen helle oder weiße Anzüge.

Mit einem Raunen erhoben sich die Gäste links und rechts des Ganges, als der traditionelle Hochzeitsmarsch erklang. Jordan lächelte. Trotz des Schleiers, der vor ihren Augen hing, war das überglückliche Strahlen der Braut nicht zu übersehen, während ihr baldiger Ehemann nervös von einem Bein aufs andere trat. Jordans Herz krampfte sich in einem Freudenschmerz zusammen. Vor Glück, dass diese wunderbare Frau in sein Leben getreten war. Seit er ein kleiner

Junge gewesen war, hatte er auf diesen Moment gewartet. Dass heute nun auch noch eine Hochzeit stattfand, hätte er sich in seinen wildesten Träumen nicht ausgemalt.

„Hast du die Ringe?", flüsterte Justin, einer seiner Bandkollegen, ihm ins Ohr.

Jordan erschrak. Hektisch klopfte er über sein Revers, um festzustellen, ob alles immer noch sicher verstaut in seiner Brusttasche war. Erleichtert spürte er die kleine Wölbung. „Natürlich, was denkst du denn!", entgegnete er.

Justin lachte. „Und ich dachte schon, der Junggesellenabschied hätte dich vollkommen aus dem Konzept gebracht."

Jordan grinste. Einen unspektakulären, dafür umso kalorienreicheren Junggesellenabschied hatte er noch nie erlebt. Aber wichtig war ja, dass es dem Bräutigam gefiel. Und das war offensichtlich gewesen.

„Siehst du, wie erleichtert er ist? Vermutlich hatte er Angst, dass sie doch nicht kommt", meinte Aaron.

„Nicht quatschen, Leute! Wir sind gleich dran", gab Luis zu bedenken. Er war immer der Vernünftige von ihnen.

Jordan freute sich schon auf Barrys Gesicht, wenn er die drei Songs hörte, die sie noch nie gespielt hatten und die die vier Jungs von ‚Six Feet Tall' extra für seine Hochzeit geschrieben hatten.

„Sieht sie nicht einfach bezaubernd aus?", fragte eine alte Frau in der vorderen Reihe, in der Lautstärke, die taube Menschen für Flüstern hielten, die aber mühelos die Musik übertönte.

Jordan musste grinsen, als er Kates Granny entdeckte, die erheblich zäher war, als sie aussah, und wundersamerweise immer noch unter ihnen weilte, obwohl seit Jahren mit ihrem Abschied gerechnet wurde. Im Grunde genommen hatte sie als erste erkannt, wer er war, denn sie hatte ihn für seinen leiblichen Vater Theo gehalten.

In den letzten Monaten war viel geschehen. Vor allem aber hatte er es geschafft, Frieden mit seiner Herkunft zu machen, auch wenn ihm die Möglichkeit verwehrt war, Theo und Norma seine Meinung zu sagen. Er konnte bloß hoffen, dass sie im Jenseits ihre gerechte Strafe bekommen hatten.

Dafür hatte sein neugewonnener Halbbruder ihn positiv überrascht. Als dieser schließlich eingesehen hatte, dass Marias Geschichte wahr war, hatte Drake doch tatsächlich eine Familienstiftung ins Leben gerufen, die ein Waisenhaus in Reading finanzierte und der Maria von Guadalupe gewidmet war. Außerdem schien er neuerdings sämtlichen Frauengeschichten abgeschworen zu haben und begleitete reumütig seine Noch-Ehefrau Greta bei einem ausgiebigen Europa-Trip.

Wobei Maria vermutete, dass er dies hauptsächlich tat, um Gras über die ganze Geschichte wachsen zu lassen. Im Grunde genommen war es Jordan auch gleichgültig, was mit ihm war, solange er ihm nicht zu oft über den Weg laufen musste.

Ein wenig nervös war er heute dennoch, denn Maria hatte einen großen Teil ihrer mexikanischen Verwandtschaft hierhergelockt, die er selbst bisher nicht getroffen hatte. Er würde Marias Eltern kennenlernen.

Als seine eigenen Großeltern konnte er sie in seinem Kopf noch nicht bezeichnen. Die Feststellung, dass ein Teil von ihm mexikanisch war, fühlte sich für ihn immer noch fremd an. Nach der Hochzeit plante er, eine Reise dorthin zu machen, um ein Gefühl für seinen Ursprung zu bekommen. Vielleicht würde ihn das auch musikalisch inspirieren.

Mit einem Stock bewaffnet, aber mit der Haltung eines Adeligen, der eine zukünftige Königin zum Altar führt, begleitete der Vater die Braut den Gang entlang nach vorn. Sie verabschiedete ihn mit Tränen der Rührung in den Augen. Er konnte sich kaum vorstellen, was es ihr bedeuten musste, nach allem, was geschehen war, jetzt mit ihrem Vater und im Kreise ihrer ganzen Familie diese Zeremonie zu begehen.

Der Pfarrer trat nach vorn. Für einen Moment herrschte Schweigen. Der Geistliche atmete einmal tief durch, bewegt von diesem besonderen Moment. „Liebe Gemeinde, es ist kaum in Worte zu fassen, zu was für einem Fest wir heute zusammenkommen. Es ist mir eine außergewöhnliche Freude, das Glück und den zukünftigen Lebensweg dieser beiden Menschen zu begleiten." Er warf einen Blick hinüber zu Jordan und nickte knapp. „Bevor ich aber weitermache, gibt es vier Jungs, die mir am liebsten die ganze Trauung aus der Hand nehmen würden. Lasst uns also zuerst das Wunder der Musik genießen."

Jordan, Aaron, Luis und Justin sprangen auf und zogen ihre gut versteckten Instrumente hervor. Ein Raunen ging durch die Menge. Dieser Auftritt würde passend zur Kirche komplett akustisch stattfinden. Luis schlug einen Akkord auf seiner Gitarre an. In einem vierstimmigen Summen begannen sie die weiche Ballade „When I first met you".

Aus dem Augenwinkel sah Jordan, wie Maria aufschluchzte und einen stolzen Blick zu ihrer auf der linken Seite versammelten Familie warf. „Seht her, das ist mein Sohn!", schien sie damit zu sagen. Warmes Glück durchströmte ihn.

Barry, ihr zukünftiger Ehemann, hielt ihre Hand und war nicht weniger berührt davon, dass seine Jungs nur für ihn und seine Hochzeit heimlich neue Songs geschrieben hatten. Er trug seine zukünftige Frau auf Händen und hatte sich auf den ersten Blick, oder besser gesagt, auf den ersten Bissen ihrer Polvorones in sie verliebt. Als Maria dann einige Wochen lang mit Jordan verbracht hatte und ihn zu sämtlichen Konzerten begleitet hatte – ganz stolze Mutter – hatte es nach und nach zwischen den beiden gefunkt.

Ausschlaggebend waren am Ende aber die zwei Jungs gewesen, die Maria bereits nach kurzer Zeit derart in ihr Herz geschlossen hatten, dass sie ihren Vater quasi genötigt hatten, ihr einen Heiratsantrag zu machen.

Heute Morgen, als sie sich anzogen, hatte Barry ihn beiseitegenommen. „Du warst schon immer ein bisschen wie ein Sohn für mich. Seit ich dich das erste Mal an dieser Straßenecke gesehen habe. Unglaublich, was für ein Glück unsere Begegnung mir gebracht hat."

Jordan war verlegen gewesen. So viele Emotionen war er nicht gewöhnt. Aber wenn er ehrlich war, war es ein überwältigendes Gefühl, plötzlich so viel Familie zu besitzen.

Das Einzige, was sein Glück ein wenig trübte, war der Anblick von Kate, die ebenfalls auf der linken Seite, der

der Braut, Platz genommen hatte und angestrengt in ihr Gebetsbuch starrte. Seit sie vorgestern angekommen waren, war sie ihm aus dem Weg gegangen. Er hatte zweimal versucht, sich ihr in einem ruhigen Moment zu nähern. Doch jedes Mal schien sie förmlich vor ihm die Flucht zu ergreifen.

Verübeln konnte er es ihr nicht. Seit der denkwürdigen Begegnung im Diner vor mehr als einem Jahr hatten sie sich nur noch von fern gesehen und nie über die Ereignisse rund um das Weihnachtsfest gesprochen. Und das lag an ihm. Sie hatte es zweimal versucht. Doch er hatte ausweichend geantwortet und getan, als verstünde er nicht, wovon sie sprach.

An ihrer Stelle wäre er ebenfalls gekränkt und im Grunde genommen verstand er selbst nicht so recht, wieso er es nie geschafft hatte, ihr zu sagen, was er für sie empfand. Vielleicht fürchtete er, sein Glück herauszufordern, wenn er jetzt auch noch die Liebe für sich beanspruchte. Die Ereignisse des vergangenen Jahres sollten jedem an Glück genügen. Doch je näher die Hochzeit rückte, desto mehr dachte er an sie. Sie hier zu sehen weckte die merkwürdigsten Empfindungen in ihm und er wünschte, dass er die Chance, die er bei ihr gehabt hatte, nicht so gründlich gegen die Wand gefahren hätte. Denn dass sie ihm verzeihen und eine zweite Chance geben würde, war alles andere als wahrscheinlich.

Seit sie sich das letzte Mal getroffen hatten, war sie noch schöner geworden. Vielleicht lag es daran, dass sie beruflich ihren Weg ging und Selbstvertrauen gewann. Sie hatte, wie er bei seinen heimlichen Recherchen im Internet festgestellt hatte, gerade einen wichtigen Preis für ihr Literaturstudium bekommen und ein Praktikum bei einem großen Verlagshaus ergattert.

Was er nicht hatte herausfinden können, war die Frage, ob sie eine Beziehung hatte. Seine Mutter wollte er dazu nicht fragen. Sie hatte ihm einmal gesagt, dass sie mit seiner Art, mit Kate umzugehen, nicht einverstanden war, aber sie beide liebte und darüber nie wieder sprechen werde, was ein typischer Maria-Kompromiss für ihn war.

Seine Mutter war eine überraschend bodenständige Frau, die tat, was getan werden musste, und sich mit den Widrigkeiten des Lebens auseinandersetzte, aber nie kniff. Gab es Probleme, ging sie sie an. Nie war ihr die Mühe zu groß. Auf die Art hatte sie sich sowohl in das Herz von Barrys Kindern als auch in das seiner Ex-Frau geschlichen. Diese war nach ihrem Ausbruch nach Bali reumütig zurückgekehrt und hatte alles daran gesetzt, wieder eine anständige Elternbeziehung zum Wohle der Kinder zu begründen, und Maria hatte dafür gesorgt, dass sie mit offenen Armen empfangen wurde. Maria und Barry hatten sie sogar zu ihrer Hochzeit eingeladen. Doch das Angebot, bei einem Serien-Spin-Off mitzuspielen war ihr dazwischengekommen und sie war dankbar, dass ihre Kinder gut versorgt waren. Manchmal war es kaum zu fassen, was ein bisschen Zeit und Abstand bei menschlichen Beziehungen ausrichten konnte.

Eine jubelnde Menschenmenge empfing Braut und Bräutigam, als sie aus der Kirche traten. Eine mexikanische Straßenband begleitete mit fröhlicher Tanzmusik den Ausmarsch. Es war bewegend zu sehen, wie selbst die alten Leute im Takt zu wippen begannen. Die Stimmung war ausgelassen und das Angenehme war, dass sich niemand mehr an der Promidichte störte. Mittlerweile war es zur Normalität geworden, dass Gesichter aus Film und Fernsehen durch ihren Ort spazierten. Denn Barry hatte Maria zuliebe ein großes Haus in den Hügeln gekauft, in das er sich gern mit Geschäftskollegen zurückzog. Außer natürlich, er war mit der Betreuung der Jungs dran. Dann mussten sie in Boston sein, damit sie ihre Schule besuchen konnten.

Neben ‚Six Feet Tall‘ hatten es sich vier weitere Weltstars nicht nehmen lassen, an der Feier ihres Agenten teilzunehmen. Später würde sogar Countrysänger Buck Midder auftreten, der gerade selbst Schlagzeilen gemacht hatte, weil er eine blutjunge Kellnerin geheiratet hatte, immerhin seine siebte Ehe. Gerüchten zufolge sollte sie schwanger sein.

Jordan wollte soeben dem ausladenden sonnengelben Hut mit dem bunten Blumenschmuck folgen, den Kate in der Kirche getragen hatte, als ihn jemand am Arm zupfte.

„Onkel Schoorden, Onkel Schoorden!“, rief eine helle Stimme neben ihm. „Spielst du mit mir Frifbee?“

Jordan erkannte das Gesicht von Deacon und grüßte ihn mit großer Freude. Der Junge war im vergangenen Jahr ganz schön in die Höhe geschossen und hatte sich zu einem selbstbewussten kleinen Kerl gemausert.

„Ich muss erst noch ein paar Erwachsenendinge tun. Aber hast du gesehen, dass da drüben eine Kinderparty startet?“ Auf der Wiese vor der Festscheune standen eine Hüpfburg und eine Reihe von Spielgeräten. Barrys

Kinder John und Paul hatten sich in ihren Festtagsanzügen bereits ins Getümmel gestürzt.

„Eine Hüpfburg!" Begeistert rannte Deacon los.

Er dachte an das Gespräch, das er vor einem Jahr mit seinem Halbbruder Drake über den Jungen geführt hatte. Für ihn selbst spielte das Vermögen seines Vaters keine Rolle mehr, er verdiente mehr, als er je ausgeben konnte. Aber dass Deacon in Armut lebte, während sein leiblicher Vater problemlos dafür Sorgen konnte, dass es ihm gut ging, hatte ihn wahnsinnig gemacht. Also hatte er Drake einen Besuch abgestattet und ihm ins Gewissen geredet. Nachdrücklich. Er grinste noch beim Gedanken daran. Auf jeden Fall hatte es dazu geführt, dass Drake eingesehen hatte, dass es dem ohnehin schlechten Ruf der Familie nicht guttäte, wenn herauskäme, dass er sich um seinen unehelichen Sohn nicht kümmerte.

„Hallo, Onkel Jordan!" Amanda trat hinzu. Sie lächelte. Man sah ihr an, dass das Leben für sie besser geworden war. Auch wenn der Verlust der alten Selma, die sie im letzten Winter hatten beerdigen müssen, sie sicher immer noch schmerzte. Ihr Teint war frisch und rosig. Auf ihre Weise war sie eine attraktive Frau geworden. Sie standen regelmäßig in Kontakt, weil er sich für seinen Neffen verantwortlich fühlte, da es dessen Vater nicht tat.

„Ich bin schon sehr auf den Kuchen heute gespannt", sagte Jordan.

Amanda hatte Mrs. Shoemakers Café zu übernommen und einen großen Erfolg mit ihren Kuchenkreationen. So groß, dass sie heute für die Hochzeitstorte verantwortlich war.

Amanda blickte verlegen auf ihre Schuhspitzen. „Du glaubst nicht, wie nervös ich bin!“

„Es wird bestimmt fantastisch. Und dann sind deine Kunstwerke in der Zeitung und du kannst dich vor Aufträgen nicht mehr retten.“

„Ach du“, wehrte sie ab. Aber sie strahlte.

„Amanda, es geht los! Maria wirft gleich ihren Brautstrauß, komm schon, das darfst du nicht verpassen!“ Val erschien an ihrer Seite und zog sie am Arm. „Entschuldige, Jordan, diesen Flirt muss ich dir jetzt leider entziehen. Es gibt Wichtigeres als einen Rockstar.“

Amanda kicherte und folgte ihr.

„Die mag dich nicht, oder?“ Plötzlich war Justin neben ihm aufgetaucht. Irgendwoher hatte er einen Muffin ergattert, in den er herzhaft hineinbiss. Jordan verkniff sich ein Lachen. Justin war immer hungrig und musste die überflüssigen Pfunde dann mit ausgiebigen Sporteinheiten wieder abtrainieren.

„Wen meinst du?“

„Die Frau mit dem Wagenrad auf dem Kopf.“

„Ach so. Das war Val, Kates Schwester.“

„Verstehe.“

„Also ich verstehe nicht. Ich habe ihr nämlich gar nichts getan.“

„Aber ihrer Schwester, oder?“, mischte sich Aaron ein. „Wo steckt die berühmte Kate eigentlich? Ich habe sie noch gar nicht so richtig zu Gesicht bekommen.“

„Das ist vermutlich auch gut so!“, knurrte Jordan. Aaron war der totale Schwiegermuttertyp. Alle Mädchen, mit denen er etwas hatte, wollten ihn sofort heiraten.

Jordan merkte, dass ihm der Gedanke, dass Kate heiraten könnte, wenig behagte. Das Beste war, wenn er bald mal mit ihr in Ruhe redete. Vielleicht wurde er sich dann über seine eigenen Gefühle besser im Klaren. Wo steckte sie bloß?

Einige Meter vor ihm erheischte er einen Blick auf Kates gelben Hut.

„Entschuldigt mich", sagte er zu seinen Jungs und schob sich durch die Menge. Allerdings war das Gewühle so groß, dass er nicht weit kam.

„Wo willst du denn hin?" Justin tauchte erneut mit fragendem Blick neben ihm auf.

„Kenny und Justin!" Zwei Teenager, die offenbar noch nicht mitbekommen hatten, dass man sich in Dawsonhills nicht mehr um die Anwesenheit von Berühmtheiten scherte, standen mit offenem Mund vor ihm. „Ich glaub es ja nicht!"

„Hab ich doch gesagt!", erwiderte eine kleine Blondine, die Jordan als Tochter des Caterers identifizierte. „Entschuldigt, aber die beiden wollten es mir einfach nicht glauben!"

„Können wir ein Autogramm haben, bitte", sagte die Teenager synchron.

Jordan seufzte. „Ich muss dringend weiter. Wir sehen uns bestimmt später noch."

„Ach, bitteeeee!", quiekten die beiden.

„Nun hab dich nicht so", sagte Justin mit einem Grinsen. Er zog einen Stift heraus. „Wo soll es denn drauf?"

Erst nachdem sowohl Justin als auch er auf den Oberschenkeln der Mädchen unterschrieben hatten, ließen sie ihn gehen.

„Eure neuen Songs sind wirklich gigantisch! Schaut mal, wie viele Likes wir dafür schon auf TikTok bekommen haben!“, riefen sie ihnen hinterher.

Leider war Kate mittlerweile spurlos verschwunden. Dafür hörte er ein vielstimmiges Frauengekreische von rechts hinter der Scheune. Das musste das Werfen des Brautstraußes sein. Vermutlich war dann auch Kate nicht weit. Er schaffte ein paar Meter in die Richtung und konnte schon einen Blick auf Marias weißes Kleid mit dem blumenbestickten Saum erhaschen, da stand der Pfarrer vor ihm.

„Oh, da ist ja unser Weihnachtswunder. Ich gratuliere Ihnen ganz herzlich als Sohn der glücklichen Braut.“

Irgendetwas ging hinter der Scheune vor sich. Jordan wurde unruhig und hätte am liebsten sofort nachgesehen, was los war, doch zum Pfarrer wollte er nicht unhöflich sein.

„Danke! Ich hätte nie gedacht, was in Dawsonhills alles passieren kann.“

„Und wie sieht es mit Ihnen aus? Haben Sie die Richtige eventuell auch schon gefunden? Sie wissen, in Dawsonhills kann man wunderbar heiraten.“

Jordan lachte. Er ahnte, auf wen der Pfarrer anspielte. „Leider nicht. Aber wer weiß, was der heutige Tag noch bringt.“

Der Pfarrer zwinkerte. „Auf Hochzeiten werden die meisten Ehen gestiftet. Dann will ich Sie mal nicht aufhalten.“

„Habt ihr es noch nicht gehört? Die erste Verlobung wurde soeben geschlossen. Ihr habt vielleicht etwas verpasst. Ein Klassiker. Der Wurf des Brautstraußes.“ Mit glänzenden Augen erschien Val neben ihnen. „Es war wirklich romantisch, wie Flynt vor ihr auf die Knie gegangen ist."

Plötzlich tat sich ein Abgrund vor Jordan auf. „Und sie hat ‚Ja' gesagt?"

„Selbstverständlich. Wer würde zu Flynt schon ‚Nein' sagen!", entgegnete Val träumerisch. „Also außer mir natürlich. Ich ..." Was sie sonst noch zu sagen hatte, bekam Jordan nicht mehr mit. Ohne Rücksicht auf die anderen Gäste rannte er auf die kleine Gesellschaft zu, die sich hinter der Scheune versammelt hatte und aufgeregt durcheinanderredete.

„Ich bin ja so glücklich", flötete Kates Mutter.

„Herzlich willkommen in der Familie, also wieder." Wohlwollend klopfte Kates Vater Flynt auf die Schultern.

Es war der totale Albtraum. In diesem Moment wurde Jordan sonnenklar, was die ganze Zeit in seinem Unterbewusstsein verborgen gewesen war. Er hatte sich verliebt. In Kate. Schon seit einer ganzen Weile. Sie durfte auf keinen Fall einen anderen heiraten.

„Kate", rief er und stürzte auf sie zu.

Sie wandte ihm überrascht den Kopf zu.

„Jordan, du auch hier?", sagte sie kühl. „Wir haben gerade etwas zu feiern."

Er packte sie grob am Arm. „Kate, du darfst ihn nicht heiraten!"

Als wäre dies ein Zauberwort gewesen, richteten sich alle Augen auf ihn und eine bedrohliche Stille trat ein.

„Und wieso nicht?" Kate riss sich von ihm los und verschränkte die Arme vor der Brust.

„Weil ich dich liebe. Ich liebe dich seit dem Moment, als ich dich aus dem Schnee gezogen habe. Seit du mich in dein Leben gelassen hast. Kate, ich kann nicht ohne dich leben. Bitte verzeih mir und gib uns eine Chance."

„Und du glaubst ernsthaft, dass du hier mit so einer Nummer auftauchen kannst, nachdem du einfach so abgehauen bist und ein Jahr lang nicht mit mir sprechen wolltest?" Ihre schönen grünen Augen funkelten. Sie sah anbetungswürdig aus.

„Bitte, Flynt, du kannst sie nicht heiraten. Das wäre nicht richtig!", wandte er sich an seinen Neffen. Der wirkte eher belustigt, als wütend über Jordans Auftritt.

Plötzlich entdeckte er seine Mutter hinter Kate. Sie legte ihr beruhigend die Hand auf die Schulter und sah ihren Sohn kopfschüttelnd an. „Bitte, du weißt, dass ich sie liebe. Das hast du doch gemerkt, oder? Erkläre es ihr!"

Maria wandte sich an Kate. „Willst du es ihm nicht vielleicht erklären, oder soll er noch ewig schmoren?"

Verdutzt bemerkte Jordan, dass die Umstehenden zu grinsen begannen. Flynt legte den Arm um Jessie, die Marias Brautstrauß in den Händen hielt.

„Also eigentlich hat Flynt gerade meiner Schwester einen Heiratsantrag gemacht." Kates Mundwinkel hoben sich spöttisch. Doch nun blickten die grünen Augen etwas weicher. „Aber deine Liebeserklärung grad war echt spektakulär." Sie trat auf ihn zu, bis sie direkt vor ihm stand. „Auch wenn es völlig unvernünftig ist – ich hätte da so ein paar Vorschläge, wie du es wieder gut machen kannst."

Dann küsste sie ihn endlich.

Kapitel 28

Heiligabend

„Da seid ihr ja!" Mit breitem Grinsen stand Barry in der Tür seines imposanten Hauses, von dem aus man einen beeindruckenden Blick über die Hügel von Dawsonhills hatte. Die Villa mit den verspielten, gotischen Türmen und Erkern hatte es ihm gleich beim ersten Mal, als er Maria hier besucht hatte, angetan. Er hatte nicht geruht, bis er den Besitzer des zu dem Zeitpunkt ziemlich verfallenen Gebäudes ausfindig gemacht hatte.

Inzwischen war es perfekt instand gesetzt und bot genug Platz für die zahlreichen Gäste, die sie hier beherbergten. Maria und Barry verbrachten ihre Zeit immer häufiger hier statt in dem Haus in Boston. Sie hatten letztens sogar darüber nachgedacht, die Jungs in Dawsonhills zur Schule zu geben, da diese momentan hauptsächlich bei ihnen lebten.

Jordan hob die Brauen bei seinem Anblick. Auch Kate wunderte sich über sein Aussehen, immerhin sollte heute das erste Mal die Weihnachtsparty bei ihnen stattfinden. Barry aber hatte sich offenkundig noch nicht rasiert und trug eine Jogginghose mit einer von Marias Schürzen darüber.

Sein Blick folgte ihrem und er hob in einer hilflosen Geste die Schultern. „Wir sind noch nicht ganz fertig mit den Vorbereitungen. Maria hat darauf bestanden, dass wir alles allein machen, und wollte auf gar keinen Fall Personal dazu holen. Ihr wisst ja, sie kann recht starrsinnig sein."

Kate grinste und tauschte einen vielsagenden Blick mit Jordan. Sie hatten schon festgestellt, dass Maria in ihrer Beziehung den Ton angab und Barry stets überglücklich schien, ihren Entscheidungen zu folgen. Seit sie ihm vor Selmas Haus die Ohrfeige gegeben hatte, war er ihr verfallen, hatte er bei der Hochzeit verraten. Möglicherweise lag es daran, dass er durch seine Tätigkeit als Agent einiger weltbekannter Musiker in seinem Berufsleben genügend Entscheidung fällen musste und es genoss, sich im Privatleben zu entspannen.

„Oh ja, das kenne ich gut", meinte Kate. „Wo ist sie denn? Vielleicht kann ich ihr helfen?"

„Sie ist oben und zieht sich um. Die Jungs und ich machen grad den Rest." Er drehte sich um. „John! Paul! Sagt Hallo zu Kate und Jordan!"

Die beiden kamen um die Ecke gefegt, begrüßten die Gäste und verschwanden gleich wieder im Esszimmer, wo sie eifrig dabei waren, den großen Tisch zu decken. Erstaunt nahm Kate wahr, wie professionell sie dies taten. Sie achteten gewissenhaft darauf, alles an den perfekten Platz zu stellen und nichts fallen zu lassen. Paul, der Kleinere der beiden, war derart konzentriert, dass beständig die Spitze seiner Zunge zwischen seinen Lippen herausschaute.

Sie dachte daran, wie es gewesen wäre, wenn ihre Neffen diese Aufgabe übernommen hätten. Da wäre wohl kein einziges Stück Geschirr ganz geblieben und sie hätten von Papptellern essen müssen.

„Poliert ihr grad das Besteck?", erkundigte Jordan sich interessiert und ließ sich alles erklären.

Kate lächelte. Er ging so wunderbar mit den beiden um, als wären sie tatsächlich seine Geschwister, was sie ja inzwischen quasi waren. Sie liebte es, ihm dabei zuzuschauen. Manchmal ertappte sie sich beim Gedanken daran, dass er einen großartigen Vater abgeben würde.

Barry zog Kate beiseite. „Ich kann es auch immer noch nicht fassen. Sie folgen Maria auf Schritt und Tritt und wollen bei allem mitmachen, was sie tut. Wenn ich es nicht besser wüsste, würde ich sagen, sie wurden von Aliens entführt und dies hier sind ihre perfekten Klone."

Kate schmunzelte. „Ich war als Kind auch von allem fasziniert, was Maria angefasst hat, besonders wenn es so verführerisch roch. Sogar um das Staubsaugen haben wir Geschwister uns beinahe geprügelt."

Sie warf Jordan einen raschen Blick zu und fragte sich, ob er gehört hatte, worüber sie gerade redeten. In einem emotionalen Moment hatte er ihr gestanden, dass er gelegentlich eifersüchtig auf die Tatsache war, dass sie im Gegensatz zu ihm so viele Kindheitserinnerungen an seine Mutter hatte, während er diese erst so spät überhaupt kennengelernt hatte. Deshalb ging sie mit diesem Thema extrem vorsichtig um.

Diesmal aber lachte er. „Jetzt schau mich nicht so besorgt an, Baby. Ich bin nicht aus Zucker.“

Manchmal hatte sie das Gefühl, er könnte ihre Gedanken lesen, weil er irgendwie immer ahnte, was sie gerade beschäftigte.

„Für mich ist es das größte Geschenk, dieses Weihnachten gemeinsam mit euch zu feiern. Da komme ich jetzt sicher nicht auf trübe Gedanken.“ Er zog sie sanft an sich und küsste sie auf den Mund, während seine Hand leicht über ihren Rücken strich und dabei einen wohligen Schauer erzeugte.

„Bah! Sie knutschen wieder!“, beschwerte Paul sich.

„Iiih!“, fiel sein Bruder John sofort ein.

„Benehmt euch, Jungs!“, mahnte Barry, konnte sich aber ein Schmunzeln nicht verkneifen.

Zu Kates Bedauern ließ Jordan sie wieder los. Trotzdem erinnerte sie das Funkeln in seinen Augen an das Picknick, das sie auf dem Weg von Yale hierher gemacht hatten. Überraschend hatte Jordan den Wagen mitten im verschneiten Wald in eine kleine Einbuchtung gelenkt. Sie verstand nicht, warum, bis er ihr eröffnete, dass dies exakt der Ort war, an dem sie sich zum ersten Mal begegnet waren.

Das hatte sie ganz schön umgehauen, weil er sich sonst selten so romantisch zeigte. Sie hatte keine Ahnung gehabt, dass er genau wie sie häufig an den magischen Moment mitten im Schnee dachte. Trotz der Kälte war ihnen danach ziemlich schnell warm geworden und sie würde diesen kleinen Zwischenstopp so bald nicht vergessen.

Es war schon überwältigend, wie sich alles zwischen ihnen entwickelt hatte, wenn man bedachte, wie weit ihre Alltagswelten sich voneinander unterschieden. Natürlich hatte es die eine oder andere Schwierigkeit gegeben. Doch grundsätzlich war ihnen beiden klar, dass das, was sie verband, etwas Besonderes war, das nicht einem leichtfertigen Streit zum Opfer fallen sollte. Glücklicherweise hatte die Presse sie nach zwei geschickt platzierten gemeinsamen Auftritten und einem ausführlichen Interview in Ruhe gelassen, weil alles nach viel zu viel Harmonie und zu wenig Skandal roch, als dass sie ihnen auf den Fersen geblieben wären.

„Na, was wünscht ihr euch vom Weihnachtsmann?", versuchte Kate die Störenfriede abzulenken.

„Eine Schwester", kam es von beiden wie aus der Pistole geschossen.

„Dann streng dich mal an, Barry!" Kate lachte. Noch mehr allerdings lachte sie, als sie Jordans entsetzten Gesichtsausdruck bemerkte.

Es klingelte. Kate sah auf die Uhr. Das waren sicher die anderen Gäste. Hektisch starrte Barry an sich herunter.

„Zeit zum Umziehen", bestätigte Jordan. „Wir kümmern uns um den Rest."

Barry eilte davon. Mit einem gigantischen Blumenstrauß und einem Whiskey in der Hand standen ihre Eltern vor der Tür. Überrascht sahen die beiden sich an.

„Na so was! Ihr seid ja schon da!" Kates Mutter drückte erst sie, dann Jordan an sich. Dann schüttelte sie gespielt missbilligend den Kopf. „Eins muss ich euch aber sagen: Es ist quasi skandalös, dass ihr nicht bei uns übernachtet. Das ist doch sonst immer so gewesen!"

„Tut mir total leid, Sally!“, mischte Jordan sich ein. „Aber Maria“, er räusperte sich, „meine Mutter“, korrigierte er sich mit einem Grinsen, „sie ist in diesem Jahr besonders emotional. Und da auch ihr Vater da ist …“

„Jetzt lasst euch von Sally nicht verrückt machen. Im Grunde genommen findet sie es gar nicht so schlecht, dass sie nichts mit den Weihnachtsvorbereitungen zu tun hat, außer ein paar Geschenke zu besorgen. Dann kann sie sich in Ruhe ihrem neuesten Lieblingsliebesroman widmen.“ Kates Vater verdrehte die Augen, da er mit ihrer frisch entdeckten Leseleidenschaft wenig anfangen konnte.

„Du wieder!“ Neckisch stupste Kates Mutter ihn in die Seite.

Kate unterdrückte ein Grinsen. So aufgekratzt hatte sie die beiden schon lange nicht mehr gesehen. Plötzlich fiel ihr auch an ihrem Vater etwas auf. „Dad! Was ist denn mit dir passiert?“ Seit sie ihn vor einigen Wochen das letzte Mal gesehen hatte, hatte er sicher zehn Kilo abgenommen, was ihn erheblich jünger wirken ließ.

„Ich weiß überhaupt nicht, was du meinst“, entgegnete er verlegen.

„Jetzt, tu doch nicht so.“ Kates Mutter kicherte. „Ihr müsst wissen, dass er wahnsinnig stolz darauf ist, eine Jeans zu tragen, die ihm zuletzt vor 20 Jahren gepasst haben.“

„Nun ja, der Arzt hat gesagt, dass ich dringend abspecken muss. Wir werden ja alle nicht jünger! Und deiner Mutter scheint es zu gefallen!“ Er wackelte mit den Augenbrauen.

„Walter!“, protestierte ihre Mutter.

„Darf ich eure Jacken nehmen?", fragte Jordan, um das Thema zu wechseln.

Lächelnd ließ ihre Mutter sich aus der Jacke helfen. „Beinahe könnte man meinen, dass ihr die Gastgeber seid. Dein Jordan macht das gar nicht so schlecht."

Der Gedanke ließ Kate schmunzeln. Vor nicht allzu langer Zeit hatte Jordan vorgeschlagen, dass sie zu ihm ziehen könnte, wenn ihr Studium fertig war. Vielleicht würde sie das tatsächlich in Erwägung ziehen.

Frisch rasiert und in einem Anzug gekleidet, erschien Barry am Kopf der breiten Treppe, allerdings nicht mit Maria, sondern mit seinem Schwiegervater Carlo Emilio Garcia. Dieser war zwar schon ziemlich klein und klapprig, stieg aber mit kerzengradem Rücken die Treppe hinunter.

„Emilio!" Er strahlte über das ganze Gesicht und schloss Jordan in seine Arme. Er weigerte er sich standhaft, ihn anders als Emilio zu nennen, weil es in seiner Familie Tradition war, dass der erste Sohn Emilio heißen musste. Der Name „Jordan" war ihm viel zu amerikanisch.

Jordan ertrug das mit stoischer Geduld. „Irgendwie scheint mir jeder seinen eigenen Namen geben zu wollen. Dann bin ich eben einmal Kenny, einmal Emilio und eigentlich Jordan. Dafür hast du freie Auswahl", hatte er irgendwann einmal zu Kate gesagt.

„Ich habe extra meine Gitarre mitgebracht, damit ich mit meinem amerikanischen Enkelsohn zusammen Musik machen kann", erklärte er Kate, nachdem er sie begrüßt hatte, als wäre sie ebenfalls längst ein Mitglied seiner Familie.

„Orangenpunsch?“ Plötzlich tauchte John neben ihnen auf und hielt ihnen ein Tablett mit Gläsern hin, als wäre er Page an einem Königshof.

Jordans Großvater nickte ihm förmlich zu und ließ sich ein Glas reichen. „Das sind wirklich zwei großartig erzogene junge Männer, die Barry da hat“, meinte er zu Kate.

Langsam füllte sich das Haus. Leider fehlten dieses Jahr bis auf Jessie alle Geschwister von Kate, da in den Familien ihrer Brüder eine ansteckende Kinderkrankheit wütete, so dass diese das Fest leider in Isolation verbringen mussten.

„Wo ist denn deine Frau?“, erkundigte Kates Mutter sich bei Barry.

Der hob unbehaglich die Schultern. „Sie war so unruhig, dass noch nicht alles fertig war, dass sie direkt in die Küche gegangen ist. Aber sie kommt sicher gleich.“

Doch als eine ganze Weile später immer noch nichts von ihr zu sehen war, nahm ihre Mutter Kate beiseite.

„Hast du Maria schon gesehen?“

„Leider noch nicht“, erwiderte Kate.

„Ich habe so eine Ahnung, dass irgendetwas nicht stimmt. Sie hat unsere Verabredung zum Bridgespielen letzte Woche aus heiterem Himmel abgesagt. Das hat sie noch nie getan.“

Kate war immer wieder überrascht, wie gut sich ihre Eltern, denen es immer so wichtig gewesen war, dass alles seine Ordnung hatte, an die veränderten Umstände gewöhnt hatten und wie schnell Maria von der Angestellten zur besten Freundin und Nachbarin geworden war. So schloss sie zumindest ein wenig die Lücke, die Greta hinterlassen hatte. Val, die dieses Jahr nicht dabei war, weil sie die Familie ihrer Freundin in Oslo kennenlernen würde, hatte vermutet, dass ihre Mutter die letzte Weihnachtsparty nur noch ausgerichtet hatte, damit Maria sich nicht überflüssig fühlte.

Gemeinsam gingen sie hinüber in die Küche, die von je her Maria Rückzugsort war und die sie auch in ihrem neuen Heim sofort für sich beansprucht hatte. Ob die Tatsache, dass sie das erste Mal die Gastgeberin des Weihnachtsfestes war, sie verunsicherte? Es sah ihr gar nicht ähnlich, Jordan und Kate nicht umgehend zu begrüßen.

Als sie Maria sah, wusste Kate sofort, dass ihre Mutter recht gehabt hatte. Etwas stimmte nicht. Die sonst so agile Maria lehnte erschöpft in einem Stuhl. So hatte Kate sie in all den Jahren nicht gesehen. Noch unerwarteter war allerdings das Chaos aus Keksteig und Geschirr um sie herum. Kate und ihre Mutter wechselten einen besorgten Blick.

„Maria!", rief Kate.

Maria erhob sich und zwang ein Lächeln auf ihr Gesicht. Doch ihre Gesichtsfarbe war ganz untypisch grau. Trotzdem drückte sie Kate an sich. „Chica!" Dann umarmte sie Kates Mutter.

„Es sind schon alle da, können wir dir helfen?", erkundigte diese sich.

Marias Augen huschten über die unfertigen Plätzchen. Unglücklich verzogen sich ihre Mundwinkel. „Vermutlich liegt in diesem Jahr ein Fluch auf mir. Das ist bereits mein fünfter Versuch, Polvorones zu backen. Aber jedes Mal misslingt es. Diesmal habe ich Salz statt Zucker genommen. Ist das zu fassen? Ich fürchte, dass es dieses Mal tatsächlich keine geben wird."

„Ist doch nicht so schlimm. Es gibt ja noch eine Menge andere Sachen", versuchte Kate sie zu trösten.

Eine Träne erschien in Marias Augenwinkel. Sie wischte sie unwirsch weg. „Ich bin einfach gerade so sentimental. Dabei müsste ich doch einfach nur glücklich sein."

Besonders glücklich sah sie wirklich nicht aus. Ob etwas zwischen ihr und Barry nicht stimmte?

„Was ist denn los?", fragte Kate.

Ein Wecker klingelte. Hastig drehte Maria sich um, nahm sich die Topflappen und öffnete den Ofen, um den Truthahn heraus zu holen. Doch kurz nachdem sie die Tür geöffnet hatte und ihnen ein wunderbar aromatischer Bratenduft entgegenströmte, krümmte sie sich, hielt sich die Hand vor den Mund und rannte hinüber ins Bad. Ein würgendes Geräusch erklang. Kate und ihre Mutter wechselten einen Blick. Was war mit Maria los?

Mit fahlem Gesicht stand Maria einen Augenblick später wieder vor ihnen. Sie hob verlegen die Schultern. „Tut mir leid. Das geht jetzt schon ein paar Tage so."

„Sollen wir dir einen Tee kochen?", fragte Kate besorgt.

„Nein, alles in Ordnung", wehrte Maria ab. Sie wischte sich mit einem Ärmel den Schweiß von der Stirn.

Doch Kates Mutter hatte bereits den Wasserkocher angestellt. „Hast du es schon mit Ingwer probiert? Das hat bei mir immer gut geholfen."

Maria hob den Kopf und starrte sie einen Moment lang an. „Nein, noch nicht", entgegnete sie leise.

Mit gerunzelter Stirn blickte Kate zwischen ihnen hin und her. Ihr schien, als liefe unterhalb der tatsächlichen Konversation ein zweiter, unhörbarer Dialog ab, den nur die beiden verstanden und von dem sie selbst ausgeschlossen war. Die ganze Atmosphäre im Raum hatte sich geändert. Kurz sah Maria zu Kate hinüber, als wollte sie prüfen, was Kate mitbekommen hatte. Kate fühlte sich wie damals als Kind, wenn die Großen Erwachsenengespräche geführt hatten, die sie ausschlossen. Einen Moment lang erwartete sie, als Nächstes aus der Küche geschickt zu werden.

Aber dann seufzte ihre Mutter bloß. „Wieso hast du denn nichts gesagt? Du musst doch nicht alles allein stemmen. Wir hätten doch helfen können. Es hätte auch bei uns stattfinden können."

Eine Träne rollte Marias Wange hinunter. Unwirsch wischte sie sie fort. „Jordan. Er … Ich wollte, dass wir ein Weihnachten, ein perfektes Weihnachten nur für ihn feiern, bevor …" Kates Mutter biss sich auf die Lippen und nickte verständnisvoll. „Was sagt denn Barry dazu?"

Maria errötete. „Er ahnt noch nichts. Bloß die Jungs haben irgendwie einen sechsten Sinn. Jedenfalls weichen sie mir nicht mehr von der Seite."

Ein übler Knoten bereitete sich in Kates Magengrube aus. Was war hier los? „Kann mir endlich jemand erklären, worum es hier geht?"

Maria ließ einen Moment lang die Stirn in die Handfläche sinken, dann sah sie Kate an. „Es ist irgendwie kompliziert. Jordan, er … er wird wohl noch mal Bruder."

Zunächst verstand Kate überhaupt nichts mehr. Wieso sollte Jordan einen weiteren Bruder bekommen? Hatten sie ein anderes Kind von Theo ausfindig gemacht? Dann aber erkannte sie an Marias Lächeln, was sie meinte. Mit offenem Mund starrte Kate sie an. „Nein! Wirklich?", rief sie fassungslos.

Maria nickte. Endlich strahlte sie glücklich.

Kate und ihre Mutter nahmen Maria in ihre Arme.

„Das ist ja so wundervoll!", sagte Kate.

„Mach dir keine Sorgen. Diesmal wirst du deine Schwangerschaft nach Strich und Faden genießen und dich von vorn bis hinten verwöhnen lassen", fügte ihre Mutter hinzu.

„Wenn ich bloß wüsste, wie ich es Jordan sagen soll. Wie wird er sich fühlen, wenn plötzlich ein neues Kind meine Aufmerksamkeit fordert und das bekommt, was er all die Jahre entbehren musste?" Sorgenvoll malte Maria mit dem Finger in den Mehlresten auf dem Tisch herum.

Damit hatte sie nicht unrecht. Kate hatte ebenfalls keine Ahnung, wie Jordan diese Nachricht aufnehmen würde. Eines war ihr aber klar. „Du musst es dringend erzählen. Barry und Jordan haben doch das Recht, es als Erste zu erfahren!"

„Hier seid ihr!" Jordan erschien in der Tür. Dann runzelte er die Stirn. „Was ist denn los? Wieso weinst du denn?" Er trat auf Maria zu. Die sprang auf und presste ihn an sich.

Kates Mutter zog Kate mit hinaus. Im Rausgehen hörten sie noch, wie Maria sagte: „Setz dich. Ich muss dir dringend etwas erzählen."

„Wunder gibt es immer wieder." Mit einem Zwinkern in den Augen sah der Priester zu Jordan hinüber.

Kate wusste immer noch nicht, wie Maria Jordan von ihrem neuen Glück erzählt hatte, denn sie wagte nicht, ihn danach zu fragen. Vielleicht würde es ihn kränken, wenn sie es bereits vor ihm gewusst hatte. Auf jeden Fall hatte er das Gespräch mit keinem Wort erwähnt, als sie schließlich all das gemacht hatten, was den Heiligabend in ihrer Familie ausmachte, einschließlich eines viel zu üppigen Essens. In diesem Jahr hatte der Weihnachtsmann einen spanischen Akzent gehabt und war ziemlich klein geraten. Kate war sich nicht sicher, ob Paul und John nicht vielleicht gemerkt hatten, wer der Mann gewesen war, der ihnen am Abend noch das erste Weihnachtsgeschenk überreicht hatte. Doch sie hatten sich artig bedankt und umgehend versucht, ihren neuen Mandolinen Töne zu entlocken.

„Wunder geschehen im Alltäglichen oder im Großen. Und immer ist der Eine dabei, mitten unter uns. Wie ihr wisst, ist uns die Gnade zuteilgeworden, eines dieser Wunder mitzuerleben." Er räusperte sich und blickte die Gemeinde eindringlich an. „Immer wieder zeigt sich uns der Herr in seiner Güte und Weisheit. Vor nunmehr sechsundzwanzig Jahren tat er dies, indem er uns ein Neugeborenes sandte, das wie das Jesuskind in unserer Weihnachtskrippe lag."

Aus dem Augenwinkel sah Kate, wie Maria, die an Jordans anderer Seite saß, dessen Hand drückte, während sie gleichzeitig die ihres Ehemannes hielt.

„Doch wir sollten nicht nur an vergangene Wunder denken, sondern an das, was jederzeit und in jedem Leben möglich ist. Und es ist nicht nur das Wunder des

Lebens selbst, das sich in der Weihnachtsgeschichte offenbart. Also denkt nicht bloß an das, was war, sondern auch all die Wunder, die das Leben noch für euch bereithält. Frohe Weihnachten!"

Täuschte sich Kate oder warf der Priester Maria einen wissenden Blick zu? Jedenfalls hatte Barry sich eindeutig angesprochen gefühlt, denn er schnäuzte sich vor Rührung die Nase.

Während alle gemeinsam zum Abschluss „Silent Night" sangen, wanderte Kates Blick zu Jordan. Da bemerkte sie, dass er sie schon eine Weile betrachtete.

„Du wusstest es, oder?", fragte er leise.

„Meine Mutter hat es erraten, als wir in der Küche waren. Wie geht es dir damit?"

Jordan lächelte. „Ich habe mir früher immer einen Bruder oder eine Schwester gewünscht und ich freue mich für Maria. Sie hat es verdient, glücklich zu sein."

Erleichtert sah Kate ihn an. Er legte einen Arm um sie, zog sie an sich und drückte ihr einen Kuss auf den Scheitel. Arm in Arm gingen sie aus der Kirche hinaus. Nachdem sie mit den Bewohnern von Dawsonhills unzählige Weihnachtsgrüße getauscht hatten, schlenderten sie hinüber zu der lebensgroßen Krippe, in der vor nunmehr sechsundzwanzig Jahren ein Weihnachtswunder gelegen hatte.

„Ich muss dir gestehen, dass ich ein wenig eifersüchtig bin."

Erstaunt blickte Kate ihn an. „Auf wen denn? Auf das neue Baby?"

Jordan schüttelte den Kopf und sah ihr tief in die Augen. „Eigentlich auf Barry. Denkst du, wir könnten auch irgendwann ...?"

Bevor er noch mehr sagen konnte, stellte Kate sich auf die Zehenspitzen und verschloss seinen Mund mit einem Kuss.

Ende